BIBLIOTECA DE AUTOR

MONTSERRAT ROIG

LA HORA VIOLETA

MONTSERRAT ROIG

PLAZA & JANES EDITORES, S. A.

Título original: *L'hora violeta*
(Novela subvencionada con una beca de la Fundación Juan March
    para la creación literaria)
Traducción de Enrique Sordo
Ilustración de la portada: *Viatge de nit*, 1985 (Fragmento), de
    Albert Ràfols Casamada. © VISUAL

Tercera edición: Noviembre, 1993
(Primera edición en biblioteca de autor)

© Herederos de Montserrat Roig
Editado por Plaza & Janés Editores, S. A.
Enric Granados, 86-88. 08008 Barcelona

Printed in Spain — Impreso en España

ISBN: 84-01-42294-9 (Col. El Ave Fénix)
ISBN: 84-01-42693-6 (Vol. 194/3)
Depósito Legal: B. 34.300 - 1993

Impreso en Romanyà Valls, S. A.
Verdaguer, 1 – Capellades (Barcelona)

At the violet hour, when the eyes and back
Turn upward from the desk, when the human engine
[waits
Like a taxi throbbing waiting,
I Tiresias, though blind, throbbing between two lives,
Old man with wrinkled female breast can see
At the violet hour...

T. S. ELIOT, *The Waste Land*

En la hora violeta, cuando los ojos y la espalda
se levantan de la mesa, cuando el artefacto humano
[acecha
como un taxi que latiendo se espera,
yo, Tiresias, aunque ciego, latiendo entre dos vidas,
hombre anciano con rugosos pechos de mujer, puedo ver
en la hora violeta...

T. S. ELIOT, *La tierra baldía*

Para Tertu Eskelinen, que me escuchó un atardecer de color violeta.

Para Juan Manuel Martín de Blas, que me dijo que había mañanas del mismo color.

Y, como siempre, para Joaquim Sempere.

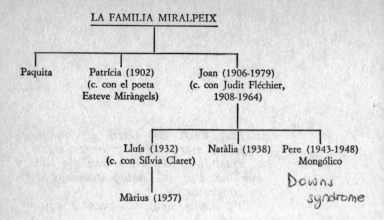

LA FAMILIA MIRALPEIX

Paquita   Patrícia (1902)   Joan (1906-1979)
           (c. con el poeta   (c. con Judit Fléchier,
           Esteve Miràngels)   1908-1964)

                    Lluís (1932)   Natàlia (1938)   Pere (1943-1948)
                    (c. con Sílvia Claret)   Mongólico

                                                        *Downs
                                                        syndrome*

                    Màrius (1957)

LA FAMILIA VENTURA-CLARET

Ramona Jover (1874-1970)
(c. con Francisco Ventura)

Ramona Ventura (1909)
(c. con Joan Claret)

Sílvia (1938)   Nasi (1942)   Mundeta (1949)   Gelia (1951-1973)
(c. con Lluís   Muere ahogada
Miralpeix)   en Calella

Algunos de los personajes de *La hora violeta* salen también
en *Ramona, adiós* o en *Tiempo de cerezas*. Con el fin de ayudar al lector, he confeccionado el árbol genealógico de las dos
principales familias. En el caso de que hubiese futuras novelas,
los dos árboles genealógicos podrían ser ampliados.

PRIMAVERA DE 1979

Un día, Natàlia me dio algunas notas que había escrito sobre su tía, Patrícia Miralpeix, y también algunas cartas de Kati y el Diario de Judit Fléchier, su madre. No es que Judit hubiera escrito un Diario; más bien se trataba de unos papeles dispersos en los que ella ponía una fecha. Al morir el padre de Natàlia, Joan Miralpeix, su tía Patrícia los encontró y se los dio a su sobrina. No eran gran cosa. Mi amiga Natàlia me envió todos esos papelotes y, al cabo de unos días, me telefoneó:

—Mi tía me ha dado los papeles y me ha dicho que haga lo que quiera con ellos. He pensado que te podrían servir. Me gustaría que escribieses alguna cosa sobre mamá y Kati. Del mismo modo que si lo hicieras sobre ti o sobre mí.

Yo había terminado un largo libro sobre los catalanes en los campos nazis, y la verdad es que no me habían quedado ganas de remover el pasado. La historia de la deportación me dejó medio enferma y escéptica. Y Natàlia quería que me metiese dentro del universo de dos mujeres a las que no había conocido, aunque escribí algo sobre ellas en las novelas anteriores. En aquellos momentos, el tema apenas me interesaba. Durante una semana, tuve el montón de papeles sobre la mesa del despacho (hacía poco que Ferran se había llevado sus carpetas y ahora disponía de más espacio). No me atrevía a abrir el paquete. No me atraía la idea de escribir sobre dos mujeres de la burguesía que no tuvieron conciencia de su condición. Finalmente la llamé:

—Oye, no me apetece la idea de volver a hablar de tu madre y de Kati. Eso es agua pasada.

—Lo que tienes que hacer es leerlos —dijo Natàlia—, no se trata de que hagas su biografía. A mí me sirvieron de mucho.

Traté de decirle que Kati y Judit eran personas, no personajes. ¿Para qué recordarlas ahora, cuando había tantos reportajes por hacer? Para mí, Kati y su madre estaban muertas y bien muertas. Intenté decirle que hacía días que casi no me atrevía a bajar a la calle y pasar por los cuchitriles en donde habían metido a las porteras del Ensanche. Sin luz, sin aire. Que no soportaba ver la piel gris y los ojos apagados de mi portera, una mujer que apenas salía a la calle, que vivía como un topo, oliendo gas todo el santo día, y de la que yo huía en cuanto empezaba a explicarme que, en su pueblo de Castilla, sólo comían carne dos veces al año, por las fiestas y el día que ponían fin a la cosecha del trigo. Le quería recordar que nos habíamos prometido hacer un libro sobre las locas que se pudren en el manicomio de Sant Boi. Recordarle que teníamos pendiente un reportaje sobre la muerte de María Felicitat, la niña a quien su madre había matado a martillazos en un piso de veinticinco metros cuadrados

Una persona tiene más de mil caras... Y ya es bastante si se consigue que, en una novela, salgan tres o cuatro. De todos modos, le prometí a Natàlia que los leería. Ella no esperó mi respuesta y, al día siguiente, la portera me dio una carta que le habían entregado a mano. No sé si fue por la carta de Natàlia, o por los papeles de Judit y Kati, o tal vez por el vacío que me dejó la separación de Ferran, pero lo cierto es que decidí escribir alguna cosa —no sabía qué— sobre Judit y Kati. No obstante, dejadme que antes os transcriba la carta de Natàlia.

letter from Natalia (photographer) → Norma (writer)

Hace cinco años que regresé a Barcelona y todavía siento el cansancio del primer día, cuando fui a parar al piso de tía Patrícia y me di cuenta de que el jardín del limonero ya no existía. Mientras paseaba por el patio, por las claraboyas ribeteadas de alquitrán, intenté reconstruir el jardín de mi infancia. Quería recordar el olor de las hojas del limonero. Quería que volviese a mí el chapoteo del agua que vertían los amorcillos, el ruido de las pisadas sobre el poyo...

Creo que no somos capaces de valorar la realidad hasta que ésta no se convierte en recuerdo. Como si así quisiéramos volver a vivir. Por eso creo que la literatura todavía tiene un sentido. La literatura no es historia. La literatura inventa el pasado basándose en unos cuantos detalles que fueron reales, aunque sólo lo fueran en nuestra mente.

Traté de volver a ver el verde brillante de las enredaderas y fue inútil. Los contornos de las hojas no eran precisos y no percibía el olor exacto, sino un esbozo, una sombra. El recuerdo estaba hecho de un conjunto de colores, de olores, que tomaban forma según mi voluntad. Construía el recuerdo según mis propias sensaciones y creaba mi propio ritmo.

Pero no es del limonero de lo que quería hablar, ni del tacto venenoso de las adelfas, ni del olor del jardín de tía Patrícia.

Hace cuatro años que fotografío eso que llamamos realidad. Tengo éxito, cosa que no me halaga mucho, conozco la miseria del país. Los críticos dicen de mí que soy uno de los mejores retratistas de Cataluña. Lo dicen en masculino, porque si lo pusiesen en femenino no sé con quién podrían compararme... ¡Además, me hace gracia eso de ser el mejor en cualquier cosa en un país tan pequeño como el nuestro! Durante un período me

lo creí. En cuanto sobresales un poco, hablan de ti...
No es que conozcan tu obra, no. Pero te regalan el oído
y en seguida crees que ya eres un pequeño genio. Pequeño, a la medida del país.

Y, cuando un día te detienes, observas la obra hecha
y comparas, te das cuenta de que eres una honorable
medianía en el país de los tenderos honorables... Hoy
mismo lo comentaba con Jordi. Le decía, nos enzarza-
mos en buscar la realidad más cruda, no para aliviar
el dolor, sino para poderlo retratar y que nos admi-
ren por ello. Le dije que tenía ganas de dejar la fotografía por una temporada; estoy algo cansada de buscar siempre el instante fugaz de lo que pasa, de retratar
la realidad precisa, exterior. Como si mis ojos fuesen
una cámara siempre asomada hacia fuera. Tengo ganas
de explorar mi propia cadencia. Jordi me sonrió, ausente. Él también tiene sus manías, que están a medio camino entre el experimentalismo y eso que llaman «escritor militante». Es un hombre de letras, como tú, y
parte de una cultura y un lenguaje concretos. Bebió de
un trago el vaso de leche y se marchó. Tenía prisa, quería ver a Anna, una antigua compañera de Universidad. (Jordi siempre tiene prisa. Si lo tuviera que describir en una imagen, diría que, en cuanto quiero hablarle de algo, comentar o, simplemente, comunicarme
con él, mete atolondradamente los papeles dentro de
la cartera y me responde que no puede esperar, que
tiene prisa. Veo a Jordi que coloca, nervioso, los papeles en la cartera. Veo a Jordi, los papeles, la cartera,
y oigo las palabras: ahora no, ahora no, luego hablare-
mos...) Jordi ya había quedado con Anna hacía dos días.
Se ve que le hizo mucha gracia encontrarse de nuevo
con la antigua «amante» de los líderes universitarios de
los años sesenta. Con «peinado de peluquería», como
él dice.

Ahora estoy sola y me enfrento con el papel en blanco y el bolígrafo. Hace unos meses quizá no te habría
pedido que escribieses algo sobre Judit y Kati, pero
entonces papá todavía no había muerto. Y no tenía da-

tos. Quiero decir los datos del Diario de mamá y de las cartas familiares. No te lo vas a creer, pero ese montón de papelotes me ha obligado a pensar en mí misma. A mirarme por dentro. (¿Has intentado alguna vez mirarte al espejo sin analizar si todavía luces o bien si eres aún joven? Quiero decir, ¿has intentado mirarte al espejo y sólo ver en él tus ojos, tu mirada? Inténtalo: es difícil aguantarte a ti misma, desnuda de todo, durante mucho tiempo...)

¿Sabes? Sospecho que Jordi quiere volver con Agnès. Y nunca dirías cuál es la razón... Dicen que se ha enamorado de una chica mucho más joven que yo. Una chica que no le debe de exigir tanto y que le dará un amor compatible con el de Agnès. ¿No es de risa? Alguien me dijo un día que, por muy generosos e inteligentes que sean los hombres, cuando hay que sustituirte siempre buscan la hembra, la belleza y la juventud. Supongo que oí ese comentario dentro del círculo de las feministas, que siempre esperan a ver qué pasa para codificarlo todo en hombre-malo y mujer-víctima. ¿O tal vez fuiste tú quien me lo dijo? No te culpo por ello. Yo te habría dicho lo mismo. Y lo pensé cuando Ferran tardó tanto tiempo en decirte que se había enamorado de una de esas gacelas (bueno, no es de eso de lo que quiero hablar, ahora no tiene demasiado interés).

Jordi y tú tenéis las palabras para poder explicaros. Yo tengo los retratos, y durante algún tiempo creí que, en cada fotografía, dejaba una buena parte de mi persona. Ahora ya no lo sé. Para Jordi, la política es casi una necesidad física. Para mí, escribir podría ser el primer paso hacia la serenidad. Pero me temo que, en lo que se refiere a Judit y a Kati, mentiría. Estoy implicada en ello. Y me molesta que mamá fuese más Judit que madre mía. Eso lo he descubierto en los papeles, como ya te habrás dado cuenta. La verdad es que no sé qué es lo que me interesa más de cada una de ellas: si su personalidad o la relación que hubo entre las dos. Existieron mientras se quisieron, estoy segura de ello. Y cuando se rompió la relación por la muerte de Kati, Judit perdió un buen trozo de sí misma.

He tratado de escribir por mi cuenta la historia de mi madre y de Kati. He querido imaginarme a mamá viva, en la cocina. Cuando yo era una adolescente y ella todavía el puntal de la casa. Y he escrito cuatro líneas que más o menos eran así:

«Hoy te encontré cansada, tenías más ojeras, no te cuidas. Llegué a casa y entré en seguida en la cocina. Estabas guardando lo que habías comprado en el mercado. Tenías mala cara y yo no te lo dije. Sílvia chamuscaba un muslo de pollo para Màrius. Encarna enjugaba los platos. Mundo de mujeres. Me fui al comedor para no quedarme mucho tiempo con vosotras. Las plantas de la galería se inundaban de luz.»

Aquí me detuve. El final no me gustaba. En primer lugar, el tono despectivo en lo de «mundo de mujeres». Después la frase de «las plantas de la galería se inundaban de luz». Era una huida literaria del mundo de mujeres. ¿Qué tenía que ver la imagen de las plantas de la galería con mi visión de mamá en la cocina? Me atasqué y no pude continuar. Tal vez lo haría si mi madre todavía viviese, escribir sobre ella podría convertirse en un intento de reconciliación «real». Sin embargo, ¿a qué santo venía escribir sobre mamá, reescribir mejor dicho, si ya estaba muerta? Me doy cuenta que me contradigo: eso es, precisamente, lo que te pido a ti, Norma. De todas maneras, me pregunto si no será un síntoma de que todavía no soy lo bastante cuervo, y de que aún creo que el arte, para que no sea injusto, ha de tener utilidad práctica.

No hace mucho asistí a una discusión entre Jordi Soteres y un amigo suyo que es médico. Discutían sobre si los médicos son productores o no. Es decir, que si deben ser considerados dentro del mundo de los medios de producción. Parecía que el tema les apasionaba y, como no acababan de entenderse, fueron en busca de El Capital para ver si el maestro Marx confirmaba o no la inquietud del médico sobre si su trabajo *entraba dentro de los medios de producción.*

La discusión me dio risa. Nunca se me había ocurri-do una cosa así a propósito de mi trabajo, nunca había pensado si yo, como fotógrafa —y, por lo tanto, como una señora que no fabrica ni coches ni lavadoras—, entraba dentro de este modelo. La verdad es que me im-portaba muy poco saber que mi trabajo no servía para nada, que no era útil. Jordi me dijo: es que, para las mujeres, parece como si el trabajo no fuera cosa vues-tra.

Tiempo atrás lo habría tomado como un reproche. Pero creo que me salgo por la tangente... Volvamos a mamá y a Kati (a lo mejor te digo estas cosas gracias a sus papeles, no lo sé). Como te decía, creo que, si mamá viviera, habría comenzado de esta manera la car-ta que le dirigiría: «hoy te he encontrado cansada, tie-nes más ojeras, etc., etc.». Lo habría hecho con el fin de comprenderme y de comprenderla. Sin embargo, cuando mi madre vivía, yo la odiaba. Tampoco estoy segura de si era odio lo que sentía por ella. Más bien me molestaba. Me molestaba su pasado, su fracaso como madre. No la quería en casa. Vivió muchos años como una muerta, incluso antes de sufrir el ataque de apople-jía. Me enervaba. La amaba. Me volvía a enervar. Siem-pre con los ojos vacíos. Quizá no empecé a pensarlo hasta que murió. Y desde que huí de casa. Un buen día, en Inglaterra, me di cuenta que había muerto. Ha-bían pasado dos años desde su muerte. Me dije: bue-no, tu madre ha muerto. Cuando recibí la carta de mi hermano Lluís —entonces no me hablaba con papá— no hice mucho caso de ello. Mi casa era otro mundo. No les pertenecía, ni en la vida ni en la muerte. Creo que me pasó lo que a esos maridos que no saben que-rer a su mujer hasta que ésta se muere.

Yo, entonces, no habría podido escribir ni una línea. No tenía más imagen de mamá que la que ella me ha-bía ofrecido. Tú escribiste una parte de esta imagen en una de tus novelas, basándote en algunas de mis impre-siones. Y añadiste una buena dosis de intuición y un poco de leyenda familiar, gracias a las confidencias de papá en el manicomio y a las aburridas conversaciones que mantuve con tía Patricia después del desayuno. Sin embargo, las cartas de Kati y el Diario de mamá me han servido para recuperarla. ¿O será que antes no estaba dispuesta a recuperarla y ahora sí? ¿A ti qué te parece? Los papeles también me han restituido la verdad del amor de mi madre por mi hermano Pere, que murió muy pronto. No era un amor culpable, como el de tantas madres que tienen un hijo subnormal. Y como yo creí durante algún tiempo. Era un amor muy diferente del que yo podía suponer entonces y, sin embargo, totalmente inútil. ¿O es que hay amores que no sean inútiles?

Los papeles me han hecho comprender que mi madre de la posguerra no tenía nada que ver con la Judit de los años anteriores. Creo que mi madre después de la guerra no vivía de una manera paralela al tiempo y al espacio que biológicamente le correspondían. Todo esto me ha hecho pensar que vamos haciendo a los demás según la relación que con ellos mantenemos. Después de releer varias veces los papeles, llegué a confundirlas a las dos, como si fuesen una sola persona, o tú y yo, y también Agnès (de la que, no lo niego, estoy celosa). Todas las mujeres del mundo que se habían perdido o estrellado. Me parecía que era necesario salvar con las palabras todo lo que la historia, la Historia grande, es decir, la de los hombres, había hecho impreciso, había condenado o idealizado. Hablando de ello, ¿no es el Arte un obstinado intento del ser humano para reconquistarse en libertad? ¿No crees que las mujeres también podemos ser libres dentro del arte, o sea, dentro del sueño? Me imagino tu sonrisa irónica. Debes de estar pensando, Natàlia desbarra porque nunca ha tenido que limpiarle el culo a un crío. Bueno, lo dejo correr.

¿Sabes? Me parece que tú y yo hemos llegado tarde. Dirás que yo he «vivido» más que tú, porque he viajado, porque acepto cualquier tipo de soledad y porque

20

sé que mi amor por Jordi es relativo. De todas maneras, a veces me parece que es la intensidad lo que marca el termómetro de la «vida», no la dispersión. Y yo me he disgregado, me he dispersado en mis amantes, Emilio, Sergio, Jimmy...; me he dispersado en centenares de partículas, de fragmentos, de piezas desprendidas de mí misma; me he dispersado para no encontrarme. Para un hombre, la soledad puede ser el primer escalón hacia el poder y hacia el arte. Para una mujer es el vacío, la locura o el suicidio. Perdidas en miles de partículas, hechas a través de los hombres, repartidas entre los genios, ¿qué queda de nosotras? Por eso me interesa la historia de Judit y de Kati. Ellas, durante un tiempo muy breve, creyeron que podían engañar al destino de su sexo. ¿No es toda una esperanza?

No, si ya sé que te va a extrañar lo que te insinúo. Veo cómo me preguntas, perpleja: ¿pero no me dijiste que Judit fue el gran amor de tu padre? ¿Pero no me contaste que se quisieron hasta la muerte y hasta tal punto que Joan Miralpeix se volvió loco cuando tu madre faltó? Entonces, ¿qué es lo que escribí en mi novela? No, no creas que te engañé. El amor entre mis padres existió. Pero fue cierta clase de amor. El trabajo de los escritores es saber explicarlas todas. Eso ya no es asunto mío. Te doy los materiales, ¿qué más quieres? Elabóralos. Tienes unas cuantas soluciones: que Joan quería a Judit, pero ella no le quería. Que mamá y papá se quisieron a pesar de las circunstancias. Que mamá quería a papá porque éste la quería. Que mamá se había acostumbrado a él de tal manera que era como si formase parte de sí misma. Que papá se la inventó, sobre todo después del ataque de apoplejía y después de su muerte. Como puedes ver, todas las soluciones confluyen en una: que no sabemos nada de ellos o que sabemos muy poca cosa.

A pesar de todo, ahora no son mis padres los que me preocupan. Me interesan más las relaciones que hubo entre mamá y Kati, y entre ésta y Patrick. _Ellos me hacen pensar en nosotras, en ti y en mí_. Sé que un día de estos mi relación con Jordi se acabará. Nunca ha sido intensa, quizá porque la iniciamos con la idea de provisionalidad. Eso se dice mucho hoy en día. Mientras dure, que todo se acaba... Estamos resquemadas antes de tiempo. Adivino tus reproches: «no te lanzas nunca a nada, ni al amor ni al trabajo. Todo lo miras desde el rincón. ¿Crees que hay que medir el amor en términos mercantiles? A ver qué me das tú para que yo te devuelva exactamente los mismos gramos...». No puedo hacer otra cosa. Las mujeres hemos de guardar muy adentro una buena parte de nosotras mismas. Si nos entregamos del todo, al final nos quedamos como una abeja sin colmena. Sí, ya sé que mueves la cabeza al leer estas líneas. ¿Qué quieres que haga? Tengo diez años más que tú, o casi. Los años pesan.

El amor de Kati y mamá fue intenso porque ellas lo creyeron eterno. Supusieron que no se acabaría nunca, a pesar de aquella cochina guerra, como dicen los que la vivieron. Jordi me pidió muy poco: sólo la continuidad de lo que ya existía. Nuestra época es demasiado mediocre para poder vivir sentimientos intensos. Pero no deja de ser triste que necesitemos una guerra para saber amar. Como lo hicieron ellas dos, como lo hicieron Kati y Patrick... Y ahora sé también que el amor de mamá por Pere, mi hermano mongólico, fue grande porque se fundamentó en el recuerdo de los desaparecidos durante la guerra. Y el otro hermano, Lluís... Pobre Lluís. Su empeño en demostrarnos a todos que es feliz —o sea, que ha triunfado— no es más que una cortina para esconder el miedo que tiene. Hubo un tiempo en que intenté entenderle. Sobre todo porque tú, en tu novela, le habías pintado como el personaje más negativo. Me parece que te pasaste de la raya. Claro está que resultaba bien: Lluís era hijo directo del fascismo y, de aquella aventura, solamente se podía salir malvado o rebelde. Pero me parece que te pusiste demasiado de mi parte. ¿Por odio de sexo, nada más? No, Lluís no es del todo bueno ni del todo malo. Como todos nosotros, está hecho a medias. La única diferencia es que él no lo sabe y, como no lo sabe, no se acepta.

Por todo esto que te he ido explicando, no me veo con fuerzas para manipular los papeles de mi madre y de Kati. Y escribo «manipular» en el sentido más estricto. En este caso no me parece peyorativo. Kati, y sobre todo Judit, están demasiado próximas a mí para que pueda ser justa. ¿O tal vez no quiero hacerlo por orgullo? No, no lo creo. Con Patrícia, me atrevo a hacerlo. Aunque reconozco que las páginas que más me gustan de tu novela son las que le dedicas a ella. No entiendo por qué no la acabaste con su voz, con el monólogo ante el cadáver de Judit. Así lo habías escrito en el borrador, ¿verdad? Patrícia podía dar un tono diferente a los personajes más atormentados. Al fin y al cabo, Patrícia, como Encarna, son dos personas inocentes. Representan el sentido común, que es la única filosofía que me interesa. O quizá son ellas las que me interesan, porque la gran Historia las ha olvidado más que a nadie. Ahora todo el mundo, incluso yo, se ríe de ella, de tía Patrícia. A pesar de que tiene setenta y siete años, parece una adolescente. El pelo rizado y teñido de color caoba, las uñas pintadas, los vestidos de colores chillones. Dice que ha descubierto la «realidad» de la vida. ¿Y sabes cuál es su realidad de la vida? Pues el morapio todas las noches, los helados en copa, las visitas a los grandes almacenes. No tiene ni un céntimo, pero goza de un sentido especial para disfrutar con cualquier cosa. Sí, ya sé que a ti y a mí eso nos parece una claudicación. Pero es más feliz que nosotras, porque sabe que la felicidad no existe. ¿Sabes lo que hizo el otro día? Pues invitó a Encarna y a su marido, Jaume, a ver Ópera en su casa (Patrícia se ha gastado medio vitalicio en una televisión en color). Y les dijo que fuesen vestidos de etiqueta, porque la Ópera, Aida, era una filmación hecha en el «Liceo». Encarna tuvo que arreglar su traje de novia y convertirlo en uno de noche, largo y con unos volantes de seda negra. Jaume no tenía smoking, pero se presentó vestido de punta en blanco. Y tía Patrícia se colocó encima todas las

Patrícia [handwritten margin note]

Morapio - red wine [handwritten note]

joyas de la familia que no había empeñado. Puso en fila, delante del televisor, las sillas de satén estilo imperio, roídas y agujereadas. Y los tres, elegantes y circunspectos, pasaron una velada «inolvidable», para decirlo con el mismo adjetivo que tía Patrícia. Seguro que ni tú, ni yo, ni Jordi, ni Ferran, seríamos capaces de disfrutar de este modo sin analizarlo después. Y cuando me cuentan cosas así, vividas por personas que no tienen ningún afán de inmortalidad, o sea, que no piensan trasladarlo a la imagen o a la literatura, es cuando más te envidio. Me habría gustado saber escribir con palabras precisas y convincentes. Donde ninguna imagen fuese gratuita y los adjetivos sugiriesen la verdad del sustantivo.

Adivino, otra vez, tu sonrisa irónica. Así que no hablo más de ello. Sólo te expreso mi ambición. Sé que nunca lo haré, no tengo la suficiente densidad. También podría echar la culpa al «clima» del país, un país enfermo, neurótico, que nunca acaba de construirse. Pero tú dirías, y tendrías razón, que ésta es la excusa fácil de los mediocres: el «clima» somos nosotros.

Cuando publicaste tu novela sobre el amor entre mamá y papá, y sobre el enamoramiento de tía Patrícia por Gonçal Rodés, te reproché que te dejases llevar por los hechos, por eso de «fulanito dijo y fulanito pensó». Te reproché que te hubieras dejado seducir por la historia externa y que, aparte de dos o tres personajes, no hubieras sabido dejar a un lado la sociología. Y te dije —debes de recordarlo muy bien, porque tienes memoria y, por lo tanto, rencor— que habías escrito una novela casi costumbrista. Ahora, con el tiempo que ha pasado, he de reconocer que, al menos, escribiste una novela. Yo no puedo escribir. Tengo materiales para hacerlo, lo vivo dentro de mi cuerpo y de mi cerebro, pero no puedo.

Tengo miedo a crear. Sé que nunca llegaré a conseguir la armonía entre mi experiencia sensorial y mental y la realidad que ayuda a hacerla viva. Por todas esas razones te he dejado los papeles de mamá y de Kati,

24

junto con mis notas sobre tía Patrícia. Sé que tú me necesitas a mí para hacerlo. Y sé que lo sabes reconocer. A ver si lo consigues.

   Te quiere,

NATÀLIA.

LA HORA PERDIDA
(Natàlia y Agnès)

Natàlia lee La Odisea *en una isla del Mediterráneo*

La mar embravecida golpea las rocas. La espuma vuela y lame furiosamente la arena. La mujer del pescador, que lleva una bata de cuadritos y red en la cabeza, mira con insistencia hacia el faro, hacia La Mola. El tiempo se ha revuelto y el marido no regresa. Oigo cómo la mujer del pescador explica a una extranjera que la barca es pequeña, pero fuerte. La extranjera no sabe qué decirle, la consuela y veo que procura prepararla para la resignación. Otros extranjeros, indiferentes, mojan pan en unos enormes tazones de leche. El cielo es de color gris y, por poniente, está moteado de manchas negras. Las olas insisten, como si alguna fuerza oscura las empujase. Una tras otra van muriendo, furiosas y cansadas, sobre los arrecifes. En el mar hay una escala, tenue, matizada, de colores: verde botella - azul celeste - azul cobalto.

Me gustaría fotografiarlo. Quizás así lo explicaría mejor.

Esta pequeña isla se abre al mar formando playas

solitarias. La gente sujeta con palos las higueras enanas porque el viento, la tramontana, sopla muy fuerte. Los corderos y las ovejas pacen junto a las tierras yermas. Es una isla que parece helénica, minúscula, que se ha conservado casi intacta desde la prehistoria.

Un viento cálido levanta la arena como si fuese una fina lluvia y acompaña hacia tierra al bramido de las olas. Jordi, ¿sabes una cosa? Me gustaría oír los lamentos de Circe, la hechicera, que ha sido tildada de mala por los historiadores porque convertía a los hombres en animales. Quizá su único pecado fue el de querer a Ulises. ¿Te das cuenta, Jordi, cómo utilizo la palabra «pecado»? Circe encantaba a los hombres porque era una diosa y no sabía usar las armas del sufrimiento. Circe no quería ser una mujer-víctima. Jordi: a mí tampoco me gusta ser una mujer-víctima. Tampoco Calipso quería sufrir. El poeta cuenta, Jordi, que dejó marchar, entre lágrimas, al guerrero del que se había enamorado. Mira lo que dice aquí:

¡Sois implacables, dioses, y más aún celosos!
Porque no perdonáis a las diosas que duermen sin re-
                                                    [cato
con el héroe a quien han elegido y a quien aman...

Ulises, naturalmente, quiere volver a casa. A casa, Jordi. A pesar de que le dice a Calipso que Penélope es escasa en belleza y en estatura al lado de ella. Pero, eso sí, Penélope es prudente. Y cuando hay que pasar cuentas, ¡qué gran tesoro es la prudencia! De todas maneras, antes de despedirse, no dudaron en fruir del amor (me gusta ese verbo: fruir. ¡Pero cualquiera lo dice hoy!) y permanecieron el uno en brazos del otro. Eso es lo que dice el poeta, que sabía mucho de la belleza y de las palabras. Y eso es lo que pienso yo, Jordi mío, mientras intento recordar cómo «fruía» en tus brazos. ¿Sabes que casi no lo recuerdo?

Y al final venció Penélope. Y es que Penélope era una mujer sabia. Una mujer que, con su tejer y destejer, construía una jaula sutil alrededor del recuerdo del hombre que regresaba. Una jaula para Ulises, hecha de gemidos, de suspiros, de llantos nocturnos. De desesperación. ¡Oye, no veas aquí comparaciones con tu mujer, que no es el caso! (miento, tal vez).

Ya sé lo que piensas, querido: que yo soy mitad Calipso, mitad Penélope. No sé qué decirte... Tú no eres Ulises, ¿verdad que no? Ulises sabía mucho de guerrear y de gobernar. Sabía mucho de hablar con los dioses y de ser valeroso hasta la muerte. Dime, querido Jordi, ¿quedan ahora hombres así?

Pero Ulises no sabía nada de los sentimientos. La mayoría de los hombres no sabéis nada de los sentimientos. Llegan, se presentan ante vosotros como almas en pena, os hieren y os sorprenden. Tú también: te quedas perplejo cuando una emoción te llega y no te abandona. No sabes qué hacer con ella. No sé si me explico bien... Te llegan palabras que no controlas, te resbala una lágrima que procuras esconder en seguida. Miras hacia otro lado cuando se te humedecen los ojos (siento el cuervo del odio y me nace daño).

Sí, querido Jordi. Ulises sabía mucho de guerrear y de gobernar. Y de ser valeroso hasta la muerte. A Ulises no le amaban los dioses porque sabía amar, sino porque sabía combatir. Estaba hecho para la lucha y para organizar su pequeño país. Circe, Calipso y Penélope, sabias desde que la luz del sol calentó la Tierra, conocían los caminos para tenerle (y yo no he sabido retenerte, ¿cuál es mi papel?). Las primeras, para entregarse a él. Penélope, para conservarle. Calipso y Circe, aunque inmortales, sabían que, a la larga, le habrían de perder. Penélope, que sólo era una mujer de paciencia levítica, saldría triunfadora (la más fuerte, ya ves).

... Porque le daba vergüenza, delante de los feacios, que los hilos del llanto surcasen sus mejillas...

A Ulises, el «destructor de ciudades», le avergonzaba llorar. Sí, ya sé que a ti no te avergüenza llorar, así me lo has dicho. Pero no puedes hacerlo (aunque te he visto llorar dos veces, y lo recuerdo muy bien). A Penélope no, Penélope sabía que, cuanto más llorase, más los dioses le ayudarían. Más vencería. No importaba que se agotasen los años llevando consigo penas y renuncias. Podían transcurrir los días, inmutables, cada uno igual a todos los demás. No importaba, querido Jordi. Penélope, que sólo sabía mirar el mundo con los ojos de Ulises, acabaría recuperándole. Ulises tenía mucho miedo y, una vez apagado el fuego interno de la pasión, volvería a Ítaca. El mundo no dejaba de ser hostil para su alma mortal. Sólo en Ítaca encontraría la paz.

Tú también, ¿verdad?

Hace tiempo que no lloro. Tendría que esforzarme mucho para hacerlo. Confieso que me fascina la facilidad que tiene Norma para que se le humedezcan los ojos. O Sílvia. Bueno, ésta siempre va con el «Kleenex» en la mano. El otro día me dijo: la vida se me escapa, ¿y qué he hecho? No supe qué decirle. No tengo la paciencia de Norma para aguantar toda clase de confesiones. A mí, hay mujeres que me ponen nerviosa. Sílvia, por ejemplo. Comprendo que Lluís es un sinvergüenza y que se ha aprovechado de ella. Pero hay mujeres que tienen el destino que se merecen. ¿Qué vio en mi hermano? Ahora le miro, como si fuese un actor de cine, y le veo así: entradas en la frente, la mirada muerta, con su barriga y su copa de Bourbons en la mano, confesándome lo desgraciado que es, sobre todo desde la muerte de papá... (nadie me vio llorar aquel día). Cuando me dice eso, en lugar de despertar mi compasión, lo que consigue es irritarme. Le prefiero triunfador, cuando ríe con los amigos, cuando sus ojos siguen el culo de una chica...

La mar se ha calmado, pero el pescador no regresa. El hombre del bar le dice a la mujer que es extraño, que ya han vuelto todas las barcas, pero que, vete a saber, a lo mejor el hombre ha ido directamente a Ibiza. No me canso de mirar el mar. Una vela blanca se recorta en el horizonte y un tenue rayo de sol me acaricia. Siento cómo los recuerdos van y vienen. Palabras que se forman solas y que mueren entre el sonido de las olas. Pienso en ti, Jordi, y también en Penélope. Como si fueseis una sola persona. Sí, ya lo sé, tú no tienes nada que ver con tu mujer. Sé que te da vergüenza tu cobardía, ¡me lo has dicho tantas veces! ¿Miraba Penélope el mar o lo rehuía, tierra adentro? Penélope también tenía derecho a querer (esta frase no la diría nunca en voz alta). Penélope amaba como había que amar a todo un rey: con placidez y humildad (mi mujer está como amodorrada, me decías). Circe, furiosa y enamorada, los encantaba. Igual que Norma. ¿Sabes, Jordi? Norma me dice siempre que necesita estar enamorada para escribir. Cómo la envidio. Yo, contigo, más bien soñaba una amistad, ¿para qué negarlo? Me parece que mi problema, el nuestro, es que queremos hacer el mundo a nuestro modo. Tú y tu amor abstracto a la Humanidad. Yo... Cuando leí, a los veintitrés años, las memorias de Simone de Beauvoir, sentí una especie de desazón por vivir del mismo modo que la dama francesa y creo que me obstiné en buscar un Jean-Paul Sartre. Quería el mundo a mi medida. Así que, cuando te encontré, no salía de mi asombro. Aquella noche, ¿recuerdas?, me llevaste a un restaurante de mala muerte y sólo me hablaste del partido, de los muertos de la SEAT, de la Asamblea de Cataluña... Me tocaste los dedos de una mano, todavía sucios del laboratorio, y me dijiste: ¿sabes que me gustas? No, no salía de mi asombro... Fui tan estúpida que lo único que supe darte fue mi sexo. Y a ti te sorprendió, no lo esperabas. Caminamos por una Barcelona húmeda y silenciosa hasta las cuatro de la madrugada. Hablamos de política, de los disidentes checos. Hablamos mucho. Y en la portería de mi estudio te dije: ¿por qué no subes? Inmediatamente me arrepentí. Tú no querías

Checos - Czechs

subir, lo veía en tus ojos, que siempre tienen ese aire de sorpresa. Pero subiste al piso y te ofrecí una copa. A ti, que no bebes. Y te puse el segundo concierto para piano de Brahms. Y me dije: chica, lo has estropeado... Acabé en seguida de enseñarte el estudio. Vimos Barcelona desde la terraza. Con la copa en la mano. Me hablaste de tu mujer, es buena, me dijiste. Y de tus hijos, son un producto de mi mujer. Chocamos un par de veces y no nos reímos. Si nos hubiéramos reído... Y fuimos a la cama. Yo llevaba hambre de sexo, para decirlo sin rodeos. Te tiré sobre la cama y te habría destruido... No, no es cierto. No llevaba hambre de sexo. Sólo quería que te quedases, que no te fueses. Tú te diste cuenta de ello. Y dijiste, me tengo que ir. Cuando vi tu cuerpo recortado sobre la :uz del pasillo, se me hizo un vacío en el estómago, como dice Norma que ocurre cuando te enamoras. No, no me enamoré de tu cerebro, Jordi. Ni de tu reconocida honestidad. Ni de tu bondad. Me enamoré de tu gesto al atravesar la luz del pasillo. Ya ves qué cosa más tonta.

Sí, todo tenía que ser a mi medida. Los hombres, el mundo. Mira, no comprendí a mi padre hasta que se volvió loco. Cuando ya era un desecho, entonces le quise. Y puede ser que, ahora que te vas, te ame más que nunca. ¿Por qué somos, así, dime?

... Y uno de ellos, bajo el costado de la nave,
se ayuntó en el amor, esa cosa que a todas las mujeres,
¡pobres!, les trastorna el cerebro, por honestas que
[sean...

He hablado de Circe (o de Norma). Después hablaré de Calipso. Nació en olor de sexo... ¿Atenea? Atenea se vestía de hombre para ir a ver a Telémaco. La más diosa de todas, la madre. Y, como madre, el poeta la indultaba. A ella, eso del «amor» no le trastornaba el cerebro. Se ve que el poeta no supo cómo tratarla: si como a una diosa con pudor femenino o como a una

trastornar -upset

madre que todo lo arregla. El poeta debió de encontrar muy complicado eso de clasificar a un personaje como Atenea.

Nunca sabrán nada de mí, Jordi. Por eso no te perdono que me hayas visto tan pequeña. Tan débil.

Ya ves, dicen que todas las mujeres, por muy honestas que sean, pierden la cabeza con eso del amor. No era ése mi caso, Jordi.

El viento dispersa las nubes más allá del horizonte y el Sol de la mañana comienza a calentar. Pero las olas rompen todavía entre bramidos, como si arrastrasen hasta la arena los alaridos de los muertos. De las muertas que no han sido cantadas por los poetas. Muertas y bien muertas. Recogeré todos los rayos del Sol. Se extienden, fieles, sobre mi piel (esto es literatura, pero me gusta). Norma me diría que hay que amar a cada rayo de sol por sí mismo, retenerlo para mí, en mí, como si muriese dentro de mí, como si yo fuese el límite de todas las cosas que me rodean. Norma es demasiado vitalista. Le tengo envidia. Es como si la estuviese oyendo: mujer, hay que amar a las gotas de agua de mar que de vez en cuando empapan mi rostro, el olor a salitre. Lamer la capa de sal que se impregna en mis brazos, sobre mi vientre, sobre mis muslos, sobre mis pies... Acariciar las rocas que me resguardan. Y el viento que me ahoga los recuerdos. Norma, la sensual.

A todas las mujeres, por muy honestas que sean, se les trastorna el cerebro con eso del amor... Pobres, dice el poeta. Ya pueden las mujeres amar empujadas por el deseo, que, por muy honestas que sean, lo tendrán que pagar. Todas, salvo Penélope, victoriosa porque sufrió, serán condenadas. Mirad a Clitemnestra, la madre herida. ¿Cuál fue su pecado? ¿Amar a Egisto o no haber sabido esperar?

Norma: ¿Pero tú quieres vivir con él?

Natàlia: ¡No, me horroriza la idea de la pareja!

Norma: ¿En qué quedamos? ¿Qué es lo que quieres?

Natàlia: ¡Es que le quiero, le quiero! Y no le puedo llamar nunca. Siempre he de esperar, esperar. ¡Estoy harta!

Norma: Pero quizás él no piense lo mismo. Quizás él no tenga la misma idea que tú sobre eso de las relaciones humanas.

Natàlia: Yo no sé cuál es mi idea. Tengo cuarenta y un años, ¿comprendes? Sólo sé lo que no quiero.

Norma: Me parece que siempre te has planteado la vida en negativo. Rechazas lo que no quieres, pero no intentas conseguir lo que quieres. Siempre estás huyendo.

Esta conversación, parece mentira, la puedo tener con Norma. Pero no contigo.

... Por eso, ni con tu esposa tienes que ser benévolo, no le confíes del todo lo que piensas hacer...

Agamenón advierte a Ulises y le dice que «hoy ya no hay confianza en las mujeres». ¿Te das cuenta, Jordi, de que a nadie le ha preocupado que Clitemnestra tuviera que esperar a Agamenón? Elogiado por el poeta, precisamente por haber causado la ruina de medio mundo. Por haber dejado arrasada una ciudad como Troya. Sí, ya lo sé, Jordi: sé que me darás la razón. Hay hombres que, como tú, parece que estáis aprendiendo a darnos la razón. Os habéis replegado hacia la retaguardia. Como si no estuvieseis en vuestro terreno. Pero os sentís incómodos en él.

El pescador no ha vuelto y la espera ya no se nota como antes. Es como si todo el mundo quisiera disipar los negros presagios volviendo al trabajo. De vez en cuando, las miradas se escapan hacia la casa del pescador, llena de silencio. Las cortinas de red están sueltas. Me llega el olor a sofrito de la cocina del hostal. Si Norma sintiese este olor, treparía por las rocas.

¿Sabes que me gustas?, dijiste mientras tocabas mis dedos manchados en el laboratorio. Y me sentí como una niña. Un calor en las orejas. Un vacío a mi alrededor. Me habría gustado hacer un retrato de tu manera de mirarme. No sé si eso de retratar la realidad es un acto de orgullo. O de desquite. ¿A quién le puede importar que fije una imagen, esa imagen que se repite un día tras otro, a cada instante, por todos los rincones del mundo? Ninguna imagen es inventada de nuevo. Cada fotografía reproduce actos, movimientos, gestos, miradas, risas y llantos que se presentan a todas horas por todas partes.

Norma: Si todos pensásemos así, tendríamos que tumbarnos a la sombra de un árbol y rascarnos el ombligo.

Natàlia: ¿Pero no ves que nos repetimos? ¿Que ya no decimos nada nuevo?

Norma: ¿Y qué? El arte pone orden en la vida. Además, ¿no te das cuenta de que es la primera vez que las mujeres se atreven a hacer arte?

Natàlia: No cambiaremos nada.

Norma: Eres una pesimista. ¿O es que te gusta llevar la contraria?

Norma tiene razón, Jordi. Lo que más me gusta es hacer la contra. Y a veces no sé por qué digo las cosas. Sólo para que me oigan. Para afirmarme. Si tú me hubieses llevado un poco la contraria, si no me hubieses dado tanto la razón... Habría creído que sí, que me hacías caso. Pero la cosa ya no tiene arreglo. Siempre pienso que llego tarde a las personas y a las cosas Me hice fotógrafa por eso: por tener alguna profesión. Pero lo mismo daba: habría podido hacer mil cosas más. Y bien, ¿a quién le pueden importar mis fotografías, que no hacen más que repetir lo que le ha pasado a la Humanidad desde que el mundo es mundo? Dicen que soy una buena fotógrafa. ¿Y qué? Hasta las piedras están cansadas de ver los reflejos de cualquier emoción en todos los rostros, de ver en ellos la alegría como si ésta fuese eterna, y de ver, de repente, que esa alegría se transforma en desazón. He leído que Ibsen decía que la vida no es trágica, sino ridícula. No, no es que la vida —al menos tal como la vivimos nosotros— sea trágica. Ni tampoco ridícula. La vida, simplemente, se repite en nosotros mismos y en los demás. Y siempre creemos que somos los primeros en experimentarla. Por eso le he pedido a Norma que escriba algo sobre Judit y Kati. Sin embargo, no le diré nada de mi vida. Eso no. Siempre pienso que los «temas» son las otras vidas, no la propia.

La vida es lo único que tengo, y he de terminar tal como comencé. Como un círculo. Sin grietas.

Norma: Eres demasiado dura, Natàlia. Me das miedo. Es como si no tuvieses piedad de ti misma.

No, Norma no sabrá nada de mí. Ni yo lo quiero saber. Nadie meterá baza en esto. Me defenderé con las garras. Nadie sabrá nada. Y ahora que se ha acabado nuestra historia, Jordi, es como si el telón hubiese bajado definitivamente. Se acabó. Cuando me vaya, el silencio. Nada de nada. Por eso no me he querido fotografiar nunca. Me lo llevaré todo conmigo, Jordi. Me llevaré tu imagen recortada por la luz del pasillo, tu imagen del primer día que subiste a casa. O de cuando me dijiste: ¿sabes que me gustas?

Mi historia no es ejemplar. Es aburrida. Y mientras fotografío los rostros de los demás, se olvidan del mío. Las monjas del colegio me dirían, a buen seguro, que peco de soberbia.

Pero nadie me robará estos momentos preciosos dentro del espacio y del tiempo. Cuando los recuerdos vuelven. Y es que los recuerdos sólo existen cuando no eres feliz. Lo que tanto se ha repetido, Jordi: recordar es vivir dos veces. Tal vez es eso lo que nos diferencia: tú, desde que te dedicas a la política, ya no recuerdas. Ni tienes sueños. Es como si nunca hubieras pasado por la infancia. ¿Y cómo se puede amar a un hombre que no ha tenido infancia? Norma dice que sin memoria no se puede vivir. Aunque me parece que lo que ella intenta es borrar el pasado, huyendo siempre, inventándose personajes y amores. No la entiendo, siempre con esa especie de pasión que tiene por las cosas... A veces me parece que me refugio en el recuerdo porque ya no soy capaz de vivir. Como si hubiese echado

el cerrojo. <u>Sin embargo, el recuerdo es literatura, re-</u>
<u>creación.</u>

<u>Y me gustaría ser capaz de no separar estas dos</u>
<u>cosas.</u>

Se puso el vestido rosa, aquel que a Jordi le gustaba tanto. Pasó un largo rato en la bañera, donde se sumergió suavemente. Antes había echado en ella esplie-
go y romero, y se sentía como una flor arrastrada por
las aguas. Se puso el vestido rosa porque Jordi vendría
a buscarla. Le había dicho por teléfono quiero hablar
contigo, es muy urgente, ¿podríamos vernos? Hacía
más de seis meses que Agnès no veía a Jordi

Estaba decidido, se pondría el vestido rosa. No tuvo
que pensarlo mucho. Se miró las piernas cuando estaba dentro de la bañera, las piernas que él había besado
tantas veces. Trató de recordar cómo Jordi pasaba por
ellas sus labios húmedos, trató de recordar lo feliz que
había sido. Él le decía, tus piernas son las más bonitas
que he visto en mi vida.

Después, Jordi iba ascendiendo hacia el bajo vientre
hasta la altura de los pechos. Mi loma, le decía. A Agnès le gustaban las palabras que Jordi le susurraba al
oído. Tus piernas y tus pechos son los más bonitos que
he visto nunca, pequeña. Y ella, rendida, le preguntaba,
¿nunca? Jordi, muy serio, le contestaba, nunca.

Hacía mucho tiempo de todo aquello.

Le besaba primero un pezón, después el otro. Los
acariciaba con la oreja hasta que se dejaba caer en sus
brazos. Estoy cansado, Agnès, decía. Y entonces ella le
pasaba la lengua por dentro del oído, sabía que le gustaba.

Desde aquel día no se había puesto el vestido rosa.
Desde aquel día, el primer eslabón de toda una cadena
de mañanas hechas de vacío. Desde el día en que Agnès
tuvo la sensación de que lo soñaba todo, de que nada
era de verdad, como si se tratara de una escena de teatro que tenía que ver a la fuerza.

39

Las mañanas le daban más miedo que las noches, porque sabía que las pesadillas no se habían acabado. Se despertaba con la boca espesa, sucia de polvo gris y de pelos, como si todavía estuviera preñada.

Por la noche soñaba que la azotaba un viento muy fuerte, un viento que arrastraba todo el polvo gris, como si fuese una sábana que se deshilachaba. El polvo le dejaba la garganta seca, se introducía por todos los poros de su cuerpo, casi no la dejaba respirar. Era un polvo como de fina lluvia, igual que el de las rocas cuando son picadas dentro de la mina. La polvareda la persiguió durante mucho tiempo. La cubría, le dejaba la boca pastosa. Y, por la mañana, volvía de nuevo la sensación de los pelos, el amargor de un mechón del que no podía deshacerse. Así pues, la ausencia de Jordi no se traducía en tristeza. Quizá porque no tenía tiempo de estar triste, tal vez porque debía emplear todas sus fuerzas para luchar contra la sábana de pelos y contra el ardor del mechón de cabellos que se le engastaba en el paladar. No, no quiso hacer un drama, como su madre. Como su madre, que se arrodilló delante de la puerta del recibidor pidiéndole a su padre que no la dejase. Había pasado mucho tiempo desde entonces, pero siempre tenía presente la misma imagen de su madre: arrodillada delante de la puerta del recibidor, aferrada a los cerrojos, lanzando un grito largo y discontinuo. Así se marchó el padre. De este modo, cuando encontró a Jordi Soteres, cuando Jordi le dijo te quiero, ella lo apretó muy fuerte contra su pecho y solamente le dijo, quizá con el mismo grito interior, desesperado y discontinuo de su madre, no me dejes nunca, no me dejes. Quizá no lo convirtió en palabras, pero era la queja de su madre aferrada a la puerta del recibidor lo que le brotaba con toda la fuerza desde muy adentro. Y se aferró al cuerpo de Jordi como su madre se había abalanzado sobre la puerta del recibidor. Sus manos parecían garfios y le comenzó a acariciar con una furia insólita, que hasta entonces desconocía. Jordi y la puerta del recibidor se convertían en una sola cosa y ahora recuerda la

sorber - suck

violencia que sintió en las manos cuando buscó el sexo de Jordi para sorberlo hasta el alma. Quiso tragarse el pene, succionarlo hasta la última gota de líquido, hasta que no quedase nada, como si de ese modo destruyese para siempre la imagen de su madre arrodillada delante de la puerta del recibidor.

¿En qué entrevista playa un fantasma querido
me espera siempre a solas, tenaz, tenaz, sin dueño?

No sé por qué pienso ahora en estos versos de Aleixandre. Tal vez porque me veo ya como una sombra, como un fantasma. Me gusta sentir el aliento de este mar que me lame los pies. Yo no escribiría nunca esto. No soy como Norma, por fortuna. Norma siempre espera decir la palabra más literaria, más sublime, cuando hay público junto a ella. No comprendo a Norma. Veo a un muchacho muy joven, cabello revuelto, espalda fina, flexible como un junco, que se sube sobre una roca. Casi un adolescente. Y no sé si es una visión u otro fantasma que espera. Me parece que es en los momentos de crisis cuando nos refugiamos en la cultura y en el arte. Porque, vamos a ver: ¿habría admirado yo, como lo hago ahora, esa magnífica espalda desnuda si no hubiese sido por Visconti? O por Mann. La visión ha desaparecido y me deja sabor de añoranza. Esto, Jordi, no lo entenderás. Me lo dijiste un día: no sé qué cosa es la desesperación. Hago más literatura que Norma, y ya es decir. El muchacho emerge en otra roca. No, no lo habría admirado como lo hago ahora si no fuese por *La muerte en Venecia*. Mirar es todo un ejercicio, y yo soy una aprendiza. Ya ves, Jordi, desde que nuestro amor se ha roto no hago más que mirar. He aprendido a contemplar. ¿O será eso lo que he hecho toda mi vida? Cada rincón de tu cuerpo, cada zona escondida. Los mil rostros que tiene el hombre durante los instantes del acto del amor. Nunca es un rostro único. Como si hubiese muchas personas en un solo hombre. Los gestos pasan de un estado a otro, de la ternura al arrebato. Incluso en las ganas de huir de la alcoba. Y eso era lo que tú sentías muchas veces, ¿verdad? Y, después, el retorno. Me mirabas con sorpresa, como si no supieras lo que estabas haciendo a mi lado. Como si no me reconocieras. Quién sabe a dónde habías ido. Yo no me atrevía a preguntártelo. Me sentía como una intrusa.

Las mujeres estamos acostumbradas a ser contempladas. Norma dice que lo que hago yo es contemplar. Pero a mí me parece que siempre nos estáis mirando, acechando, desnudando, repasando con los ojos, admirando. ¿Recuerdas lo que me dijiste cuando decidimos separarnos, no solamente te quiero, sino que también te admiro? Y yo no quería ser admirada, Jordi. No sé si lo entenderás. Era como si yo formase parte de tu paisaje: la familia, la política. Y Natàlia. Todo tenía que ser armónico. Hasta que no pudiste más. No podías soportar eso de ser un hombre dividido. Regresando al hogar, rehaces el rompecabezas.

Advierto que el hombre del hostal también mira al mar. Después, se gira hacia la casa de la cortina de red. Mueve ligeramente la cabeza y se va hacia adentro. Un pescador no puede morir cuando la mar está en calma. Entonces, ¿por qué no regresa?

Sí, me siento algo fantasma. Había comenzado a vivir hace muy poco, como si con la muerte de mi padre se hubiese roto para siempre mi sueño de infancia, el sueño que empezó a desgarrarse en la adolescencia. El placer de vivir, cuando no lo has hecho consciente todavía, se acaba muy pronto. Es efímero como una bocanada de aire.

Y, parece mentira, Jordi: creo que comencé a vivir el día en que tú me dijiste ¿sabes que me gustas?

Al principio, se lo decía al despertarse, al rayar el alba. Se decía, todo esto se lo llevará el viento, zas, se acabó, como la hojarasca en el otoño. Eran palabras negras, palabras que no quería oír. No, se decía, es un engaño, no es real, él volverá y me dirá Agnès mía, pequeña, estoy seguro, sólo te quiero a ti. Su madre le advertía, es un buen chico, volverá, porque ha encontrado en ti lo que no encontrará en ninguna otra mujer. Has de tener paciencia.

Paciencia, el eco de su madre después de las pesadillas de la noche.

Sólo te quiero a ti, diría. Y ella se entregaría. Sonreiría sin decir nada, porque Agnès no sabe explicarse. Y él, lo de hablar, ¡lo hace tan bien!

Palabras negras esparcidas más allá de las colinas de su cuerpo. Paciencia, decía su madre. Y ella sonreiría. Así lo pensaba todas las mañanas, mientras las pesadillas se destejían dentro del cerebro.

De modo que se puso el vestido rosa. Sabía que a él le gustaba porque tiene unas flores minúsculas, como rosas silvestres. Mira, decía Jordi, si te acercas no son rosas, sino hormigas. El vestido rosa le quedaba ceñido a la cintura y parecía más esbelta.

Sabía que le gustaba mucho. Se lo había dicho más de una vez. Le había dicho, pequeña, este vestido te sienta de maravilla, estás muy bonita con el vestido rosa, y te queda tan bien debajo de la melena oscura. Le parecía natural que le dijese esas cosas, para eso se querían.

Sin embargo, hasta hoy, no se lo había vuelto a poner. Creía que le traía desgracia. Cada vez que lo miraba, guardado dentro del armario, recordaba, hechas un garbullo, las negras palabras. No estoy enamorado de ti, ya sabes, esas cosas se pasan. Y a ella le pareció como si la sumiesen en algo muy hondo, en un gozo gélido. Lleno de un helor que venía de muy lejos, no estoy enamorado de ti, sabes, pero me parece que todavía te quiero. Quería que fuese una mentira muy gorda, una mentira pegajosa. Sólo decía, como si alguien la meciese, no puede ser, no puede ser.

Y luego, se calló, porque las palabras le pinchaban en el cerebro como si fuesen clavos candentes. ¿Por qué no dices nada?, preguntaba él. Y Agnès no sabía qué responderle. Era un sueño, él no estaba allí, sólo el eco que le devolvía las palabras.

Jordi le cogió la mano y le dijo, de todos modos, Agnès, han sido seis años muy buenos, quizá los mejores de mi vida. Y ella no lo entendía, le decía que la quería, agregaba que había pasado a su lado los mejores años de su vida, y no entendía que le dijese, ¿sabes?, esto se acabó, se acabó.

Se sentía como una licenciada a la que le dicen, señorita, su trabajo ha sido muy positivo, pero ahora ya no la necesitamos. Y desde entonces sueña esa cosa tan rara, sueña que debe examinarse y no sabe de qué, que se le viene encima una nube que la ahoga, que le sube del estómago a la garganta porque le han dicho que ha de hacer un curso y no sabe de qué, si no hace el curso la suspenderán. Y no sabe de qué la quieren suspender ni tampoco de qué se ha de examinar.

El último día que se puso el vestido rosa que luego ha tenido bien guardado en el armario, él le dijo, Agnès, tienes que vivir tu vida, dependes demasiado de mí. No podía comprenderlo. Su vida era la de Jordi. ¿Por qué tenía que elegir otra? Pero como Agnès no se sabía explicar demasiado bien, sólo dijo no puede ser, no puede ser. Se sentía lo mismo que cuando iba a las monjas y la castigaban porque sí, y se decía te castigan porque has nacido mala, eres así y ya no cambiarás, y agradecía el castigo como si fuese una dicha. Se lo merecía. Así se sintió cuando Jordi le dijo se acabó, se acabó, tienes que vivir tu vida.

Su vida eran los cortos paseos que daban juntos por el Pirineo, o los fines de semana en Sitges, cuando todavía no habían nacidos los niños. Quería que volviese a decirle al oído, como al principio, pequeña, no sabes cuánto te quiero.

Llevaba el vestido rosa, pero él no lo tocó, ni se lo acercó a los ojos para decirle es extraño, desde lejos parecen rosas silvestres y de cerca son hormigas. Y en seguida pensó en Adrià, y en Marc, que todavía no andaba, y le dieron mucha pena. ¿Y los niños?, dijo. ¿Los niños? Siempre seré su padre, Agnès, no te preocupes por eso. Y no la volvió a mirar. Ella habría querido consolarle sin saber de qué. Parecía tan triste.

Por eso se puso el vestido rosa, para reproducir escenas que habían pasado, como si fuese posible volverlas a recoger después de haber sido desparramadas por la tempestad. Pero a su manera. Quería que todo volviese a pasar, como en una película. Apretaba fuertemente los párpados como si, al abrir los ojos, pudiese verle otra vez. Ver que le acariciaba el vestido y decía parece mentira, de lejos son rosas silvestres y de cerca se convierten en hormigas. Bajó las escaleras y le adivinó dentro del coche. Tenía los faros apagados y miraba hacia delante, con la mirada perdida. Pensó, veremos lo que tarda en decirme lo de las rosas silvestres y las hormigas. Jordi no la vio, vete a saber en dónde tenía el pensamiento.

Sí, tengo envidia de Norma. Como la gran sacerdotisa de la ópera de Bellini, Norma no quiere renunciar a nada. Ni al mundo de los hombres ni a ser plenamente mujer. Quiere estar en todas partes. Quiere decidir como la sacerdotisa, sobre la vida de los demás. Quiere vivir el amor de amante y de madre de una manera absoluta, quiere ser una artista. No sé cuántas Normas conozco: la escritora, la periodista, la madre, la amante. Siempre es la protagonista. Quiere vivir de una manera intensa la vida privada y la vida pública. ¡Huff! No la puedo seguir. Se me escapa.

Natàlia: ¿No te agota pensar que cada momento es el más fascinante de cada día?

Norma: ¿Por qué?

Y me dice ¿por qué? abriendo mucho sus grandes ojos. A veces pienso que está fingiendo. Me molesta esa manía que tiene de meter baza en la vida y la muerte de sus contemporáneos. A veces le digo en broma que deje en paz a los viejecitos exiliados, que parece una

agotarse- to exhaust

45

hermana de la caridad. Y me vuelve a mirar con esa forma que ella tiene de hacerlo, como si fuese inocente. No la soporto. Creo que su manera de hacer reportajes y entrevistas es falsa. En realidad, lo que hace es mirarse en un espejo exterior. Sí, Jordi, ya sé que a ti también te fascina, aunque a veces, no me lo negarás, te da miedo. Cuando venía al estudio, la escuchabas embobado. La seguías con los ojos cuando se levantaba, sonreías satisfecho cuando te daba un beso en cada mejilla, enloquecías con su efusividad. A veces pienso que te atraía y te producía pánico al mismo tiempo. Por eso hiciste el amor con ella aquella noche de agosto... Aquel día, la pretendida solidaridad entre mujeres de que hablan las feministas se me rompió en mil pedazos. Pero tú, ¿a quién desafiabas? ¿A su fuerza o a mi presencia? ¿Quién te daba más miedo?

Norma es una mujer muy insegura, ¿entiendes? Por eso se entusiasma de ese modo con el último libro, la última ópera, la última película o el último amor. Sí, ya sé que me dirás que Norma es una tierna amiga de las mujeres y de los débiles y, como la gran sacerdotisa de Bellini, capaz de grandes sacrificios. Qué inocente eres... ¿Crees que en una época como ésta hay alguien que sea capaz de grandes sacrificios? Eso ya no se estila. Puede ser que sí, puede ser que Norma sea más capaz de ir a gusto a la hoguera que de soportar eso que ella llama «vida - aburrida - cotidiana - ay - que - no - puedo - más - que - me - voy a Singapur».

Claro está que, delante de mí, no puede mentir. No tengo ánimos para discutirle sus majaderías, pero a mí no me engaña, no. Sé que representa todos los papeles cuando quiere sacarle una confidencia al entrevistado. Norma fue educada en los principios trasnochados del Ensanche, ese barrio que dicen que en otro tiempo tuvo señorío. Por consiguiente, Norma es mentirosa y frívola y habría sido capaz de matar a su madre con tal de dejar para la historia una frase brillante. No, a mí no me engaña.

Norma: Te falta ironía y sentido del humor.

Natàlia: Qué le vamos a hacer, hija. Me hicieron así.

Quién fue a hablar. A ella también le falta el sentido del humor. Lo que querría, supongo, es conseguir un buen clima operístico para su autobiografía. Y me parece que se queda en la zarzuela.

Norma: Ya lo sabes, Natàlia, mi máxima es que la vida no es trágica, sino ridícula.

Natàlia: Sabes que sé que eso es de Ibsen, guapa.

Norma: ¿Ah, sí?

Y abre los ojos con azoramiento, como si fuera la primera vez que lo oyese. A mí no me engaña, no. Tampoco me engaña cuando saca de su despensa verbal las cuatro o cinco frases tópicas que repite sin ningún rigor. Una de las que más le fascina es «hay que bajar al fondo del pozo para recomenzar». Y también «hay que sobrevivir dentro de la mediocridad». Como si ella no fuese mediocre. A veces, cuando alguna amiga rompe a llorar porque se siente muy desgraciada —casi siempre por culpa del amante de turno o, sencillamente, porque no lo tiene—, Norma abre los inmensos ojos y le pregunta ¿es que no te gustas a ti misma? Ella, por supuesto, no piensa en esa clase de máximas cuando tiene algún conflicto. ¡Frases, bah!

Norma: Tú eres fuerte, Natàlia.

También tú me dices eso. He aquí la mujer fuerte de la Biblia. Tienes que matar a la niña que llevas dentro, sobre todo cuando ves tantas a tu alrededor.

Norma: No quieres a las mujeres, Natàlia.

¡Qué sabe ella! Pero es que no lo puedo remediar, me irritan las mujeres-niñas. Por eso me dijiste, el día que decidiste volver a tu casa, tienes una mentalidad masculina. Y me lo dijiste como un elogio. No, pero yo no soy como Norma, que se arroja en brazos del hombre que quiere, y vive la pasión hasta el fondo. Al menos, yo no salgo tan deshecha. Me cuido.

No, nunca sabrán nada de mí. El mar, insistente, me devuelve los sueños. Miro las estelas de colores y cierro los ojos para retener tu mirada, Jordi. Tu mirada, entre perpleja y perdida. Color verde botella. Nadie sabrá nunca que he bebido en tus ojos como nunca lo he hecho con ningún hombre. Dices que tengo una mentalidad masculina y no sabes que me he pasado la vida buscando en vosotros la sabiduría que habéis sabido acumular durante siglos... Sergio, Emilio, Jimmy. Y tú, Jordi. Nunca he sabido cómo dominar, interiorizar sería la palabra exacta, la cultura que habéis sabido crear fuera del hogar, cuando era necesario vencer a la Naturaleza. Eso es lo que más admiro en ti, Jordi. Esa relación serena que tienes con el mundo, con las ideas, sin resentimiento ni amargura. Como aquella frase de Leonardo que pusiste en la cabecera de un artículo: «La pasión intelectual expulsa a la sensualidad.» Ya ves, yo no he sabido trabajar ni mi cerebro ni mi sensualidad. Por eso me encuentro ahora tan seca. Estéril.

Natàlia: Hoy, es una vergüenza tener hijos.

Norma: ¡Pero se aprende tanto con ellos! ¿Por qué renunciar a tenerlos?

Natàlia: Eso es una nueva mística feminista.

Y ahora tú, Jordi, que habías defendido el placer intelectual como el primero de todos los placeres, vuelves con tu mujer.

Agnès se despertaba todos los días con la boca pastosa y escupía pelos imaginarios, como cuando estaba preñada.

Como cuando estaba preñada. Se miraba al espejo y veía un monstruo, una deformidad que no sabía si se agradaba o si se rechazaba. A veces le parecía que se deleitaba con la deformación, y otras huía de ella, como si viera el cuerpo de un ser diferente, no el de una mujer, sino el de un monstruo que se hubiese apoderado de su rostro. Y pensaba, todo es un engaño, ¿quién me ha convertido en esto?

Miraba su vientre, un vientre inflado, tenso, brillante, pulido como una fruta de verano —o como un balón de fútbol—, con una raya oscura justo en el medio, longitudinal a las caderas y que dividía el balón en dos, una raya estrecha pero clara, una raya que desconoces cuando tienes el vientre plano, y que ahora cuando te das cuenta por primera vez que tu cuerpo existe, aparece muy recta, obscena, impúdica, aunque a veces hace un poco de zig-zag, una raya que parece —sin serlo— algo peluda. El ombligo se aplana con la tirantez, se estira y se estira como si fuese a estallar, toma una forma ovalada, con una piel sobrante que parece una visera, un ombligo moreno, encogido hacia dentro, y las venas forman caminos por encima de la piel tirante, unas venas tan marcadas como las de las tetas.

Se preguntaba: ¿eres un monstruo? Le decían: ahora estás en la cumbre de la dulzura, de la feminidad, y te acompañan con música de canción de cuna, qué bonito, pronto serás madre, y las tetas cuelgan con su cerco oscuro, grumos negros que rodean el pezón, el cerco oscuro, agresivo y redondeado, que se ensancha y se ensancha, cada vez más negro y más colgante. Las venas se deslizan hacia el pezón, arroyos, afluentes que vienen y van, pero siempre apuntando hacia el pezón, hacia la teta que cuelga —y tú no puedes hacer nada—, y dentro, ¿qué tienes?

Le decían: es el gran milagro, la Naturaleza, qué sabia es, pero Agnès se imaginaba el pico de un pájaro que la picoteaba y que de pronto se transformaba en un cuervo enorme y negro, de plumaje reluciente, un cuervo negro que grazna aunque ella no lo oye, que le clava por dentro sus garras, las garras presentidas a través de la tirantez. No sabes si es un cuervo, con el pico ensangrentado, que se afana en tragarse tus desechos, tus tripas, todo lo que tienes dentro, y que se deleita con tu hedor de muerte, o si es un vampiro, un pequeño vampiro que te chupa la sangre, sobre todo cuando se mueve y tú no sabes qué es eso que se agita dentro de ti sin que Agnès le haya dicho, muévete. Agnès no lo ve, pero adivina cómo se retuerce. No es más que una fuerza que viene de muy lejos y que se encoge en una esquina como una bola peluda —le parecía peluda porque el asco nasal y el ardor de la boca nunca la abandonaban, y a veces parecía como si los pelos fueran a rebosar por la garganta—, una bola que después se amontonaba en el bajo vientre y producía una presión tan fuerte que era como si la piel estuviese a punto de rasgarse, como si toda ella se rompiera, como si las venitas reventasen en millares de estrellas difundidas por alguna galaxia oculta. Y luego el ardor que sentía por todo el cuerpo, a punto de abrirse y estallar.

Entonces el cuerpo se le ponía rígido, con una rigidez involuntaria, provocada por el otro. ¿Dónde estaba el otro? ¿Qué era? El cuervo, el vampiro el cuerpo desconocido que la dominaba y la asombraba... El otro era la bola pegajosa y peluda que empujaba hacia la garganta. El otro, que formaba parte de su cuerpo, pero que no era ella, que estaba en su interior, pero que no le pertenecía.

Agnès iba por la calle y ellos la acechaban: los unos le clavaban sus ojos húmedos y extraviados, la miraban tan intensamente, que era como si la estuviesen punzando con un aguijón, y los demás movían la boca como si arrastrasen la lengua por encima de los labios, y los ojos y la boca, todos los ojos y todas las bocas, no la dejaban, la horadaban, la picaban, la vaciaban, mientras la presión aumentaba, cada vez más fuerte, y la pesadez no la abandonaba, y habría querido encogerse para que la piel no se le rasgase, pero los ojos la perseguían como aguijones, como punzones, y sentía la cadencia de todas las miradas masculinas, qué haces ahí tú, monstruo, monstruo, con el vientre abierto, destripado, las venillas —arroyuelos y afluentes— que estallarán, que se perderán trazando órbitas elípticas, como los planetas, y entonces saldrá el estorbo, el vampiro, o el enorme cuervo de plumaje llameante, y le dirán que lo habrá de amar. Y será cierto, Agnès le amará.

Tengo la sensación de haber llegado tarde. A la fotografía, al feminismo, al amor. Extranjero en todas partes. Cuando voy a una asamblea de mujeres me siento lejos de estas muchachas jóvenes que tienen fe. Cuando abroncan a los hombres para que no entren en las reuniones y después se guiñan el ojo entre ellas. Cuando se echan a la calle y gritan a favor del aborto y reclaman el derecho a su propio cuerpo. Miro mi cuerpo todas las mañanas. Antes, no. Cuando hacía el amor con Emilio no me daba cuenta que tenía cuerpo. Sólo le conducía la mano hacia mi sexo, y recuerdo cómo él se escapaba y volvía a mis pechos. Mis pechos no me han gustado nunca. Una vez que fui a la Universidad, en busca de Emilio, oí cómo un amigo le decía, sí, tiene buena figura, pero sus pechos están caídos. No notaba mis pechos. Sin embargo, después de una borrachera en Llavaneres, miré mi cuerpo joven. Fue un instante fugaz: no tenía conciencia de él. Vi la figura de Natàlia, una mujer joven. Pero cerré los ojos en seguida. Después, tú, Jordi, nunca me has hecho ningún comentario sobre ello. Al parecer, esta clase de comentarios son tabú entre la gente que se dedica a la política. Me has amado, ya lo sé, pero sin palabras. Nuestro amor estaba hecho de silencios y de huidas. De vez en cuando, me repasabas la espalda como si la quisieras atrapar. Todo era demasiado efímero. Y ahora, ya no sé mirar mi cuerpo. El vientre agrietado como si hubiese tenido hijos, las tetas colgantes, celulitis en las nalgas, los hombros encorvados.

Norma: Cada mañana me estoy un largo rato mirándome las piernas. Es todo un ejercicio.

Yo paso de largo. En el estudio no tengo ningún espejo de cuerpo entero.

Norma: A veces, me miro al espejo y me digo: éste es el cuerpo que él ama.

Creo, Jordi, que sólo te das cuenta que tienes un cuerpo cuando a tu lado hay alguien que lo ama. Pero tú pasabas de largo. Yo también. Nos queríamos como cohibidos, sin decirnos nada. Sin alegría. Y yo que pensé que lo único que amabas en mí era mi sensualidad. Por eso, la noche que subiste a mi estudio después de haberme dicho ¿sabes que me gustas?, me eché sobre ti y te abracé con tanto desasosiego. Tenía mucho miedo, Jordi. Miedo de perderte. Y, ya ves, pienso lo que se acostumbra a pensar cuando alguna cosa se acaba: que siempre habrá otra que recogerá los frutos. Cuando un amor se acaba, la espera se hace muy larga.

Procuré decírtelo en un tono sereno. No quiero por nada del mundo que me tomes por una mujer histérica, no quiero que me veas haciendo dramas. Te dije, siempre habrá otra que recogerá los frutos. Siempre he procurado no decepcionarte, ¿no es cierto, Jordi? Sé muy bien que eres la última posibilidad. Y no es porque me falten ánimos, no. Más bien es un mezquino sentimiento de derrota. También tú debes tenerlo, aunque no me lo digas. Derrota de volver con tu mujer. De volver al hogar. Tú y yo parecemos barcos a la deriva, sin ningún puerto donde recalar (frase demasiado literaria, atención). Pero este sentimiento me devora como una gangrena.

Norma: ¿Es que no te has mirado al espejo, guapa? Primera máxima que hay que tener en cuenta para no quedar encalladas en esta mierda de vida: siempre habrá otras que sean más feas que tú.

No soporto la frivolidad de Norma. Dicen que es alegre y vital. Yo más bien creo que tiene mucha cara dura, pasa por la vida como una ganadora. Y no creas que tenga celos de Agnès tu mujer, no. ¿Por qué iba a tenerlos? (sin embargo, cuando ibas a su casa los fines de semana me acechaban imágenes de vosotros dos que me dejaban sin sangre). Procuro no demostrar celos cuando un hombre me deja. No sé si es masoquismo, pero, muchas veces, me repito a mí misma, como un ejercicio: es él quien te dejará, él quien te dejará... También me dejó Emilio. Desde la cárcel me dijo, será mejor para ti, nena, que no nos volvamos a ver. Tampoco sentí celos cuando Jimmy me dejó por Jen-

52

ny, la chica morena con los ojos de gatita y mejillas de ciruela. Un Hogarth puro.

No, no son celos. Es otra cosa: tal vez una tenue sensación de fatiga, de incapacidad para volver a empezar. ¿Estaré envejeciendo? Siento una profunda pereza para enamorarme otra vez. Eso. Como si hubiese agotado todos los cartuchos y ya no me quedase otro recurso que esperar. Pero soy demasiado joven para morir. Y no puedo volver a nacer. ¿Qué hago, mientras tanto? De ahora en adelante, mi vida pasará en una sala de espera o en una estación de transbordo.

L. transfer

Cuando nació el niño, desaparecieron los dolores y Agnès se sintió tan ligera como si le hubieran salido alas.

Le dijeron, has tenido un niño, y quiso verle en seguida para comprobar si tenía cada cosa en su sitio. Pero luego sólo quería estar con Jordi, porque había tenido un hijo del hombre que amaba. Jordi estaba tan cansado que se quedó dormido como un tronco, y eso que era Agnès la que había parido. Se tendió en la cama plegable que estaba en el rincón de la habitación. Y Agnès le observaba mientras dormía. Pensó, parece un niño.

Agnès no tenía nada de sueño, sólo quería hablar. Oía el ruido de pasos que llegaba, amortiguado, desde el pasillo. Era muy extraño lo que le sucedía. Fue entonces cuando comenzó a tener la sensación que ella era un tren que corría y corría y al que nadie podía detener. Jordi se había dormido por el mucho cansancio que llevaba encima. Había salido de una reunión que no se acababa nunca, una reunión que duró casi diez horas y que él interrumpió cuando supo que a Agnès ya le habían venido los dolores. Mientras la llevaba a la clínica en un taxi, le contó que la reunión había sido muy pesada, muy dura, y que tuvo que contenerse para no pelearse. Todavía existían militantes que se aferraban al pasado y que no se daban cuenta que las cosas cambiaban. Así que se durmió muy pronto, en cuanto nació Marc.

En la clínica había un silencio vivo, un silencio hendido de vez en cuando por el llanto de algún recién nacido. Pero Agnès no pensaba si se trataría del llanto de su hijo, se sentía muy lejos de todo lo que le acababa de pasar. Le habían quitado el estorbo y ahora se sentía cansada, sin ánimos, como si le hubiesen chupado toda la sangre con un tubo de goma. No hacía otra cosa que mirar cómo dormía Jordi e intentaba imaginarse la dura reunión, aquellas discusiones que a él le irritaban tanto.

Ya no tenía dentro el cuervo del pico ensangrentado y se lo quería contar a Jordi. Decirle que se sentía vacía, ligera, y que tenía ganas de bullir, de moverse, de irse de allí, ¿qué más querían de ella?

No quería estar en la cama, dejando pasar las horas muertas, aceptando cómo se deslizaba el tiempo, quería salir y volver a empezar. Aunque no sabía qué era lo que debía empezar. Había cumplido con un deber misterioso y vigilaba al sueño intranquilo de Jordi esperando que se truncara para podérselo contar.

Pero Jordi seguía durmiendo, y unos pequeños movimientos, repentinos e inquietos, indicaban que había caído en una profundidad desconocida. Roncaba y se agitaba con desasosiego, había algo que no le dejaba dormir en paz. Se sentía atontada. Él no le había dicho nada, pero Agnès lo intuía, no necesitaba que nadie se lo dijera. Era como si el sueño de Jordi sólo le acogiera de una manera provisional. De todos modos, su inquieto rebullir anunciaba un desenlace que, tarde o temprano, tendría que llegar. Jordi había comenzado a huir. ¿Cómo? No lo podría explicar. Era tan difícil de definir. La irritación que le producía cualquier tontería, la cara de cansancio cuando se quedaba en casa, la pereza para reír las primeras gracias de Adrià... Días y días son decirse nada, sólo las cosas estrictamente imprescindibles para que la casa funcionara. Lo sabía todo. Era fácil. Pero ahuyentó los negros pensamientos y les prohibió que se convirtieran en palabras.

No tengo queja de ti, Jordi, te has portado muy bien. Eres tan bueno, tan honesto (odio tu bondad, tu honestidad). No sabes lo que me cuesta acallar los gritos maniqueístas de Norma, lo de siempre, la clásica historia de la víctima y el verdugo. Cuando leí las memorias de la Beauvoir, pensé que nunca hay un culpable. Pero es fácil decirlo al cabo de los años, cuando ya se ha vivido lo suficiente. Cuando tu imagen coincide con tu persona. Pero yo no sé cómo soy, Jordi. Dicen que soy fuerte, independiente. Sílvia dice que mi vida ha sido muy intensa, ya ves. ¿Recuerdas cuándo me dijiste que volvías con Agnès? Me dijiste, no soporto sus ojos alucinados. La veo como si estuviera loca, me mira fijamente y no me dice nada, como si me atravesase con la mirada. Ha adelgazado mucho, está seca como un palo. Temo por su salud mental. Y me abrazaste muy fuerte. Llorabas como una criatura, Jordi, como una criatura. Y me dijiste, abrázame muy fuerte, abrázame muy fuerte. ¿Qué te dije yo, Jordi? Ah, sí, no te preocupes, te dije, no te preocupes. Y tú me contestaste, lo soportarás, eres como una roca.

Eso me dijiste, Jordi: eres como una roca. Como una roca. Claro que tú no veías cómo me deshacía en mil pedazos, cómo me estrellaba contra un muro. Nunca me has visto llorar, Jordi. Nunca me verás llorar. Como una roca.

Sí, te has portado muy bien. Cuando me ves, me besas en las mejillas. Y ahora, en la isla, eres amable conmigo. Hablamos como si no hubiera pasado nada. Cualquiera que nos viese no se lo creería.

Norma: ¿No ves que los hombres no saben nada del amor?

No sé por qué hace tanto rato que estoy pensando en eso del amor. Norma me dijo una vez que había leído en no sé dónde que Madame de Stäel decía que, para las mujeres, el amor es la Historia, mientras que para los hombres sólo es un episodio. Y te lo pregunté a ti. Te dije, para ti, ¿qué es el amor? ¿La Historia o un episodio? Y me contestaste, creo que para los hombres es un episodio. Pero no todos me han contestado así, Jordi. Por ejemplo, Frederic, el crítico teatral que no acaba nunca de escribir su novela, me dijo, para los hombres podría ser un episodio histórico o bien una historia en episodios. O diversas historias. Ya ves. Y ahora que pienso en Frederic. Tú sabías que yo había hecho el amor con él un par de veces y no me dijiste nada. Dijiste que Frederic te gustaba. Si me hubieses dicho algo.

¿Sabes? Cuando nos reunimos unas cuantas mujeres no hacemos más que hablar de vosotros, de los hombres. A veces tengo miedo que sea eso lo que nos une. Cuando alguna de nosotras pasa una crisis amorosa, todas las amigas nos echamos encima como buitres. Y estoy segura que en nuestros ojos puede adivinarse aquello de, ¿ves?, ya te lo decía yo. No hay amor que dure, todos los sentimientos acaban mal. Eso es la solidaridad entre mujeres. Pero yo me guardaré de ello, de mí no sabrán nada.

¡Qué razón tiene el viejo Homero! A las mujeres, por «muy honestas que sean», se les trastorna el cerebro por culpa del amor.

Y es que tú, Jordi, has creído en Marx como los primeros cristianos creían en Cristo. Tu amor a la Humanidad era tan abstracto que ahora tienes demasiada prisa en conquistar cosas concretas. ¿Has querido alguna vez a alguien, Jordi?

Norma: ¿Has querido alguna vez a alguien, Natàlia?

Y ahora vives entre perdido y perplejo. Pero no dejas de pensar en que hay que continuar. ¿Hacia dónde, Jordi? Me dices que es preciso avanzar aunque sólo sea por sentido del deber. Sí, Jordi, ya sé lo que me dirás: que nuestras dudas son propias de la gente ociosa de los países ricos. A buen seguro que una mujer chilena de mi edad, envejecida antes de tiempo y sin saber cómo alimentar a sus hijos, me miraría con odio. Tal vez sea esa mirada de odio lo que ahora necesito. ¿Lo entiendes, Jordi? El país, este país, parece haber cambiado mucho en poco tiempo. ¡Si oyeses a los jóvenes! Pero no, tú no les oyes, sólo sabes mirarles con asombro. No somos seres seráficos. Deberíamos pensar más en nuestra mitad diabólica.

Norma: ¿Te das cuenta, Natàlia? Nos gusta vestir bien, nos ponemos cremas para la celulitis, vamos muy a menudo a la *estheticienne* —antes la llamábamos masajista— y, encima, sufrimos porque no hemos conseguido el socialismo.

Natàlia: ¿Hemos dejado de creer en él?

Norma: No lo sé... Tal vez las cosas cambien algún día, ¿no?

Tú lo has dicho, Jordi: a lo largo de la historia, la revolución no es más que un soplo. Y entre tanto, ¿qué debemos hacer? Un día vino Norma a casa. Tú también estabas allí, lo recuerdo muy bien. Fue una de las primeras conversaciones en que comenzamos a hablar del desencanto (ahora hablamos tanto de él, que ya resulta una lata). Yo ponía la mesa, tú hacías las tortillas. Hablamos de la maldad del hombre. Alguien, no sé quién, insinuó que tal vez el capitalismo era el estadio superior del poder maléfico. Y te pusiste hecho una furia. Yo me callé, pero Norma no, lo pasa muy bien discutiendo contigo.

Te pusiste hecho una furia, sobre todo cuando yo dije: «vosotros, los del partido». Y me contestaste: ¿es que tú no eres del partido? No, nunca me he considerado del partido. No soy comunista, no tengo ninguna fe. Me dirás que he hecho montones de fotografías para las revistas del partido, me dirás que he perdido muchos días y muchas noches durante la campaña electoral, me dirás que, a la hora de arrimar el hombro, soy la primera. Pero no soy del partido, Jordi. Mi sentido de la responsabilidad es una manera de enmascarar mi pereza para pensar. Por esta razón iba a las reuniones, Jordi, y me encerraba horas y horas en el laboratorio. Porque llenaba el día. Una manera de huir. Sobre todo cuando llegaba el atardecer y los cristales del estudio se empañaban por la humedad. No soporto ese momento del día, cuando las horas caen. Salía de casa a todo correr en busca de gente, dispuesta a realizar cualquier cosa que se me exigiera. Recuerdo que me hice del partido después de los fusilamientos del mes de setiembre, después de aquella noche tan densa y tan estúpida en la que me tomé cuatro váliums para poder dormir. Me hice del partido porque no sabía que hacer, Jordi. Y te lo dije, me hago del partido porque estoy cabreada, muy cabreada. Y tú te sonreíste, nada más. Sé que no era una sonrisa de triunfo, sé que era una manera de admitirme. Tus ojos color verde de botella me dijeron, ahora eres un poco mía, pero no como lo diría cualquier hombre, en el sentido de la posesión, no, era otra cosa, un modo de expresar tu deseo de ser algo comprendido. Sin embargo, por la noche volviste y me dijiste, he dicho al secretario general que te quieres hacer del partido y él me ha contestado, ¡ah!, ¿pero no lo era ya? Claro, para el secretario general era lógico que yo también fuera del partido, era tu amante y, con eso, ya le bastaba, Jordi.

Así que, aquel día, mientras bebíamos en el estudio el «Marqués de Riscal», que había traído Norma, te pusiste hecho una furia conmigo y me preguntaste que por qué decía que no era del partido, y que por qué tenía la puñetera manía de elevarlo todo a categoría universal. Y yo sólo te dije que lo hacía porque me daba la gana, y, al decírtelo, me vi muy pequeña, vi delante de mí a la niña que le decía a su padre que había abortado porque le daba la gana.

Norma: Venga, no os cabreéis. Si no, me largo, ¿oís?

Habíamos bebido una botella entera y nos quedamos en silencio un largo rato. Aquellos silencios, aunque estuviese allí Norma, podían durar horas. Era como si las palabras se fuesen de la habitación y no pudieran volver. No encontrábamos frases para expresarnos. No éramos amigos —o amantes—, sino tres personas casi desconocidas que cenaban juntas. Siempre era Norma, más frívola, la que rompía el hielo.

Norma: No sé por qué nos peleamos por ideas. ¡Hay tantas cosas que no puedo entender! Ya ves, dentro de diez años los ordenadores mandarán en el mundo. Mientras tanto, que nos quiten lo bailado.

Tuve que morderme la lengua para no contestarle con una impertinencia. Sobre todo porque tú y yo estábamos hablando en serio y ella desbarataba nuestra conversación con sus simplezas. No comprendo por qué Norma te hace tanta gracia. Hace años que no oigo más que tonterías de esta clase, eso de: mientras dure esta pasión, pásalo bien. O también: hay que vivir el presente. Es como si tuviéramos la impresión de haber sido los elegidos y de que ahora nos toca pasar la factura. Santa inocencia. Porque, vamos a ver, ¿desde cuándo la vida práctica tiene algo que ver con la teoría revolucionaria? Ahora, cerramos los ojos ante un nuevo atentado en el País Vasco y, con la fuerza de la costumbre, conseguimos olvidarlo. Hace tiempo que oigo las mismas palabras: salen de nuestras bocas, describen círculos como en una noria y vuelven al mismo punto de partida. Las palabras nacen y mueren en un sentido de circunvalación. Las palabras nos alejan, Jordi. Es como si viviésemos en dos galaxias diferentes. Como si cada cerebro estuviera estructurado de distinta manera y no hubiese modo de hilvanar un lenguaje común. Así que no pude evitar la risa cuando me dijiste, aunque me separe de ti, eso no significará una ruptura. Qué gracia me hiciste, Jordi. Si no es una ruptura, ¿qué es? ¿Quieres hacerme el favor de definir nuestra relación, eh?

¿Sabes lo que pienso? Pues que eso de establecer un lenguaje común entre un hombre y una mujer no es otra cosa que un engaño del romanticismo. Eso es lo que pienso.

Anoche habría querido hablarte, decirte lo que pensaba en aquel momento. Pero mis pensamientos murieron en cuanto te vi. Aquí, en esta isla tan plácida y frente a la mar en calma, decidimos separarnos. Me apretaste la mano y me dijiste, siempre te estaré agradecido, y yo cerré los ojos, no sé si para retener lo que me decías o el instante en que me lo decías. Dijiste, ya verás, transformaremos nuestra historia, y yo pensé en el maldito marxismo, que nos obliga a transformar lo que ya se ha muerto, es decir, la ilusión. Entraste en la habitación y te sentaste a mi lado. Yo estaba tendida, me dolía la cabeza y mi cuerpo parecía un tronco con la corteza a medio quitar. Te habría querido hablar de cómo veía que se me iba el deseo, en un soplo. De cómo habían desaparecido los sueños de la adolescencia, cuando crees que llegarás a conocer todos los rincones del mundo, que lo sabrás todo. Te habría querido hablar de la desesperación, que es como un grajo que se nutre de lo que ya se nos ha muerto adentro, muy adentro. Te habría querido hablar de la necesidad de ser anónima, blanca, de ser la nada. Pero tú necesitas palabras precisas, razonadas, explicadas. Y a mí sólo se me ocurrían imágenes. Y fui tan estúpida que sólo supe decirte: hago fotografías porque sé que no seré feliz. Qué tonta. Te lo puse demasiado fácil. Me dijiste, eso es terrible, tendrías que hacer como los estoicos que, al darse cuenta que la felicidad no es alcanzable, le pusieron límites. Pero yo no quiero pagar un precio tan alto, Jordi. Prefiero vivir. ¿Vivir?, me dijiste, y bueno, ¿qué hacías antes?

Eso es, ¿qué hacía antes? Desde que me dijiste ¿sabes que me gustas?, me involucré en tu mundo, me parecía más armónico que el mío. Dentro de tu mundo había un futuro, un disolverse en los afanes colectivos. Tú lo has sacrificado todo por el partido. Primero tu carrera literaria, después la mujer y los hijos, y ahora a mí (no me gusta esto, es demasiado melodramático). Un partido que era el gran útero dentro de la clandestinidad. El «Partido». Dios, el Padre, la única fuente posible para subsistir dentro del terror. Cuando los militantes más abnegados dicen «el Partido», nunca se refieren a sí mismos, sino una especie de magma que se cierne sobre sus cabezas, un magma sin rostro concreto. Y, ¿cómo podemos luchar por una masa sin rostro? Explícamelo, Jordi. Anoche fallé al hablarte de la felicidad. Entre nosotros no se habla de eso. Pero un día vino Màrius a casa y me preguntó, ¿eres feliz? Me azoré, encendí un cigarrillo, me puse nerviosa, ¿cómo se atrevía a preguntarme una cosa así? Nadie me lo había preguntado nunca, Jordi. Me pareció que Màrius cometía un sacrilegio. La que más atina es tía Patrícia, que dice que nunca ha sido feliz, pero que nunca se ha propuesto serlo. Claro que ahora hay más suicidios, dice ¡como que se han inventado eso de la felicidad! La felicidad es una invención, ahí tienes.

Quizás has sido tú, Jordi, el hombre a quien más he amado. Desde el primer momento me concediste un carnet de identidad como cerebro. Y eso, los hombres no lo acostumbran a hacer. Con Emilio viví un amor furtivo, adolescente. En realidad, como en todo amor adolescente, creo que me enamoré de la imagen que Emilio creaba para sí mismo. Y la imagen se secó como el rocío bajo el primer rayo de sol cuando me dijo, al salir de la cárcel, todo ha terminado, nena. Con Sergio descubrí el sexo limpio, el sexo desnudo, y, con él, mi propio cuerpo. Pero nunca ahondamos en el misterio, ese misterio que hace que dos cuerpos y dos espíritus se reúnan en uno solo (eso pasa, sabes). No sé si esta armonía la inventó el romanticismo, el cual, como la publicidad de electrodomésticos, hizo creer a todo el mundo que aquello estaba al alcance de la mano. Con el romanticismo no se popularizó el amor, sino el fracaso.

Cuando te conocí pensé, Jordi me trata como a un ser humano. Qué idiotez. ¿A qué ser humano me refería? Es una palabra que puede tener significados muy distintos, según quien la utilice. Es evidente que, cuando Nixon hablaba de seres humanos, no se refería a los mismos seres que si hubiera sido dicho por un cam-

61

pesino andaluz, por un palestino o por un ama de casa. Un ser humano, qué gracia. Y ahora que me dices, siempre te estaré agradecido, ahora siento que soy nada, o, mejor dicho, más bien me siento como una cáscara vacía. Eso.

Norma: A veces me da miedo y pienso que, nosotras, que lo queremos todo, seremos las grandes perdedoras.

Es cierto, Jordi, hemos rechazado las armas tradicionales de la sumisión, de la resignación, de la idealización de eso que llaman nuestro «espíritu», hemos sido Penélopes, pasado por la etapa de Circe —la etapa en que te vengas del sexo hechizando a los hombres—, y quizá no tenemos la suficiente inocencia para hacer de Calipso.

Norma: Ya lo dice Doris Lessing: las mujeres, o somos lesbianas, o estamos amargadas o resentidas.

Natàlia: Creo que también hay hombres que son unos resentidos o unos amargados.

Norma: Pero es diferente. Las mujeres lo son con respecto al hombre. Ellos, al menos, lo pueden ser con respecto al mundo.

Natàlia: Pero es que ahora resulta que, con todo eso del feminismo, nosotras tenemos que hacer el papel de fuertes.

Norma: No te preocupes. Moriremos más enriquecidas.

Natàlia: No seas idiota.

Norma: Y en nuestro epitafio pondrán: aquí yace una resentida y amargada que no se atrevió a ser lesbiana. Pero eso sí, ha muerto muy enriquecida. Oye, ¿quieres que te cuente una cosa?

Natàlia: Dime.

Norma: Que el otro día, al salir del Metro, me topé con unos chiquillos que hacían una encuesta. En el instituto les habían pedido que preguntasen a la gente qué era lo que más valoraba en la vida. Parece ser que la mayoría respondía que la salud, o la felicidad, o el amor.

Natàlia: Y tú, ¿qué les dijiste?
Norma: Pues que la amistad.

No sabía que iba a odiar a Natàlia más que a nadie en el mundo.

Fue mucho después que él le dijese, me parece que ya no estoy enamorado de ti, ¿sabes?, pero todavía te quiero. Mucho después de la última vez en que ella se puso el vestido rosa, aquel que de lejos parecía estampado con rosas silvestres y que de cerca eran hormigas. Mucho después de haber sentido el profundo helor que la absorbía hacia un pozo sin fondo, de haber sentido la boca espesa, como si la tuviese llena de pelos, lo mismo que cuando estaba preñada. De haberse ahogado con la llovizna fina, gris, que le enturbiaba los ojos, se le metía en las narices y se le aplastaba en la piel como si fuese otro sedimento. Mucho después de haber oído las negras palabras que le punzaban en el cerebro como clavos candentes. Y volvía la imagen de la puerta del recibidor, enorme, maciza, la puerta del recibidor llena de cerrojos y cadenas, muda e imponente, cerrada para siempre, y la imagen de su madre dejando resbalar sus uñas a lo largo de la puerta mientras gritaba y gemía.

El nombre de Natàlia Miralpeix tomaba diversas formas y las letras giraban a su alrededor. Cuando lo supo, comenzó a imaginar para ella toda clase de torturas. Les hemos visto en el cine, parecían muy acaramelados. Y Agnès no sabía a quién odiaba más, si a Natàlia o a las voces que la rondaban con toda clase de noticias. O al teléfono, ¿todavía vive ahí Jordi Soteres?, le tenemos que dar un recado urgente de parte del Comité Central. La piedad no estaba hecha para los militantes. ¿Pero les pedía ella piedad? Tampoco se la pedía a los amigos de antes, que ahora parecían haberse escurrido igual que las anguilas en el roquedal. Ninguno de ellos la llamaba, como si le hubiese brotado un estigma que ni la fuerza del tiempo podría borrar. Así que su vida se redujo a un cajón que se abría puntualmente todas las mañanas: los niños y el trabajo en la guardería. En torno a ella flotaba un silencio total, un silencio denso, como de muerte, el silencio que se siente en el desierto, sólo interrumpido de vez en cuando por el bramido de los vientos nocturnos. ¿Contra quién luchaba? No lo sabía. Las pesadillas llegaban puntualmente todas las noches. ¿Era aquél el combate para el cual había sido llamada? No se lo diría a nadie. Ella sólo era eso: el polvo gris y el mechón de cabellos en la garganta. Había dejado de ser cuerpo.

Los domingos aparecía Jordi y jugaba con los niños. Comenzó a traerles juguetes caros, cosa que no había hecho nunca. Y se quedaba plantado un largo rato, observándoles y sin saber qué hacer. Los niños le recibían con alegría, quizás apreciaban más que antes las visitas de su padre. Y Jordi sólo dejaba una señal de su visita: el *necessaire* con el cepillo de dientes, la brocha de afeitar, el jabón y la colonia para hombres. El *necessaire* se convirtió muy pronto en un símbolo de la presencia masculina. Cuando Jordi le dijo las negras palabras, ya no estoy enamorado de ti, ¿sabes?, pero me parece que todavía te quiero, Agnès sólo acertó a decirle, ésta será siempre tu casa. Y, pensándolo bien, no sabía por qué se lo dijo. Tal vez porque, de esa manera, exorcizaba la visión de su madre delante de la puerta del recibidor. Ésta será siempre tu casa. Los domingos le recibía con alegría, se daban un beso en cada mejilla y se preguntaban, mutuamente, cómo estás. Agnès no le hablaba nunca, claro que no, del polvo gris que se le pegaba en la piel ni de los pelos que le ponían la boca pastosa. Y el *necessaire* era colocado con todo cuidado sobre el estante del cuarto de baño, presidía el hogar, era la presencia omnipotente sobre el altar. Incluso, algunas veces, Jordi exclamaba, qué bien se está en casa. Y los niños se le echaban encima y le hacían cosquillas en las axilas y en el cogote. Él les leía *Tintines*, mientras Agnès hacía la comida que el día antes había pensado detenidamente. El aroma del asado llenaba la casa y todo parecía un simulacro, exacto, preciso, de lo que había sido antes. Pero más alegre, porque formaba parte de un ritual. En muchas ocasiones, Jordi se quedaba a dormir con los niños y se iba el lunes a primera hora, antes que Agnès se despertara. En cuanto se levantaba, Agnès corría hacia el cuarto de baño: la única señal de la ausencia de Jordi era el estante vacío.

Norma le decía, no entiendo lo que Jordi y tú estáis haciendo. No tiene sentido. ¿Cómo soportas que venga cada domingo a representar la comedia de la familia feliz? Es que estoy contenta que vuelva, replicaba Agnès, ¿para qué lo voy a disimular? Estaba contenta cuando volvía y le decía que quería ver a sus hijos... Los hijos son de la mujer, afirmaba Norma. ¿No ves que el hombre lo sabe, y que por eso ha inventado las leyes a su favor? Agnès pensaba que Norma tenía razón: ¿no se fue él cuando le convino, no la dejó sola durante muchas noches, cuando se tragaba el polvo gris con váliums y una botella de vino...? Al principio, Jordi llegaba a la madrugada y se metía en la cama como si fuese un ladrón. Agnès fingía que no le oía, pero se pasaba las horas velando su sueño. Después, Jordi alargaba la ausencia. Le decía, tres noches a la semana no vendré a dormir. Y Agnès se abrazaba fuertemente a la almohada, luchando para no imaginarse las largas noches de amor que Jordi vivía con Natàlia. Otro cuerpo, otra mirada, otros ojos. ¿Le diría también las mismas palabras, aquello de pequeña, pequeña mía? No, no se imaginaba estas palabras con Natàlia. Admiraba a Norma, ella sí que era valiente. Era la única que sabía estar sola, vivir su vida. Norma no tenía miedo. Envidiaba aquella seguridad con que le decía, los hijos son de la mujer. Y la envidiaba porque sabía traducir en palabras todo lo que le ocurría, lo del polvo incrustado en la garganta... ¿De qué estaba hecha Norma? ¿Por qué era diferente de ella? Una vez, Jordi llegó a casa con los ojos brillantes y una fiebre muy alta. Tenía la gripe. Agnès le preparó la cama y le cuidó durante toda

estante—shelving

una semana. Jordi repetía, qué bien se está en casa...
Y Agnès pensaba, ahora es mío, bien mío. Pero Norma
movía la cabeza, tienes que aprender a vivir por tu
cuenta, Agnès, estás demasiado pendiente de él. Y su
madre decía, volverá, ya lo creo que volverá. Tienes que
saber esperar. Él te necesita, a ti y a los niños. Pero
ni Norma ni su madre la ayudaban a hacer que desapa-
reciera el polvo gris que la envolvía todas las madrugadas. Mientras sintiese el ardor de la garganta no podría dejar de pensar en él.

Le dijo, ésta será siempre tu casa. Del mismo modo
que lo hace la madre cuando se despide del hijo que
va a emprender un viaje fascinado por lejanas tierras
salvajes. Ella sería su puerto de salvación, le esperaría. No como lo hizo su madre, con aquel gemido discontinuo y roto, sino con paciencia. Tejería a su alrededor el sueño de la espera y adoraría hasta la muerte
el símbolo de su retorno: el *necessaire* sobre el altar
del cuarto de baño. Por eso le acogió cuando se presentó en casa con la gripe, por eso le decía a Norma,
estoy contenta de que vuelva.

El odio contra Natàlia no llegó hasta más tarde, lentamente anidó en su interior. El odio tomó la forma de
una falena, mariposa nocturna que se siente atraída por
la luz y que muere al chocar contra ella. La falena era
el objeto que nacía después de las pesadillas, una gue-
deja amarronada y sucia que emergía del polvo gris.
En sus sueños, ahorcaría a Natàlia. En la horca más
alta, y Agnès no escucharía sus quejas. Se reiría de
ella, oyendo cómo mendigaba un poco de compasión.

Fue mucho después cuando Agnès se dio cuenta de
que le había perdido, mucho después de que Jordi le
dijera, ¿sabes?, estoy enamorado de otra mujer, pero
todavía te quiero. Mucho después de haber oído los
consejos de su madre y de Norma, y también los del
capitán Haddock. El rencor vino poco a poco, en forma de serpiente que se le enroscaba en el bajo vientre.
La serpiente la acechaba y la poseía. Y comenzó a sa-
borear el placer de la venganza, formado dentro de un

mar negro y espeso que la anegaba todas las noches y la traicionaba cada mañana, a la hora de levantarse y de dar el desayuno a los niños. A la hora de irse a la guardería y cuidar los corderitos ajenos entre sonrisas y ternuras. La ternura traicionaba al rencor y Agnès sólo quería odiar. Eso la ayudaba a vivir.

Jordi desapareció durante todo un mes. Telefoneaba de vez en cuando para saber cómo seguían, ella y los niños. Algunas veces, Agnès contestaba con voz seca; otras era afectuosa. Y siempre se sorprendía de su propia voz. ¿Cómo soy? ¿Contra quién lucho?, se preguntaba. Después, Jordi le pidió permiso para llevarse a los niños los domingos, y Agnès ponía muy alto el sonido de la televisión, para no oírse a sí misma. Le parecía que vivía en una especie de paréntesis. Quería creer que llegaría un día en que una fuerte riada lo arrastraría todo, las palabras negras que le hacían daño, y la voz del locutor de la televisión la acompañaba por todas las habitaciones de la casa. Quería creer que todo lo que le pasaba no era real, que era un sueño que pronto se acabaría.

Había leído muchas veces eso de las crisis cíclicas de los matrimonios, cuando llega un momento en que parece que todo se rompe en mil pedazos. Sólo era cuestión de paciencia, de mucha paciencia. Su madre repetía, es un buen muchacho, volverá, eso es una llamarada de juventud. De momento, déjale vivir.

Déjale vivir, déjale vivir. Le parecía como si la hubieran apartado del curso natural de los días.

Habían vivido tiempos difíciles. No tenían dinero, Jordi debía desaparecer muy a menudo, así que había una caída de militantes del partido. Nadie como ella sabía lo que significaba compartir horas clandestinas. Dejó de estudiar y se colocó en la guardería. Pero era necesario que Jordi se dedicase a la política, algún día cambiarían las cosas. Los encuentros fugaces, aislados, eran llenos de vida. Luego, legalizaron el partido y las reuniones ya no tenían sentido. Se veían menos, pero vivían en la misma casa, con los niños. Le parecía que todo valía la pena, haber dejado la carrera, las diez horas que se pasaba en la guardería trabajando como una mula, dejando a Marc con su madre y sin tener tiempo para cuidar a Adrià. Se encontraban por las noches, reventados de tanto trabajar. Apenas hablaban, pero aquellos momentos en que se preguntaban mutuamente, ¿qué has hecho hoy?, la hacían sentirse feliz. Eran su recompensa.

De vez en cuando sentía un relámpago de rabia y le parecía que aquello no era vida, pero cualquiera se lo decía. Todo era provisional, algún día se acabaría, ¡era tanta la esperanza que tenían! Jordi le decía, verás, yo soy comunista por ética. Agnès admiraba su sentido del deber, su renuncia a escribir novelas, que era lo que más le gustaba. Él decía, dejaré pronto la política, me retiraré y no haré más que escribir, pero todavía no ha llegado la hora. Añoraba las conversaciones inacabadas, mientras cenaban a toda prisa, cuando se contaban cómo les había ido el día. A menudo, Agnès veía que Jordi no la escuchaba, que estaba medio muerto de sueño y tenía su pensamiento en otra parte, muy lejos. Pero estaba a su lado. Y también por la noche. Los dos cuerpos se acoplaban y esperaban el reposo en medio del interregno de la noche.

Perdía los papeles, qué jaleo armaba. Agnès, ¿sabes en dónde he dejado el artículo del secretario general? Es un manuscrito y, si lo perdiera, no quiero ni pensar lo que ocurriría. Resolvía los archivadores, las carpetas mezcladas con dibujos de Adrià, las pilas de periódicos amontonados en un rincón del polvoriento despacho, entre los recortes que todavía no había clasificado. No podía estarse quieto. Pero Agnès le encontraba el papel, lo sacaba como un trofeo de entre los papelotes llenos de polvo. Se sentía triunfante. Eres un sol, decía Jordi. Y se marchaba a toda prisa.

¿Contra quién luchaba, contra quién?

Te observo, ahora, sentado en la tumbona, de cara al mar. Te miro de reojo, pero tú no me miras. Si me mirases, haría como si no lo viese. Pero espero que lo hagas. No lo harás, tonto. Igual que cuando nos peleábamos en el estudio. Tú no te acordarás. ¿Porqué se me quedan grabadas ciertas imágenes? Yo estaba sentada en la otra punta del sofá y pasaba, como si nada ocurriera, las hojas de una revista. Tal vez dejaba caer alguna palabra cortante que tú no comprendías. Tenía la vaga esperanza que la recogieras y que, con tus razonamientos, le dieras la vuelta. Pero no me entendías, creías que yo decía exactamente lo que quería decir. Te desconcertabas, me mirabas con ojos perplejos, no te entiendo, me repetías, te entiendo mejor cuando veo tus retratos, entonces sí que sé lo que quieres decir. Tal vez si nos hubiésemos peleado.

Éramos amantes y con frecuencia parecíamos haber salido de una película de Bergman. Por ejemplo, la noche que decidimos dejarlo. Estábamos en la cocina, el uno frente al otro, apoyados en la pared. ¿Qué pensábamos, realmente? Coincidían de vez en cuando las palabras, pero los silencios eran más largos (esto no lo podría explicar en una imagen). Me dijiste, me temo que yo no signifique demasiado para ti, tienes que vivir tu vida. Era la primera vez que me lo decías. Un hombre no acostumbra a desear la libertad de su amante si no es para deshacerse de ella. Sentí el aguijonazo de la envidia, envidié a las amantes que tendrías después de mí, unos cuerpos más jóvenes. Vi una serie de imágenes superpuestas, tú besando a otra mujer, deseándola, muriéndote dentro de ella. Y comencé a añorar tu cuerpo, tu jadeo, tus movimientos. Dijiste, hemos sido una pareja pero menos. Entonces, ¿qué seríamos de ahora en adelante, qué seremos, Jordi? Te levantaste, recogiste tus chismes y te fuiste. Aquella noche me habría gustado que hubieses sustituido el sexo por la ternura. Que durmieses a mi lado, como antes, igual que un niño, encogido dentro de mi cuerpo. Yo formaba un arco y tú te acoplabas en él. Respirabas dentro de mí. Te acariciaba el pelo, te lo humedecía. ¿Qué quiere decir, Jordi, ser menos que una pareja? Y no te creas, yo ya tenía la frase preparada, te iba a decir, ¿tanto asco te da mi cuerpo? De pronto, noté que mi cuerpo se pudría, me lo olfateé y advertí que olía mal, que una penetrante fetidez me subía por las piernas. Mi sexo desprendía un fuerte hedor, como si hubiese comenzado la descomposición de mi cadáver. No podía soportar el tufo de mi cuerpo, aquel olor de muerte. Tenía un cadáver dentro de mí, Jordi, sentía cómo me iba invadiendo. Y no es que mi cuerpo desapareciese, no, ojalá. Me habría gustado verle delante de mí, inanimado. Pero el olor estaba allí, y parecía que mi sexo se descomponía, y que la corrupción era visible. Y yo no podía evitar que tú sintieras el hedor que te envolvía. Por eso huías de mí, porque olía mal.

¿Sabes que me gustas?, me dijiste la primera vez que salimos juntos. Y a mí me parecía imposible que un hombre como tú, tan honesto, me dijera algo así. Pero al cabo de algún tiempo ya no pudiste resistir mi mal olor. No pasaste por mi habitación. Recogiste tus chismes y te fuiste. Apenas pude oír el ruido de la puerta al cerrarse.

Natàlia: Dicen que me hice del partido por la vía vaginal.

Norma: No seas puritana. ¿Y qué, si dicen que te hiciste del partido por la vía vaginal?

Natàlia: Es que no es verdad.

Norma: Nos empeñamos en dividir nuestro cuerpo en partes. Te hiciste del partido por la vagina, por el sentimiento y por el cerebro. ¿O no?

Esa manía que tiene Norma de acabar una frase con su «¿o no?»

Hoy, mientras desayunábamos, me dijiste, se acabó la época de las grandes revoluciones, ahora hay que sobrevivir, que resistir. ¿Resistir a qué, Jordi? ¿Me lo quieres explicar? ¿Al último invento, la bomba de neutrones? Una bomba perfecta, no hay duda, hace desaparecer a las personas y mantiene a las casas en pie. Así que, si alguien sobrevive, se lo encontrará todo hecho. La desesperanza, me dijiste para empezar, viene porque el comunismo, en la práctica, no ha triunfado en ninguna parte. Pero diste marcha atrás y añadiste, pero yo tengo esperanza, si no fuese por la amenaza de la bomba de neutrones, o del fascismo, todavía podríamos construir algo, todavía habría esperanza.

Qué suerte, Jordi, que pienses así. Yo no me hice comunista empujada por las mismas razones que tú. No sé por qué me hice comunista. Pero tú has estado en la cárcel, a ti te han torturado, has sido un héroe, Jordi. Un modelo.

Un modelo que nos daba miedo imitar, demasiado indestructible, demasiado sólido. Recuerdo ahora un domingo, no hace muchos meses, antes de la muerte de Mar, en que fuimos a Castelldefels a comer una paella. Hacía poco que un camión de gas inflamable había hecho explosión junto a un camping de turistas. Viniste a comer al estudio, al día siguiente del accidente, y traías los periódicos. Los titulares decían hemos vuelto a vivir Hiroshima, bolas de fuego corren desenfrenadas hacia el mar. Entonces sentí por primera vez el miedo gélido que tanto me cuesta definir. Las noticias contaban con todo detalle cómo las bolas se lanzaban al agua y morían en ella. Quemaduras de tercer grado, cadáveres calcinados. Carne chamuscada. El cuerpo de una mujer, convertido en pellejo, injertado en el techo de una tienda de campaña. Las fotografías nos mostraban un montón de cuerpos colocados en hilera. Haces de huesos carbonizados, con alguna mano engarabitada o extendida hacia delante, como si solicitase piedad. Apenas lo comentamos, tenías prisa, debías ir a la imprenta a llevar un artículo sobre los disidentes en la Unión Soviética.

Así que nos encontramos en Castelldefels. Vinieron Màrius y Ada, y Norma, con Mar y con Graziella. Tú llegarías más tarde, te habías quedado a comer con

71

Agnès (al pronunciar su nombre, me invade una mezcla de sentimientos). Habíamos encargado la paella en una masía que estaba en lo alto de la colina. Desde allá arriba veíamos la playa y las ondas de aire nos traían una imagen difusa. Más cerca de nosotros estaba la carretera. En ella se veía a unos gusanos que se arrastraban por encima de un hilo de plata. Eran los coches, que avanzaban formando una fila india interminable. El sol quemaba y pensé en la bola de fuego. Los cuerpos desnudos, abandonados con indolencia sobre la arena, me recordaron por un instante los cadáveres calcinados, quizá porque la luz era muy intensa. Trataba de pensar en la arena cálida que envolvía los cuerpos, pero me venía la idea de la muerte. Antes no pensaba tanto en la muerte. Màrius dijo, ¿no sabéis que un tren cargado de residuos nucleares atraviesa Barcelona por abajo? Pero no quisimos hablar de ello. Comimos la paella con fruición.

¿Y si fuésemos a repoblar Lérida?, preguntó Norma. ¿Lérida? ¿Y por qué Lérida? Porque los leridanos viven en Barcelona, allí no queda ninguno, salvo los viejos. Podríamos encontrar un pueblo abandonado. ¿Y qué haríamos? Mar se entusiasmó con la idea: yo pondría un bar. Pues yo un burdel, dijo Graziella. Mientras me lo pensaba, llegaste tú, te sentaste en una esquina y te pusiste a mirarlo todo, no sé si nos escuchabas. Comenzamos a elegir oficios, Màrius dijo que le gustaría montar un teatro y Norma gritó, como siempre, que montaría un periódico local para los chismes. Aquel día nos reímos mucho, tal vez por la paella y por las botellas de Cune, o tal vez porque estábamos vivos, no lo sé. Mar seguía encantada con el proyecto, dijo que de día haría de peluquera y que de noche llevaría el bar, que sería un bar con billares y dianas para dardos. Graziella se había dejado llevar por la fantasía latinoamericana y estaba entusiasmada con el burdel del amor. De pronto, hablaste tú y todos te escuchamos. ¿Os dais cuenta, dijiste, de que no hemos dicho de qué vamos a comer? ¿Quién labraría la tierra? Y rompimos a reír.

Alguien, no sé si fue Norma, dijo, tenemos la suerte de contar contigo, que eres el único marxista de verdad de todos nosotros.

Nos habías demostrado, una vez más, que eras el único que continuaba intacto. La mayoría de nosotros, exceptuando a Màrius, habíamos pasado por el partido, pero ahora cotizábamos y nada más. Y como podías pagar por el Banco, ya no hacía falta ir al local del barrio. Gritábamos mucho organizando la repoblación de Lérida. Menos tú, que estabas en un rincón y nos observabas. No, no es que nos juzgases, era otra cosa, tal vez que no soportabas nuestra frivolidad. Pero lo pasábamos muy bien, con aquella idea del pueblo elegido. Vivir, en este caso, quería decir llenar el día con horas de ocio y no de trabajo. Nadie, excepto tú, Jordi, había pensado en cómo ganarnos la vida. Nosotros habíamos comido la paella y vaciado tres botellas de un vino muy respetable. Y olvidado las bolas de fuego, la bomba de neutrones.

Te veo, pero sé que estás lejos. Miras hacia el horizonte. Conozco esa clase de mirada, es la mirada del enamorado. Sé que no fuiste totalmente sincero conmigo, me dijiste, tengo que volver con Agnès, pero sé que vuelves a ella porque has encontrado a alguien que no te exige tanto como yo. Una chica que siempre ríe, que no te pide nada y que te proporciona ratos agradables. Sé que, ahora, no puedes soportar otra clase de amor. Pero yo no te he sabido querer de otra manera, Jordi. Te entregas demasiado, me dijiste, como si eso fuese un reproche. Y tal vez no supiste nunca que era la primera vez que lo hacía, que me sentía capaz de hacerlo, sobre todo después de haber regresado de Inglaterra y de haberme llevado a mi padre a casa. Ayer soñé contigo: venías y te ibas, adoptando una figura imprecisa que no sabría definir. Me decías, quiero a un hada de ojos tristes, y te ibas. Más de una vez me habías dicho que yo tenía los ojos tristes y que por eso te gustaba. Pero, en el sueño, tu hada no era yo. No, nunca volveremos atrás, Jordi. Al despertarme, me encontré cursi y habría querido borrar tus palabras. Sé que tú nunca dirías eso de quiero a un hada de ojos tristes. ¿Por qué, entonces, te lo hacía decir dentro del sueño? ¿Por qué nos permitimos estos lujos cuando estamos dentro del inconsciente? A mí misma me daría vergüenza decirlo en voz alta. A la chica joven le dirás otras cosas que yo nunca sabré. O tal vez le dices las mismas que me decías a mí. Norma me dijo que se me parecía, pero en más joven. ¿Qué es lo que quieres repetir? ¿Volver a reemprender el círculo? No, sé que no es Agnès quien te hizo volver a casa. Agnès ha nacido para soportarlo todo, para no exigirte nada. Agnès está muerta. Agnès no existe. Bueno, estoy mintiendo, sí que existe. Existe para cuidarte cuando estás enfermo, como aquella vez, cuando tuviste la gripe. He vivido contigo cuatro años, los únicos años de mi vida llenos de fuerza, no sé si me comprendes. Y es muy difícil matar al amor cuando éste es hermoso.

De vez en cuando veo a la mujer del pescador que mira hacia poniente. Saca la cabeza por detrás de la cortina de red y la mueve muy despacio. No quiero compartir su angustia, no es asunto mío (Norma me diría, pasas de largo por delante del sufrimiento de los demás. Pero creo que se ha de saber elegir el dolor en el momento adecuado). El bramido del mar me acompaña en esta soledad que está empezando. En realidad, durante toda mi vida no he hecho otra cosa que decidir estar sola precisamente cuando he de romper con alguien, o con un recuerdo, o con una ciudad. No sé dónde acaba la soledad y dónde comienza la autonomía. Por eso me hacen tanta gracia esas feministas jóvenes y guapas que anhelan ser autónomas. Es casi imposible reconocer la frontera entre una cosa y otra. Quieres ser autónoma cuando te has sentido esclava. Y yo nunca me he sentido esclava contigo, Jordi. Ahora volveré a ser un fantasma tenaz que espera. ¿Qué es lo que espero, Jordi?

Norma: Tal vez saber envejecer con dignidad.

Palabras. Norma me enerva, siempre quiere decir la frase adecuada. Frases. ¿Estoy segura de que espero envejecer? Lo más triste no es que envejezcas tú, sino que envejezcan contigo las cosas que te rodean. Las cosas... Las mujeres hablamos de cosas. Vosotros, los hombres, habláis de ideas. ¿Y qué es peor, Jordi? ¿Ver que las cosas envejecen o darte cuenta de que las ideas también se vuelven decrépitas? Las cosas pueden ser sustituidas por otras. Pero, ¿y las ideas? He visto cómo desaparecía el jardín de mi infancia, mi madre se fue sin que nunca nos hubiésemos comunicado, volví a mi padre cuando él ya era un alma de Dios, el barrio se ha transformado, la ciudad se ha convertido en un monstruo absurdo, sin pies ni cabeza. He visto morir a todos los fantasmas familiares. He visto, también, cómo mis propios recuerdos han envejecido hasta desvanecerse en el tiempo. A veces tengo la sensación de que soy un hálito del pasado, como si lo único real hubiera sido el limonero del jardín de la casa de tía Patrícia, las navidades, los juegos, la víspera de Reyes. Las arrugas de debajo de los ojos tal vez anuncian el dulce presagio de la muerte, y pienso, qué suerte, todo esto pronto va a terminar. Pero no es justo que a ti también te ocurra, Jordi. Eres más joven que yo y no soporto ver que las ideas que te han convertido en el hombre que eres también van a envejecer. Mi muerte será una muerte particular: me iré yo y se irán mis cosas. Si envejeciesen tus ideas, Jordi, sería terrible: se trataría de una muerte universal. Pero lo que pasa es eso, vuelves con Agnès porque no te trae problemas, podrás salir con otras mujeres que no te exigirán más compromiso que el de vivir el presente, ya no te será preciso ser honesto en todas partes. Porque el partido no te exige más compromiso que el social. ¿Sabes? A veces me pregunto cómo nos llamarán las generaciones futuras. Cómo verán nuestra época. Tal vez será la época del fracaso, o la época de los cándidos. Se reirán de nosotros y dirán que nos angustiábamos por nada. Llegará un momento, me has dicho tú, en que ya nadie sabrá lo que era la Tercera Internacional. ¿Para qué lo habrían de saber, Jordi? Más bien creo que no pensarán en nada. Y de lo que estoy segura es de que no nos admirarán, porque no verán ninguna obra realizada. Y no se puede admirar una época en la que no se ha construido nada.

El mar se ha calmado totalmente. Supongo que la desaparición del pescador comienza a ser incomprensible. El verde botella domina al azul de las aguas rápidas. Llega el crepúsculo y un débil sol se oculta por poniente. Ha pasado otro día de horas lentas, otro día menos a tu lado, Jordi. Y nuestros encuentros están hechos de largos silencios y de palabras justas. Bueno, tenemos miedo de encontrarnos por la noche. Supondrás que tengo ganas de hacer el amor contigo, de poseerte y ser poseída, como hacíamos antes. Y no comprendes que no es eso lo que deseo, sino dormirme entre tus brazos, volverme pequeña, cobijarme en ellos, notar el sudor de tu axila, oír los latidos de tu corazón, el rumor de tu vientre. Nada más que eso, Jordi. Pero, para ti, dormir juntos no tiene sentido si no existe una finalidad práctica: el contacto físico, que muchas veces es una señal de desesperación.

El viento, el garbino, me acaricia suavemente. Me pregunto si, para escribir bien, es necesario sufrir. Tú tuviste que dejar de escribir en el momento en que elegiste el sufrimiento colectivo y te olvidaste del sufrimiento privado. Al entregarte a la Humanidad en abstracto, no tenías que esperar nada. ¿Qué se puede esperar de lo que es anónimo, impersonal? Siempre creemos que la masa es agradecida, Jordi. Y la masa no es nada. Tenemos miedo de enfrentarnos con cada rostro, desligarlo del conjunto. Es más fácil querer a lo que no se conoce. Y entonces dicen, qué amor más generoso. Éste es tu caso, Jordi.

Pero yo quiero dar porque espero recibir. Éste debe ser mi error. En realidad, quizá no doy nada. Tal vez soy estéril en ideas y en sentimientos. Siempre me ha gustado que la vida transcurra junto a mí sin adentrarme en ella. Por eso hago ver que, con mi labor de fotógrafa, un si es no es comprometida, lo doy todo. Como tú con la política, Jordi. Una vez, Norma y yo fuimos a entrevistar a una escritora muy famosa que había recibido todos los premios y cuyas obras se reeditaban sin cesar. Norma la admira locamente, tal vez porque ella todavía es una «joven-escritora-de-fama-que-hace-unos-cuantos-años-que-promete-mucho». Y que no sé si pasará de ahí. Norma le dijo a la escritora, en su obra se nota una pugna interna entre el hombre y la mujer. ¿Sí?, dijo la escritora esbozando una sonrisa. Sí, continuó Norma, una soterrada agresividad de la hembra contra el macho, y me parece que usted pretende decir que las relaciones entre hombre y mujer son casi imposibles. Y la escritora rompió a reír como si la cosa le hiciera mucha gracia. Lo hace a menudo: se echa a reír cuando menos lo esperas. Miró a Norma con sus ojos de aguamarina y preguntó, ¿es que a ti te parecen posibles? En aquel momento, Jordi, tanto Norma como yo las creíamos posibles. Todo eso de las reivindicaciones de la mujer actual, agregó la mujer, tiene bastante de literatura. Desde el punto social no me interesa, y desde el punto de vista íntimo la mujer tiene la partida ganada, una mujer siempre gana: si no es con el trabajo, será con la maternidad o con el amor. A Norma y a mí nos irritó aquella salida.

Sin embargo, creo que la escritora se acercaba, sin imaginárselo, a las tesis de algunas feministas radicales, que reivindican la vida privada y la maternidad tal vez porque temen al mundo de afuera, el vuestro, desconocido, selvático, hostil. La escritora nos contó que el primer consejo que escuchó, cuando empezaba a publicar, fue el que le dio el director de un periódico. Le dijo, señorita, no tenga prisa en publicar, primero viva y después escriba. Ella, por descontado, vivió primero y después escribió. No tuvo más remedio. Vivió más de lo que habría querido, me parece. La escritora, que había pasado la infancia entre flores, en una Barcelona que ya no existe, no podía prever, cuando escuchaba el consejo del director, lo que le tocaría vivir: una guerra que desgarraría el futuro de todo un país, el retorno de las sombras, de la inquisición, de la zafiedad, de todo lo que haría que mi madre, Judit, se encerrase en sí misma y no quisiese saber nada del mundo exterior. Luego, otra guerra todavía más grande, más cruel, el exilio, que es casi como decir la nada, y el aislamiento más o menos voluntario. ¿Tú crees, Jordi, que esa mujer escribía tan bien porque había sufrido? Alejada de las cosas queridas de su niñez y de su adolescencia, de los olores, de la fina lluvia de nuestra ciudad... ¿Es necesario sufrir para llegar a encontrar inútil el sufrimiento?

El día en que fuimos a entrevistarla, la escritora nos miró a nosotras, las dos mujeres que tenía delante, más jóvenes e inseguras que ella, como si pretendiera conservar algún secreto detrás de sus ojos de aguamarina. Lo que estaba pensando nunca lo sabremos. Pero era como si les advirtiese a aquellas dos mujeres que podían ser sus hijas: buscáis la felicidad por los caminos del arte y por los caminos de la vida. Y ambas cosas nunca vienen juntas. Hay que elegir.

De todos modos, Jordi, he sido feliz a tu lado. Estando contigo han transcurrido días sin color y sin memoria, que es una manera de ser feliz. Días serenos en los que recorrí tu cuerpo como un río que no se acababa nunca (lo confieso: no puedo soportar la idea de que otra mujer beberá de esas aguas). Sorbía tu semen con una alegría que me llegaba de muy hondo, en ti bebí el licor de la vida, como dicen los franceses. Cuando corríamos por las habitaciones silenciosas de la casa de tía Patrícia y me preguntabas, ¿en qué habitación haremos hoy el amor?, y pasábamos largos ratos discutiendo el escenario... Se oía el reloj del abuelo, que se había empeñado en tocar solamente tres campanadas. Y, serenamente, nos poseíamos, sin hacer ruido. Pero el sexo se terminó y al parecer no encontramos con qué sustituirlo. Sólo tus silencios.

Natàlia: ¿Es que un hombre y una mujer sólo pueden entenderse a través del sexo? Sería desesperante.

Norma: ¿Y si fuese mentira lo que el romanticismo nos hizo creer, que puede haber una comunicación «eterna» entre los dos sexos? ¿Y si, en realidad, viviésemos en rebaños, separados los unos de los otros, y sólo nos encontramos cuando nos deseamos?

¿Crees que es así, Jordi? Cuando Norma aventura este tipo de hipótesis siento un viento frío que me azota. Es como si el discurso que ha comenzado entre las mujeres, primero en un grito de adolescente autoafirmación, como el chillido de un pájaro en primavera, y después con la agresiva autoafirmación de la femineidad, representase la evidencia de la escisión entre los dos sexos. El abismo. Hasta ahora, la idea de la búsqueda del hombre nos había protegido. Y ahora tenemos que decir que ya no queremos el príncipe azul, cuando nuestro subconsciente todavía lo reclama. A veces, al leer algún libro que ha hecho furor entre las feministas, algún libro que evidencia el aislamiento y la incomunicación entre ambos sexos, paso largas noches de insomnio. La evidencia me bloquea. La conciencia y el deseo de libertad —debo decir que he creído durante mucho tiempo en el feminismo como en una nueva ética— me llenan de ansiedad y angustia. Me siento culpable. Creo que no he sabido querer a ningún hombre. Soy ajena a cualquier papel asignado. Me parece que he pasado la vida observando lo que sucedía ante mí, como si algún dios me hubiera colocado en una butaca de palco. No puedo hacer más: no estoy sobre el escenario, en donde los actores se acoplan perfectamente a los papeles asignados, pero tampoco me encuentro bien en el gallinero, donde el público puede armar una bronca si la obra no es de su agrado.

Recuerdo una cena en casa de una editora. La cena se celebraba porque había venido a Barcelona una escritora francesa que sólo escribía cuentos para niñas. Era una mujer madura, de rasgos duros y miradas furtivas. En seguida afloró el punto central de toda cena entre mujeres que nos consideramos liberadas: la incomunicación con los hombres. La francesa, la editora y una poetisa defendían el lesbianismo como única salida dentro del campo del afecto. Entre dos mujeres no se establecen relaciones de poder, defendía la francesa. Entre dos mujeres se valora más la ternura, decía la poetisa. Norma, no sé si por llevar la contraria, afirmó que había encontrado ternura en más de un hombre. No lo creo, dijo la francesa, un hombre, a la larga, te desvelará siempre su *ego*, y le saldrá la vanidad herida, te exigirá que valores su iniciativa o su fuerza. Si únicamente le pides ternura, se sentirá incómodo... Admiré la seguridad con que expresaba sus opiniones, parecía una mujer entera, no la habían despedazado. Norma, que no puede callar nunca, se empeñó en defender una posible reconciliación sexual. Todas gritábamos. ¿Creéis de veras, aventuré, que eso de distinguir el sexo por el carácter no es una invención? Yo he encontrado hombres femeninos... Me sentí juzgada. Todas las miradas se dirigieron hacia mí, como si les sorprendiera que en el cenáculo de las elegidas hubiese una esquirola. Veréis, yo creo que el ansia de poder se da en los dos sexos, dijo la editora, lo único que interesa es que puedas aprovecharte de lo que te pasa por delante, tanto si es un hombre como si es una mujer. Todo es cuestión de necesidades, ninguna relación es definitiva. ¡Eso, mientras dure..., que nos quiten lo bailado!, gritó Norma, mientras engullía un enorme trozo de longaniza. La francesa insistió, yo no creo, dijo, eso de que hay una parte femenina en los hombres, si así fuese, ¿por qué no la han hecho salir más a menudo? ¿Y los artistas?, pregunté, los artistas se sienten indefensos ante la agresividad de la civilización viril, sí, sí, cortó la poetisa, pero se aprovechan de su apariencia masculina, tienes razón, dije. No, si los hombres son encantadores, dijo la anfitriona, ¡nos acompañan tanto!, son como un mueble decorativo en nuestros hogares.

Todas nos reímos. A pesar de la discusión, había una complicidad establecida. Un lenguaje común, tal vez no hecho exactamente de palabras, ni de razonamientos, o tal vez no hecho únicamente de esas cosas. Había, también, risas, sonrisas, abrazos, caricias. Parecía que nos guiñábamos el ojo las unas a las otras. Cuando me encuentro en un grupo de mujeres solas me siento relajada. Allí no era necesario estar en tensión, porque los machos no estaban al acecho. No había que demostrar nada: ni inteligencia, ni seguridad, ni brillantez. Todo estaba implícito.

El juego era admitido: podías hacer gamberradas, fingir, nadie te miraría como si fueses una marciana. Jugábamos a hacer de marquesas, de señoras de la alta burguesía, a hacer de mamá o de dama de las camelias, lo mismo daba. No había nada que ganar ni nada que perder. Una mirada lo podía expresar todo, o un grito, o dos o tres pasos de ballet. ¿Y quién se atrevería a dar dos o tres pasos de ballet en la redacción de un periódico, en la reunión del comité central del partido comunista, en el parlamento? Así con todo, durante un breve instante me sentí extraña, con ganas de huir.

Nos despedimos medio trompas. La editora se quedó con la francesa y la poetisa. Mientras bajábamos las escaleras, Norma me tocó el codo y me dijo, ahora harán un *mènage à trois*, ¡veremos quién gana! Pensé que Norma me hacía un comentario de macho, que no había ninguna diferencia cuando se trataba de juzgar el sexo. Tienes muy mala leche, le contesté. ¡Y qué vamos a hacer nosotras, me dijo abriendo sus enormes ojos, sino masturbarnos!

Pero cuando metí la llave en la cerradura del estudio, sentí un secreto orgullo, como si me hubieran otorgado el título de campeona. Tú estabas en mi cama, me esperabas. Tenía en mi cama a un hombre que dormía. A oscuras, me acosté a tu lado. Oía cómo respirabas, tus pulmones hacían sonidos cortos, pausados. Dormías como un feto, abrazado a la almohada. Sólo cuando duermes recobras el niño que perdiste y que de día te niegas a recuperar. Mi madre, me has dicho más de una vez, era una mujer estéril en sentimientos. De pequeño, no te había besado nunca. Y te dolía decirlo porque tu familia era de ideas liberales y republicana. Me cobijé a tu lado, buscando tu pecho, que siempre me ha parecido un puerto, una bahía pequeña, tranquila. Tu cuerpo estaba cálido, desprendía el calor de quien hace rato que duerme. Aquel cuerpo me esperaba para acogerme. Te removiste un poco mientras te volvías sin dejar la almohada. Con la mano derecha comencé a acariciarte la espina dosal, poco a poco, sin tocarla apenas. Contaba los anillos del rosario, uno detrás de otro, de arriba abajo. Era un contacto suave, casi musical. Las notas me salían de dentro, y me habría gustado componer una breve melodía, como una contradanza. Tu cuerpo se movió de nuevo, cambió de postura. Abriste un ojo y me sonreíste. Y me besaste muy fuerte, como si quisieras entrar dentro de mí. No dejabas de besarme, no decías nada, sólo tu boca que me empujaba fuertemente hacia dentro. Después, sin pausa, subiste sobre mí. Me abrazaste, con furia, casi me hiciste daño.

Me fui al otro lado de la habitación, quería observar cómo Jordi Soteres hacía el amor con Natàlia Miralpeix. Y vi cómo un hombre dejaba rápidamente de ser niño, tenía prisa por sentirse poderoso, vi a un hombre que abrazaba con fuerza a una mujer, que se quería saciar de ella. Tú llevabas la batuta. Y el cuerpo de la mujer, que había comenzado acariciando al otro cuerpo, sólo para despertar su atención, acabó abandonándose. Pasiva. La muchacha que observaba la escena desde el rincón le recordó a Natàlia la conversación de aquella noche en casa de la editora. Le recordó lo que había dicho la francesa, un hombre quiere que valores su virilidad, su fuerza. Y todo mi cuerpo se dividió en trozos, las manos por un lado, la vagina por otro, la espalda se desparramaba en miles de partículas, el vientre estallaba, nada se recomponía. Como si se hubiese dispersado en un cosmos inmenso y no hubiese manera de reunir las piezas otra vez. La muchacha del rincón

82   saciar - to satiate
     batuta - baton

me decía, vamos, haz un esfuerzo, pon en ello tu alma, ¿no ves que el sexo sólo es una cuestión mental?, pero el rompecabezas se había deshecho y el cuerpo que estaba en la cama no encontraba las piezas. La muchacha del rincón continuaba, yo no puedo ayudarte, si no te concentras... Las palabras de la cena me iban y me venían como si fuesen nubes en un día encapotado, el viento empujaba las piezas cada vez más lejos, el cerebro me dolía. Devuélveme mi mente, le pedí a la muchacha del rincón. No, es mía, me contestó ella. Devuélvemela, insistía, cada vez más perdida, cada vez más rota. No, no, la mente soy yo. Tu cuerpo se dio cuenta en seguida de mi pasividad, la tensión disminuyó y, poco a poco, fuiste aflojando los músculos. Como si te obligasen a regresar de algún universo en donde pensabas encontrarte con el otro cuerpo y te dijeran, lo has perdido, lo has perdido, no lo tienes, te lo han quitado. Un hombre se fue al otro rincón de la habitación. Con lo bien que iba todo, me dijo el hombre del rincón. Y mi mente te contestó, lo siento. Entonces, ¿por qué me has despertado?, me preguntaste. Y yo te dije que tenía muchas ganas de hacer el amor contigo, pero que no sabía cómo. Te volviste hacia el otro lado, mirando al techo. Tu brazo izquierdo se apoyaba sobre tu cara, como si te deslumbrase algún faro. Yo no quería penetrar en ti, me dijiste, sólo quería darte placer. Lentamente fueron volviendo a mí las piezas del rompecabezas, pero eran unas piezas viejas, gastadas, ya no estaban completas, como si alguien las hubiera quebrado. Te conté la conversación de la cena y tú tardaste un rato en decir algo. Cuando lo hiciste, sólo me dijiste, ¿por qué hemos de ser como Atlas, por qué hemos de cargar la losa de la historia sobre nuestros hombros?

Y recordé lo que me había dicho una vez Norma, cuando venía de hacer un reportaje sobre los viejos ex deportados catalanes en los campos nazis. Norma pasó muchas noches de insomnio, no podía soportar los relatos sobre las obsesiones de los ex deportados, visiones de cámaras de gas, de crematorios, de alambradas eléctricas, de cuerpos que bailaban en la horca... Durante muchas noches, Norma tuvo el mismo sueño: una larga carretera llena de montones de carne ensangrentada. Cuerpos torturados, hechos pedazos. Y Norma caminaba descalza por la carretera procurando no tropezar con los miembros destrozados. No obstante, Norma resbalaba de vez en cuando: la sangre aún no se había secado, estaba húmeda, gelatinosa. De fondo, en una sombra, se alzaba la chimenea del crematorio, como si estuviera esperándola para devorarla. No creo, me dijo entonces Norma, que se puedan soportar las 24 horas del día viviendo en una situación límite, la angustia también descansa, tiene que descansar.

Y tú me preguntabas que por qué teníamos que vivir siempre con la losa de la historia sobre los hombros, como Atlas. Tal vez debí haber entendido entonces que hay concesiones que deben ser compartidas, pero desaproveché la ocasión y ya es demasiado tarde.

Aquella noche, la muchacha del rincón se fue y sobre la cama quedaron nuestros cuerpos desmembrados, incompletos.

Desde que la casa se llenaba con la ausencia de Jordi, Agnès vivía con mayor fuerza los recuerdos de la infancia. Y no sabía por qué aparecía, entre las pesadillas, el gusto de pelos en la boca y el contacto del polvo gris, la imagen de la abuela, o bien la del muchacho rubio que le metió dentro del agujero dos dedos de la mano.

Se acurrucaba bajo las sábanas y procuraba que le viniesen los recuerdos, como si regresase al inicio de las cosas. Apretaba fuertemente los ojos y casi dejaba de respirar. Ahora aparecerá la abuela, se decía. La abuela, que no tenía nada que ver con las garras de su madre aferradas a la puerta del recibidor. La abuela, que le había enseñado a no tener miedo... ¿Por qué no estaba ahora?

La abuela...

La abuela se sentaba en el contraluz de la galería. Tenía la vista cansada y leía con lupa. Movía los labios, como si rezase. La abuela era de seda y de terciopelo, sus ojos de mar y las uñas rojas. Llevaba moño y su pelo parecía de aguanieve. Caminaba entre pensamientos alfombrados y muros de la memoria, revestidos de satén. El contraluz hacía destacar un mechón suelto, encima de las orejas. Piel de algodón y habla de savia transparente. Las piernas eran delgadas, con rodillas salientes. En las manos, blancas, de cielo húmedo, surgían ríos azules que a veces parecían pequeñas cordilleras. Las venas languidecían hacia las muñecas y hacían aún más lívidas las manos.

La abuela se sentaba, con una mano apoyada, en la butaca de mimbre. Color azul marino. Cruzaba los pies, medias de algodón color ceniza. Miraba el cielo y prestaba oídos, el tintinear de cucharas sobre la mesa le gustaba: promesa de comida, el mediodía se acerca. Guardar la lupa y la revista en su habitación —que nadie se la coja—, meter la llave en la cerradura, cerrar la puerta. La comida está en la mesa, santa palabra. En la bolsa de la servilleta guardaba el pan duro de varios días, si hubieseis conocido la guerra, clamaba ante la nieta, entre suspiros de nácar y ojos de falsa resignación. Cubiertos de plata, frotados con tierra, colocados en piadosa hilera a uno y otro lado del plato. Los labios de carmín se entreabrían para la plegaria, Dios y Padre Omnipotente, los dedos de mariposa entrelazados, las uñas de un pasado de arañazos no se marchitaban nunca, las manos laguidecían, cansadas de pensar, bendice esta mesa, no me quiero morir, decían las uñas, cada día más rojas, más furiosas, insolentes, morirás, tú también morirás, decía el alma, morirás, se resignaban las manos de luna, y a todos nosotros, amén.

Las manos de luna acarician el pelo rizado de la nieta, trenzan los mechones rebeldes, siéntate, hoyuelo de la simpatía, nariz graciosa, que te quiero decir un secreto, la abuela no se cansaba, doblaba la revista sobre la falda, cruzaba las piernas, medias de algodón, escarpines de lana, y, vaya, ¿qué me ha dicho mamá?, ¿es verdad eso?, Agnès vigilaba más allá del contraluz, apoyaba primero un pie, después el otro, se aburría, miraba más allá de los rayos de sol que ponían amarillenta la galería, tizón encendido, sol de invierno, ¿es cierto que te ha venido eso?, y la abuela descansaba la mejilla de nieve sobre los rayos de luna, los ojos de mar inquirían, es la primera vez, reina, y tendrás que cruzar las piernas al sentarte, bien cerradas, hacia dentro, toda tú hacia dentro, que nada tuyo salga afuera, la abuela se levantaba y daba unos pasos de ángel por el pasillo, ven, cuchicheo de siglos, el secreto del sexo, de la herida que chorrea, de la sangre que no duele, que no sirve para nada, impura, sucia, te pones uno por la mañana y otro por la tarde, la abuela apartaba una de las toallitas dobladas, blancas, olor a tomillo, la abuela le enseñaba la minuciosa colocación, justo aquí, ni más hacia delante ni más hacia atrás, entre los muslos, ¿no se lo dirás a nadie, verdad?, y los rayos de luna le colocaban el paño, así, entre los muslos, tapará el agujero, enjugará la herida que chorrea, recuerda que te lo tienes que cambiar a menudo, no se lo des a la criada, hace mal efecto, ni a mamá, me lo dices a mí, cada noche lo meteremos en lejía y la porquería se irá, volverá otra vez la pureza, blanca como un ventisquero, Agnès ansiaba salir, saltar a los patios, allí donde se perdía entre sueños de marineros y de barcos, pero la abuela la retenía con las uñas rojas, como las zarpas de su madre que arañaba la puerta del recibidor, le pellizcaba la piel, la abuela contemplaba a la nieta, y, empapada de tierno reconocimiento por siglos y siglos de silencios y gemidos, le soltaba: ahora ya eres una señorita.

¿Una señorita? Agnès se hundía entre las sábanas. ¿Una señorita? ¿Qué sabía la abuela? Mejor dicho, ¿qué sabía ella misma de esas cosas? ¿Por qué el primer contacto con Jordi fue sorberle el semen hasta la nada? ¿Qué quería tragarse? Apretaba fuertemente el sexo de Jordi, como si quisiera desmenuzarlo entre sus manos, destrozarlo lentamente. Como una niña después de una maldad. Esperaba que la piel se pusiera morada. Esperaba verle aniquilado, sin sentido. Y lo único con que tropezaba eran los espasmos de Jordi, espasmos de placer. Cuando tomaba el sexo de Jordi y se lo metía dentro de la boca, cerraba los ojos para hacer más precisa la imagen del muchacho rubio que le metió en el agujero dos dedos de la mano.

¿O tal vez no era rubio? Tal vez no. Pero Agnès recuerda que era guapo. Y que reía mucho. Sabía recitar mejor que nadie y, en los pueblos, las viejas lloraban al oírle decir los versos de *La vaca cega* de Maragall. Comezaba con un trémolo de voz y la tensión aumentaba a medida que desgranaba el poema. Todos le admiraban. Agnès también. No sólo por el modo de decir los versos, sino porque, además, iba en moto. Entonces no todo el mundo tenía moto, y un hombre que iba en moto era más fuerte, más valiente que los demás. Le veía desde lejos, contemplaba cómo enfilaba la calle, las manos aferradas al manillar, las piernas abiertas, los pies apoyados sobre los estribos. Parecía un caballero medieval. Cuando la moto arrancaba, iniciando un murmullo suave que luego se convertía en un rugido ensordecedor, Agnès se estremecía y pensaba que era un poderoso caballo que galopaba, con las ancas levantadas y la crin al viento, conducido por las riendas enérgicas de su caballero.

Sí, era su caballero. Le oía venir. Primero el ruido, un zumbido como de enjambre de abejas, y después, como el alboroto del agua que desciende de las cimas. Escuchaba el ruido embelesada, con el mismo pasmo que cuando le oía recitar los versos, con la boca abierta y llena de saliva. Tenía voz de miel, dulce, temblorosa, que la protegía.

A ella no le hacía caso. Pequeñaja, le decía. Agnès acababa de cumplir los nueve años. Llevaba zapatos de charol, calcetines de perlé, un vestido de color verde manzana con una cenefa de flores blancas que hacían de tirantes. Agnès lo recuerda porque, aquel día, su caballero le hizo una foto. Y le dijo, ¿quieres venir al pueblo de al lado? Tengo que pedir permiso a la abuela. Pero la abuela le dijo que sí, que podía ir. No era como su madre y, además, ¿quién podía negarse ante un joven que decía tan bien los versos de Joan Maragall?

¡Ella en moto, agarrada a su caballero! Lo pensó durante largo rato. ¿Cómo se sentaría? ¿Con las piernas en un lado, como en las películas inglesas, en las que salían muchachas haciendo de jinetes? ¿Con las piernas abiertas, como si fuese en bicicleta? ¿Y si se le veían las bragas de algodón? ¡Virgen, qué vergüenza! Pero el caballero dejó que condujera un amigo suyo y la sentó entre los dos. La moto inició su zumbido y enfiló después por una carretera rodeada de plátanos. La carretera parecía de plata y Agnès guiñaba los ojos porque el sol le daba de frente. A veces, un trozo reluciente del camino la cegaba. Sentía el cuerpo de su caballero, que se apretaba contra ella y le parecía uno de los almohadones de la abuela, mullidos, suaves. Primero sintió un calorcillo sobre el muslo y se dio cuenta que era la mano de su caballero que avanzaba hacia las rodillas. Luego, la mano levantó la falda hasta el ombligo y se introdujo, desde la cintura, dentro de las bragas de algodón. Agnès apenas respiraba. La mano continuó buscando, hasta que dos dedos se metieron dentro de su agujero. Ella pensó entonces que se trataba del agujero del pipí. Eran el dedo índice y el del corazón. Después, sacaba la mano, la levantaba hasta la cara y se olía los dedos. Lo repitió varias veces. Agnès le dejaba hacer, sentía vergüenza y, al mismo tiempo, temía perder a su caballero.

Cuando llegaron al pueblo, el muchacho rubio la cogió de la mano y la llevó a una papelería. Le compró un álbum especial de *Florita* que era un sueño y un estuche de lápices Caran d'Ache. Después, en la confitería, le compró un caramelo de fresa, redondo y brillante. Mientras Agnès lamía el caramelo, él se puso a su altura, de rodillas, y le dijo al oído, ¿verdad que no se lo dirás a nadie? Y no se lo dijo a nadie, pero pensaba en ello cada vez que bajaba la cremallera de los pantalones de Jordi y le recorría el sexo con la lengua. En cuanto llegó a casa se quitó aquellas bragas y nunca se las volvió a poner. Pero guardó durante mucho tiempo, como un tesoro, el álbum de *Florita*.

Cremallera - zipper

Oigo cómo el hombre del hostal dice que el pescador ha vuelto. Insinúa una sonrisa mientras seca un vaso de cualquier manera. La extranjera quiere saber más cosas, pero el hombre del hostal se encoge de hombros. La cortina de red se mueve con pereza, como si quisiera ocultar lo que hay dentro de la casa. Ha pasado la noche en Ibiza, lo ha hecho más de una vez, un gandul, eso es lo que es, grita la mujer del hombre del hostal. ¡Huy, en invierno desaparece semanas enteras! Ya se sabe, ya se sabe. Un mal hombre, no hay quien me lo quite de la cabeza. El hombre del hostal entorna los ojos, como si sintiese un gran cansancio interior. ¿Y qué hace, en Ibiza?, dice la extranjera, que tiene en la mano un whisky desde muy temprano. ¿Pues qué quiere que haga? Va con fulanas, se emborracha, refunfuña la mujer del hombre del hostal. Después vuelve, y aquí no ha pasado nada. ¿Cómo dice?, pregunta la extranjera. Pues eso, que todo se queda en agua de borrajas. El hombre del hostal habla pacientemente, es que pierde la cabeza cuando sólo pesca morralla y lapas. No es eso, no es eso, los hombres siempre os defendéis unos a otros. Y el crío, que un día se quedó chupado, chupado, los médicos o sabían lo que tenía, y es que era un niño de esos que llaman azules, ya sabe, que se quedan sin sangre, daba pena verle, se ahogaba, parecía un pez fuera del agua, los doctores no le encontraban la cosa, y el crío cada día más ruin, hasta que un día su jadeo era como un hilo, y ya sabe usted, esas cosas se nos quedan muy adentro y no se olvidan.

Ha levantado el día y se llena de calma. Sólo una

suave pátina cubre el horizonte. Ya no se ve el azul cobalto de ayer y el agua forma unas franjas de color verde botella. Unas cuantas nubes se deshacen en vedijas. Las olas caen, lasas, sobre el cantil. Hay una gran paz. Te miro, Jordi, como si fuese a tientas. Hoy nos hemos levantado a deshora y no nos hemos dicho ni buenos días. Sentado en la playa, pareces adormecido. El libro de Gramsci se ha manchado de arena, pero tú no te das cuenta.

Alguna vez me has dicho, medio en broma, que yo estaba enamorada de Norma. Y la verdad es que no sé si la quiero. Norma deja pasar largas temporadas sin telefonearme, siempre he de ser yo quien le recuerde que hay que hacer un reportaje o una entrevista. A veces, Norma se esconde y no sé nada de ella, como cuando conoció a Mar. Norma desapareció del todo. De vez en cuando me la encontraba, casi por azar, a la salida del cine o en una exposición. Cuando Norma conoció a Mar fue como si hubiese recobrado la adolescencia. Y ya sabes, Jordi, que yo no comparto esa clase de amistades. Ella lo debe intuir, porque huye de mí. Norma y Mar se cortaron el pelo de la misma manera, estilo paje, e iban vestidas igual. Como dos gotas de agua. La verdad es que no sé dónde comenzaba Norma y dónde acababa Mar. Gritaban por la calle e iban cogidas de la mano como dos colegialas. Norma me saludaba a toda prisa y desaparecía entre la gente. Parecía que me tenía miedo, como si esperase que yo la juzgara. Y yo intuía a medias lo que debían de hacer: irían a comer a restaurantes caros para reírse de un camarero tímido, comprarían ropa de colores chillones para azorar al dependiente más inseguro de la tienda, se meterían con todos los hombres que encontraban por la calle, les provocarían, les incitarían, interpretarían adrede el papel de «objetos», pero con la ventaja que ahora sabían que hacían este papel. Y yo te comentaba, es curioso, ahora hay mujeres que, cuando se hacen muy amigas de otra mujer, parecen repetir los esquemas de una amistad de adolescencia. Aquello de la amiga del alma. No me atrevería a confesar que les tenía mucha envidia.

Como siempre que discutíamos sin pasión, razonadamente, de «algún fenómeno de nuestro tiempo», tú y yo charlaríamos sobre lo que llamas la enfermedad infantil del feminismo. Ya habías encontrado palabras para una nueva situación. Es cierto que se las habías robado a Lenin, pero no podías inventar nada nuevo. Y yo te creía, porque también necesitaba palabras para definir ese fenómeno tan raro y tan nuevo que les ocurre a las mujeres. Eran unas discusiones apacibles, sostenidas después de haber lavado los platos entre los dos. Analizábamos los pros y los contras de esas amistades, interpretábamos el impulso que había adquirido el feminismo desde la muerte de Franco. Sin darte cuenta, tú buscabas en el feminismo lo que empezaba a fracasar en el marxismo y lo que, mucho antes y en México, había ocurrido en tu familia. Como si tú y yo fuésemos al rincón del cuarto y observásemos, del mismo modo que lo haría un entomólogo, las apasionadas relaciones de Norma y Mar. No lo criticábamos ni lo juzgábamos. Lo describíamos con objetividad, con inteligencia, racionalmente. Tal vez si nos hubiésemos implicado en ello... Luego, tú te ibas a repasar las últimas notas de tu artículo *Escritor y sociedad*, y yo me encerraba en el laboratorio para hacer los contactos de un reportaje sobre una huelga de la SEAT.

¿Te gustan los poemas de Aragon?, me preguntaste un día nebuloso. Nos habíamos reunido en la casa de la montaña. Desde la ventana, se veía cómo el cielo de la ciudad agobiaba a los edificios y a los habitantes. Dirigías la reunión, como todos los sábados. Llevabas el orden del día, un orden del día minuciosamente estudiado por la dirección. Yo iba para ver si podía colaborar, como fotógrafa independiente, en la Prensa clandestina del partido. Fui dos o tres sábados sin pensar que también ibas tú. Pero el cuarto sábado, dos horas antes de ir, estaba metida en el baño de tía Patrícia. Desde entonces, sin pensarlo, me bañaba todos los sábados, justo un poco antes de ir a la reunión. Después, me ponía una crema por todo el cuerpo, una leche blanca que me había costado carísima y que olía a mandarina. Antes, nunca se me habían ocurrido estas cosas. Al cabo de un mes, comencé a pensar detenidamente en cómo me vestiría. Si hacía frío o llovía, el sombrero negro de pana (continúas mirando al mar, ¿de quién sientes nostalgia?) Y la gabardina *beige* con el cuello levantado, estilo Jeanne Moreau, la actriz de los labios inquietantes (me habría gustado tener ese tipo de belleza, eso que se llama belleza «madura», como la de la Moreau, entre sensual y mental). O un traje sastre, cheviot, con chaleco, falda y americana, todo haciendo juego. Tía Patricia sentenciaba que me vestía como un hombre. Te pareces a Kati, me decía.

A veces me vestía con una falda de tubo y las botas altas de color de zanahoria. Pero me di cuenta que los militantes se ponían nerviosos si me vestía de un modo demasiado extremado (este adjetivo me ha venido desde muy lejos, pertenece a la época de mamá). O pantalones y un jersey de cuello alto, algo desaliñada, aparentando que no me había preocupado mucho al elegir la ropa que llevaba puesta. Durante algunas semanas, casi no nos miramos y sólo cruzamos las palabras justas, medité con más rigor mi vestuario. Y me vestía medio de *vamp*, de fotógrafa activa o de mujer madura y displicente. Lo hacía casi sin tener conciencia de ello. Es ahora, al recordarlo, cuando todo adquiere otra forma. Era como si tratase de representar papeles distintos porque no sabía cuál me sentaría mejor. Y lo más gracioso es que siempre representaba el papel que correspondía a cada vestido. Era como si tú y tus «compañeros» (siempre me ha hecho gracia esa manera de llamaros entre vosotros) me otorgaseis poco a poco la identidad que necesitaba. Como si hubiese acabado de nacer y esperase que me bautizarais. El día que iba seductora o juvenil, como dicen los poetas cursis y de juegos florales, me lo pasaba gritando y riendo como una estudiante de Instituto. Sin darme cuenta, imitaba a Norma. Pedante, impertinente, con falsa seguridad, buscaba en los rincones de la memoria literaria las frases más brillantes. Y me divertía ver la cara azorada de tus compañeros. Después elegía el papel de mujer decadente y comprometida. De pequeña burguesa decadente, como dirías tú al cabo de cierto tiempo. Sin embargo, otras veces aparecía vestida de mujer adulta, con un vestido sastre masculinizado, como si ansiase vuestro beneplácito. Entonces procuraba no charlar mucho y fumaba sin cesar. Escuchaba y observaba. Era la Natàlia que permanecía en un rincón de la sala y contemplaba todos los rostros que la rodeaban. ¿Qué había detrás de cada fachada? Tú parecías el gran sacerdote, y tus acólitos procuraban hablar contigo bien, bien y mesuradamente. Y recogías las sugerencias en un pequeño cuaderno de notas.

Os observaba uno por uno. Algunos no habían vivido nunca eso que llamamos una vida ordenada. Sin casa, sin familia, tránsfugas al acecho, fortaleciéndose con virtudes morales que eran muy sólidas. Cualquier clase de debilidad habría sido muy mal vista. Cómo os admiraba. Algunos de vosotros teníais una mujer que os seguía a todas partes. O que sabía esperar. Era otro mundo, y queríais que fuese inamovible. Un mundo adecuado. Las discusiones sobre cómo había que hacer la Prensa del partido, ahora que parecía que estábamos cerca de la ruptura —como decían los dictadores de consignas—, duraban horas y horas. Ya pronto dejaríais de hacer una Prensa de urgencia, de lucha circunstancial e inmediata. Los tiempos cambiaban y pronto saldríais de la madriguera. Se necesitaban artículos de fondo para estimular el debate, decías, la discusión interna. La gran familia del partido se ensancharía, y se adoptaban nuevas consignas, desechando las viejas como si fuesen trapos sucios que había que enterrar bajo el polvo y la ceniza.

Yo sólo iba con el fin de escoger, contigo, los reportajes gráficos. Era la única mujer de aquellas reuniones. Y estaba orgullosa de ello... Me sentía orgullosa

al ver, en cuanto entraba en la habitación y echaba una
ojeada, que yo era la única hembra. Distanciada de todas las demás mujeres, de las esposas de tus compañeros, que estaban llenas de pequeños méritos, no valora-
bles. Ellas tenían paciencia y habilidad para adaptarse
a cualquier situación nueva. Aquellas mujeres conocían
mejor que nadie la geografía de las cárceles del país,
desde fuera, naturalmente. Algún día se les haría un
homenaje, porque su gran mérito era el hacer de «mujer de» sin rebelarse. Agnès era una de ellas y tú me
enseñaste a odiarla. Ni siquiera lo recordarás.

Primero, se lo imaginó como un marinero. Tal vez
porque llevaba barba y los niños le llamaban el capitán Haddock. Un día, Adrià entró corriendo en casa y
le dijo a Agnès, ¡mamá, arriba vive el capitán Haddock!
¿El capitán Haddock?, preguntó Agnès. Sí, y fuma en
pipa. Quiero decir el capitán Haddock de *Tintín*, mamá.
Pero Agnès, en aquel momento, no hizo caso a su hijo:
la lavadora automática estaba perdiendo agua y ella
no sabía por qué. Marc berreaba en la cocina y Adrià
había dejado libre al hámster.
—Mamá...
—¿Qué quieres, hijo?
—¿Me dejas enseñarle mi hámster al capitán Haddock?
—¡Calla! Déjame en paz ahora.
Era uno de esos momentos que quemaban y en los
que Agnès empezaba a llorar. Le brotaban las lágrimas
sin ton ni son y se encerraba en el water para poder
desahogarse a gusto.
—Mamá...
—Déjame, déjame...
Cogía trozos de papel higiénico y se sonaba constantemente. Marc continuaba con su rabieta y se oía cómo
correteaban por todas partes. De pronto, un estropicio
de platos y Marc que seguía llorando.

94

—Mamá, mamá...

—¿Se puede saber qué coño pasa?

—El hámster, que ha roto las copas de champaña.

Habría querido no salir nunca del water, derretirse, o hacerse muy pequeña, y dejar que el agua de la lavadora les ahogara, que la casa se inundara. Los berridos de Marc eran cada vez más fuertes, y también los gritos de Adrià, y ella sólo quería llorar, no dejar nunca de llorar. Estiraba el papel higiénico como si fuese una cuerda muy larga, como si fuese una cadena que la sujetaría y no la dejaría salir nunca del water. Tenía las piernas hinchadas de estar todo el día de pie en la guardería y la barriga inflada porque no conseguía evacuar. Era entonces cuando se le formaban nieblas dentro del cerebro, cuando su cuerpo se convertía en una masa dura, como un haz de leña seca. Habría querido gritar más que sus hijos, ahogar los bramidos de Marc, que seguramente se estaba ensuciando de papilla en la cocina, y los gritos de Adrià persiguiendo al hámster. Esta noche cogeré al hámster y le sacaré los ojos con horquillas, se decía. Y esa idea aún la hacía llorar más. Veía los ojos salientes y rojos de la rata, que la acechaban como dos bolas de sangre coagulada, y veía cómo hundía en ellos, poco a poco, las horquillas. Qué placer sentía. De pronto, un silencio denso llenó la casa. Ya no se oían los llantos de Marc ni las carreras de Adrià. Se secó las lágrimas a prisa y corriendo y se acabó de sonar. Salió del water espiritada.

—¿Os pasa algo, hijos?

Marc y Adrià jugaban con el hámster por la cocina, entre los trozos de vidrio de las copas de champaña y el agua que se salía de la lavadora. Colocó en seguida a Marc sobre la mesa de la cocina y zurró a Adrià. Éste la miró con sus ojos color de miel.

—¿Por qué me pegas, mamá?

Pero Agnès no le supo explicar por qué le golpeaba. Tal vez era para sacarse los demonios de dentro, o para borrar aquella idea que había tenido, la idea de pinchar con dos horquillas los ojos de sangre del hámster.

95

De pronto, se detuvo, en medio de la azotaina, y apretó muy fuerte a Adrià, y, mientras le abrazaba, se apresuró a acariciar a Marc, que les miraba con ojos azorados. Hijos, hijos, les decía, mientras sentía que le volvía la llorera. Secó el suelo mojado y les prometió:

—Hoy os haré manzanas al horno.

Era otra tarde que se deslizaba sin haber podido detener la llegada de las tinieblas. No habría podido contar las cosas que había llegado a hacer durante el día, la lavadora averiada, la diarrea de Marc, el jaleo de la guardería, el dinero de Jordi que no llegaba, la cuenta que aumentaba en la tienda de abajo. Por suerte, hoy no le dolían tanto los ovarios. El médico del seguro le había dicho, eso es psicológico. Pero ella seguía con sus punzadas, que la aguijoneaban como si tuviera dentro del cuerpo la ponzoña de una serpiente. Por la mañana se había dicho, ea, vamos, Agnès, tienes que andar. Eso es lo que había hecho durante todo el día, andar de un lado a otro, a veces sin rumbo, o con el rumbo que le señalaban los niños. Dejar a Adrià en el colegio, llegar a la guardería con Marc medio dormido, acompañar a los mocosos al water, que querían mear a cada momento. ¿Cuántas veces había hecho el corto trayecto que separa al water de la clase? Darles las papillas, no hacer caso de los llantos de Marc que reclamaban su atención, ocuparse más de Mireia, que, según la directora, no encontraba cariño en su casa... Cariño, cariño, hay que darles cariño... Y ella repartía caricias mecánicamente, les besaba en el cuello porque había que hacerlo, jugaba con ellos a hacer palmitas, cuando lo que quería era encerrarse en el water y llorar y secarse con el papel higiénico. Luego, vuelta a buscar a Adrià, de prisa, de prisa, porque, si tarda un poco, pone ese gesto enfurruñado que tanto le recuerda a Jordi... Vuelve, vuelve a correr, Agnès, que todavía es poco... Y los días son una larga cadena que jamás nadie romperá, Agnès. Por la mañana, apenas desaparecidas las pesadillas de la noche, Agnès estira las piernas y alarga el brazo: allí está todavía el vacío del otro lado.

Y querría que la sangre saliese del cuerpo para dejarle sin alma. Si se movía, le dolía mucho la parte de abajo, como si tuviese allí un animal que se enrollase y se desenrollase sin cesar, una serpiente que se liase como un rosco, y como si entonces viniera alguien con mucha fuerza, un cíclope mudo, e intentara tirar hacia abajo de la cola de la serpiente, como si quisiera ver-ter todo lo que Agnès tenía dentro... Pero Agnès no tiene tiempo de pensar en ello, y tiene que vivir otro día de cielo nublado y lleno de polvo. Todos los días se le presentan así, sucios y polvorientos. Alguien los ha rebozado con la arenilla gris que desprenden las minas. Ella se pringa con el polvo de cada día y, aunque le digan, qué hermoso día hace hoy, hay que ver qué sol, ella no se lo cree, no, no la engañan, porque el polvo le entra por todos los agujeros del cuerpo. Y el trabajo que le cuesta a Agnès que los niños no se manchen con esa polvareda que la ensucia a ella sin cesar. Sin embargo, a veces, el bajo vientre no le duele y se levanta relajada. Es porque la serpiente tiene dulces sueños y el cíclope no vendrá a tirar de ella. La serpiente se ha ido a dormir, se dice Agnès, y el único enemigo que le queda es ese polvo. Gris, igual que la arena de las minas. Como es domingo, a lo mejor no viene la serpiente. Y escucha el clinc clinc de algún grifo del patio interior, de algún grifo que mana con un goteo pacífico.

Es domingo. Mientras escucha el clinc, clinc del grifo medio perdido, espera la llegada de los hijos a su habitación. La manilla de la puerta se abrirá con suavidad y aparecerá Adrià, casi arrastrando a Marc. Y se arrojarán encima de Agnès. A lo mejor hoy no le preguntarán por qué no viene su padre, y se sentirán conquistadores del desierto de sábanas y mantas. Adrià le hará a Agnès cosquillas en los pies, mientras que Marc le chupará los pezones y dirá, con su media lengua, tu pecho ez un caramelo de freza. ¡Cuántas cosas querría explicarles, ahora que los tenía sobre ella y jugaban con su cuerpo, lamiéndolo como si fuese la arena caliente besada por las aguas! Les querría escribir una carta, lo

mismo que había empezado decenas de ellas dirigidas
a Jordi:

*Hijos, a veces me siento igual que una criminal por
haberos traído al mundo. Buscáis un roble en vuestra
madre y ella se siente hecha astillas. Tú, Marc, me la-
mes el pecho como si fuese un caramelo de fresa mientras que la directora de la guardería me dice que ya
no es prudente que me toques y me acaricies, que te
has de separar de mí... Y yo quisiera que estuvieseis
siempre a mi lado, porque así la serpiente no viene y
yo os protejo de la polvareda que está ahí fuera. Quisiera que vuestros ojos fueran siempre así de claros,
que pasaseis siempre de la alegría a la tristeza sin tener que matizar. Quisiera que no supieseis nunca lo que
yo sé, que no conocierais los malos espíritus que ron-
dan mi habitación todas las noches. Quisiera que no
supieseis nunca que tenéis que moriros algún día. Os
deseé porque quería mucho al hombre que entonces
vivía conmigo, y ahora no sé si aquel deseo era sólo un
producto de las novelas románticas que había leído.
¿Cómo se puede tener un hijo de un hombre a quien
no se quiere? Ojalá hubiese sido ése mi caso, ojalá hubiese llegado un día un viajero, un vagabundo, que
hubiese llenado mi vientre y se hubiese ido... No sé si
antes os quería, pero sí sé que ahora me habéis sedu-
cido, y aquí tenéis mi cuerpo para que hagáis lo que
queráis con él. Vosotros no lo miráis comparándolo con
los otros, vuestra valoración viene del interior de la tierra. Aún no esperáis que sea perfecta, que mis pechos
sean firmes, que mis muslos sean suaves, saltáis sobre
mí como los delfines en el agua. Os perdéis en mi cuerpo buscando los rincones que os puedan cobijar. No
exigís nada, volvéis a él porque todavía no os habéis
ido del todo... Hijos, a veces siento vergüenza de ser
madre, y me parece que nunca sabré serlo. Muchas veces me pesáis como una losa y me gustaría que no exis-
tieseis. Y, a pesar de eso, sois la única cosa que me une
con la vida. Cuando me levanto por la mañana y siento*

98

que la casa está vacía del hombre a quien amo, cuando
me levanto después de una noche en la que la serpiente
me ha punzado en las entrañas, y os tengo que desper-
tar a prisa y corriendo, con los ojos llenos de legañas,
cuando tú, Adrià, te ríes de mí porque se me queman
las tostadas, me estáis diciendo que no debo irme, que
todavía no. Y rechazo la fascinación del abismo, el agu-
jero negro que algún día quizá me engullirá. Hijos, no
sé qué bondad os puedo transmitir, qué reglas del jue-
go. Veo que he perdido las cartas de la baraja. A veces
me siento perversa y falsa cuando os hablo de la Natu-
raleza y que tenéis que ser generosos. Miro alrededor
y, más allá, veo el mundo que os espera y de cual no
sois responsables. Quisiera que la infancia fuese rescol-
do de un mundo dorado y que, ya que no otra cosa,
el recuerdo de los años que os puedo dar os ayude a
vivir. Me gusta cuando andáis sueltos, hijos, eso es lo
que yo querría hacer, pero me dicen que no, que me
he de controlar. Quisiera volverme niña y jugar con vo-
sotros toda la eternidad, que mis pechos se mezclasen
con vuestra carne y que vuestras manos recorriesen mi
cuerpo como si fuese tierra acabada de labrar.

Con todo esto, no se dio cuenta que Adrià le hablaba del capitán Haddock. Se acabaron los hombres en su
vida. Sólo contaban los niños, y que la serpiente no la
punzase por la madrugada. Que el cíclope no volviese,
y que el polvo que la cegaba desapareciese. El niño subió al piso de arriba a enseñarle el hámster al capitán
Haddock. Y detrás, a gatas, le siguió Marc. El cubo re-
bosaba con el agua de la lavadora y las manzanas des-
prendían un aroma de licor desde el horno. Saboreó
aquellos momentos de silencio, vacíos de sentido.

—El capitán Haddock es amigo mío —dijo Adrià.
—Y mío también —agregó Marc.
—No, es amigo mío y yo te dejo un trozo.
—No quiero un trozo, lo quiero todo.
—Bueno, vamos a ver, ¿por qué es amigo tuyo? —pre-
guntó Agnès.

—Porque me cuenta cosas de su tierra.

—¿De dónde es?

—De África. Y me ha dicho que, de pequeño, quería ser pescador.

—¿Qué hacen loz pezcadores?

—¡Pescan peces, burro!

—¡Yo no zoy un burro! —y Marc rompió a llorar.

—Vamos, vamos, no le hagas rabiar.

—Es que me quiere quitar a mi amigo.

—¡También ez amigo mío!

Adrià se acostumbró a subir al piso de arriba. Y Agnès también se acostumbró a oír el trajín y los correteos de su hijo mayor a través del techo mientras daba las papillas al pequeño. Un día, bajaron los dos. Agnès reconoció al capitán Haddock en el muchacho que se escabullía silenciosamente después de saludarla cuando se encontraban en la escalera. Era un muchacho moreno, de anchas espaldas, rostro cuadrado y una barba negra con unos cuantos pelos pelirrojos. Tiene pinta de marinero, pensó Agnès.

—El capitán Haddock dice que si me dejas ir a nadar con él.

—Bueno... Pero el capitán Haddock tendrá un nombre, ¿no?

—Me llamo Francesc.

—Y yo Agnès.

—Me lo ha dicho Adrià. Le puedo llevar a la piscina los sábados, pediré una beca para él.

—Yo también quiero ir.

—Tú eres un mocoso —gritó Adrià.

—¡Callaos, por favor!

Durante un año, Francesc llevó a Adrià a la piscina. Y Agnès casi no se daba cuenta que su hijo mayor veía más al vecino que a su padre. No pensaba en ello, la serpiente la punzaba todavía y seguía sintiendo el polvo pegajoso que le llenaba el cuerpo y las narices. Pero un buen día, sin percibirlo, la serpiente dejó de rascarla y el polvo se marchó. Agnès no sabía explicar cómo ocurrió. Fue tan imprevisto, que creyó que se trataba de un milagro.

Confieso que me halagaba que me trataseis tan bien. Veníais a decirme que era una mujer diferente de las demás y, por lo tanto, mejor. ¡Qué ingenua era! Erais vosotros los que me clasificabais, y yo adoptaba mi papel, exactamente igual que lo hacían vuestras mujeres. Era la otra cara que necesitabais.

Norma: ¿Es que no te sientes orgullosa de ser mujer?

No, no me siento orgullosa. ¿Orgullosa de haber nacido con el mismo sexo que Sílvia, que Agnès o que Patrícia? ¿Como tantas mujeres de los militantes del partido, anónimas y cargadas de hijos? Rompí con mi padre mucho antes que estas jovencitas de hoy, que parecen haber nacido con la clave de la vida en la mano. Sé muy bien lo que quiere decir ser una mujer libre (ahora me doy cuenta de lo que me duele esta afirmación, no me entiendo, pero he comenzado a hablar de un modo que no puedo abandonar). Sin embargo, se me ha de reconocer que deshice dentro de mí el mito de la virginidad en una época en que las mujeres todavía iban a misa con velo. Pero, ¿quién me lo reconoce?

Norma: Te empeñas en pasar factura.

Yo soy como los hombres, Jordi, como los hombres. ¿Me oyes? Y así lo decidimos cuando quedé preñada de ti y te dije que no quería hijos, que mi obra eran las fotografías. Tú lo comprendiste y te alegraste cuando el ginecólogo nos dijo, eso es fácil, vais a Londres, abortas allí y, de paso, que te cauvutericen las trompas. Hoy es tan fácil esterilizarse. Antes se trataba de una operación que te hacía estar unos días en la cama, te cortaban las trompas, te abrían por dentro y la incisión se veía. Ahora, en cambio, te hacen unos agujeritos de nada debajo del ombligo, te estiran la punta de las trompas, te las queman y se acabó. Ni te das cuenta,

¿verdad, Jordi? Me dejaste en aquel vestíbulo profiláctico en donde todas las enfermeras, muy eficientes y siempre sonriendo, hablaban el castellano a la perfección. Yo era una pieza más de aquel fabuloso engranaje, tan moderno, tan avanzado. Y, cuando nos volvimos a ver, ya me habían quemado las trompas sin que me diese cuenta, fue como coser y cantar. Sólo me sentía como paralizada en el comienzo de la espina dorsal. Pero, ¿ves?, se trata de dos agujeritos muy pequeños debajo del ombligo, cosidos como si fuesen un bordado hecho con punto de sombra. Se acabó la época en que se te notaban las cicatrices, en que ya no podías ir en bikini si te habían practicado la cesárea, la raya monstruosa y sucia que muchas veces formaba grumos. Tenía el cuerpo torpe como si me hubiesen puesto serrín, como si fuese una de esas muñecas a las que alguien tiene que ayudar a andar. Pero aquella sensación se acabó en seguida. Los dos habíamos decidido que, de nuestra unión, no nacería ningún hijo, que nuestra relación era ya bastante profunda y mental, que los hijos eran nuestras obras, mis fotografías y tu militancia, que eso ya nos llenaba, ¿verdad, Jordi? Éramos tan racionales, tan objetivos. Vivíamos tan fuera de nosotros. Como dos títeres, que nos limpiábamos del irracionalismo anterior, del cristianismo. Nos sentíamos plenos, ¿verdad, Jordi? En el aeropuerto de Heathrow tuviste que ayudarme a andar, tenía el cuerpo medio paralizado, pero no me importaba, por fin era como un hombre, como un hombre, como un hombre. Pero tú te vas, Jordi, te vas, y mi promesa acaba en mí, en mí. ¿Verdad, Jordi?

Norma me dice a menudo que si yo hubiese nacido varón no habría sido halagada, buscada, mimada. Hay muchos fotógrafos que son hombres y, por el hecho de serlo, no destacan, me dice. Sin embargo, cuando yo fotografiaba a la Policía dando una carga en una manifestación y os llevaba las copias, todos me mirabais sorprendidos y con admiración. Era una mujer valiente. ¿Quién admira a un hombre valiente, Jordi? Me admirabais porque era diferente de las demás mujeres.

Pronto me convertí en madre y confidente de muchos de los compañeros que militaban en el partido. Era tan fácil escucharles y comprenderles. Me sentía halagada cuando se dirigían a mí y buscaban mi compasión. Yo estaba llena de compasión. Justo la que ellos querían. Venían a mí hombres que no soportaban la vida de hogar, los gritos y los llantos de los críos, la suegra que estaba siempre refunfuñando, las facturas que había que pagar. Vivían en pisos comprados a plazos, estrechos, incómodos, de paredes delgadas y en los que todos los grifos goteaban. Muchas veces, al salir de las reuniones, bajaba en el seiscientos de un compañero obrero que había dejado a su mujer y a sus hijos en un pueblo del Priorato. No soportaba aquella vida, decía él. Y la mujer, que era una buena persona, no podía comprender los sacrificios del militante, el ansia revolucionaria que le había hecho renunciar a ascender en el trabajo, que le había hecho quedarse en simple peón o aprendiz de mecánico, porque, entre cárcel y cárcel, no se puede aguantar ningún empleo. Mejor dicho, nadie te aguanta a ti, y te tienen miedo, hagas la labor que hagas, y te echan y te vuelven a echar, una y otra vez, y ella no lo entiende, sabes, Natàlia, no entiende que hay que hacer muchos sacrificios, que hay que renunciar a todo. Se empeña en que tomemos el vermut en casa los domingos, cuando es precisamente el único día en que nos podemos reunir, no entiende que no me pueda quedar con la familia como a ella le gustaría. Ya verás, Natàlia, cuando llegue la huelga general las cosas cambiarán, tienen que cambiar. El momento está a punto de caramelo, llega, llega, y ellos aflojan porque se dan cuenta que son los estertores de la última batalla, que ahora sí que va de veras. Se amplía el frente de lucha, cada vez hay más sectores descontentos, los pequeños empresarios, los campesinos...

Sí, me sentía diferente de aquella mujer gruñona y seca, mezquina, vocinglera y dejada, que no entendía la lucha del compañero, que abroncaba al hombre recordándole cosas zafias, como comer cada día y sacar adelante a una familia.

Norma: Se nota mucho que no has vivido nunca en un hogar, que no has estado esperando al marido horas y horas, que no sabes lo que es tener celos del partido. No estás celosa de otra mujer, sino de una idea. ¿Y cómo puedes luchar contra una idea? Peor que tener celos de otra mujer es tenerlos de esa especie de pulpo que engulle a los hombres días y noches.

Norma no lo entendía. Pero yo sí que os podía entender. Yo había llevado una lucha individual, había renunciado a darme a valer delante de un hombre. Hasta que tú llegaste, Jordi. Y me parecía tan hermoso todo aquello en lo que creías. Tienes que luchar contra ti misma para salvarte. Si yo había luchado, si yo había conseguido pensar por mi cuenta, ¿por qué puñetas no lo hacen las demás mujeres?

Norma: ¿Es que no sabes dónde has nacido, nena? ¿Es que no sabes quiénes eran tus padres?

Natàlia: Durante mucho tiempo vi a mi padre como a un cobarde. Y mi madre no era más que una sombra.

Norma: De acuerdo, guapa. Pero tu padre era arquitecto y había sido republicano. Y tu madre, pianista y judía. Tú no sabes lo que es una Mundeta del Ensanche.

Natàlia: No soporto a las mujeres-víctimas. Parte de la opresión que sufre la mujer es por culpa de las mujeres.

Norma: ¡Vaya! Eso lo he oído yo en alguna parte. Sí, ya sé… Harmonía Carreres lo dijo en una entrevista. Con esas ideas, también es fácil creer que los negros fueron esclavos porque quisieron.

Natàlia: Mientras eran esclavos, sí.

Norma: ¿Y no te has dado un paseo por los barrios obreros? ¿No has visto que las mujeres de tu edad parecen más viejas, cargadas de penas y de hijos? ¿Que no toman la píldora porque tienen miedo? ¿Que viven en unos pisos raquíticos, húmedos, añorando el sol de su tierra?

Natàlia: Venga, no hagas demagogia.

104

Norma: No, sabes muy bien que ahora no la hago.

Natàlia: Cuando hablas en esos términos me parece adivinar en ti un sentimiento de culpa.

Norma: Tal vez sí. Pero creo que, tanto tú como yo, tenemos la obligación de no tratar la realidad desde un solo punto de vista. Tenemos que buscar todas las piezas.

Natàlia: ¿Qué crees? ¿Crees que no he renunciado a nada? ¿Que me ha resultado fácil renunciar al papel tradicional de la mujer?

Norma: No, ya sé que no te ha resultado fácil. Pero, para combatirlo, por ahora, creo que tienes que haber pasado por ese papel tradicional. Haberlo interiorizado, haber pensado que ésa era la única razón de tu vida. Que eso de hacer feliz a un hombre y de prolongarte en los hijos era el aspecto más maravilloso de la existencia. Tienes que haber creído ante en ello para poder romperlo después. Sólo así, creo yo, podrás entender a las demás mujeres.

Cuando me dijiste, ¿sabes que me gustas?, me pareció que el mundo recobraba la armonía perdida. Quería tus ideas porque hacían que me sintiese mejor. Siempre había desconfiado de las mujeres que viven a través de un hombre, pero yo creía que, al compartir tu amor a la Humanidad, salía, por fin, de mi lucha individual. ¿Y qué importaba, si el camino eras tú y nada más que tú? Lo que había más allá valía la pena. Y no me daba cuenta que la idea de transformar el mundo escondía un miedo tan oscuro y subterráneo que era preciso ocultarlo. Era el miedo a transformarnos nosotros mismos. Cuando le dije a Norma que me había enamorado de ti, se echó a reír. ¿Lo ves?, me dijo, ¿verdad que sólo piensas en hacerle feliz? ¿Verdad que no comes, que no duermes, que todo te conduce hacia él? ¿No te das cuenta que ese muchacho con cara de cura y de buena persona te ha hecho caer en la red? Y yo odiaba a Norma, porque disfrutaba con su triunfo.

Natàlia: Quizá tengas razón, pero estoy convencida que el amor romántico no existe, que lo han inventado los hombres y su cultura.

Norma: De acuerdo, eso es lo que decimos. Pero, ¿qué nos pasa cuando nos enamoramos, qué nos pasa?

Eso es lo que me he preguntado durante algún tiempo: qué me pasó cuando tú me dijiste, «¿sabes que me gustas?». Hasta entonces me había sabido escabullir. Tal vez con Emilio sentí un vacío en el estómago, pero no, no... No estuve enamorada de Emilio. Aquel amor, ahora tan lejano, me sirvió para conocerme mejor, para conocer mis sensaciones, mis deseos... Con Sergio pasé unas noches de locura. Pero, desde el principio, todo había quedado muy claro: éramos dos seres que coincidíamos en un punto determinado del tiempo y del espacio, para después separarnos y convertirnos, la una para el otro, en un bello recuerdo. Con Jimmy todo fue cordial... Jimmy era inglés y tan educado... Había estudiado en una *Public School* y, como todos los chicos de casa bien, pasó una temporada de *hippismo* para luego volver a los orígenes y casarse con Jenny. No me sentí ofendida por ello. Si había elegido el mundo, perder a un hombre no significaba nada. Continuaba siendo yo misma. Yo era yo, y basta. Hasta que llegaste tú, Jordi, y me dijiste, ¿sabes que me gustas? Me parecía imposible. ¿Qué te podía ofrecer yo, que venía del asco de mí misma, de la huida? Tú, todo el mundo me lo decía, eras el ejemplo de la entrega al partido. Sólo buscabas el amor a la Humanidad. Habías sacrificado muchas cosas. Sobre todo, lo que más querías: tu carrera literaria. Por el partido, habías renunciado a ser escritor. Te portabas bien con Agnès, y decían que sentías debilidad por tus hijos. Te torturaron en la comisaría y no denunciaste a nadie. En la cárcel, tu ejemplo se esparció como la arena en un día de viento. Y, cuando regresaste, continuaste dentro del partido sin pedirle cuentas a nadie, haciendo los trabajos que todos rechazaban, los trabajos clandestinos, difíciles, oscuros. No buscabas ningún cargo, dejabas que los demás hiciesen su carrera. Perdías las noches y los días por el partido. Tal vez si en algún momento hubieras exigido algo a la vida, no sé.

¿Cómo me enamoré de ti? ¿Fue, quizá, por aquel gesto indefenso y medio perdido al cruzar la luz del pasillo después de haberme dicho, me tengo que ir? No, Jordi, no me enamoré de tu pasado, ni de tus renuncias. Fue de aquel gesto que pedía protección. Me habría gustado ser un águila y envolverte en el helor de la noche. No sé por qué, Jordi, pero siempre me has dado la impresión que sales de la noche. Sin embargo, nunca acabas de salir de ella. Ahora vuelves con Agnès, Jordi, vuelves a ella para poder salir sin estorbos con la muchacha de mi sueño. Así que te quise al ver aquel gesto vago que adquiría forma bajo la luz del pasillo. Mucho antes de saber que a ti también te gustaba Aragon (llevé durante algún tiempo *Les yeux d'Elsa* en el bolso). Después, el gesto de indefensión fue desapareciendo lentamente cuando me ibas comunicando tus desazones. Querías escribir y no encontrabas el momento. Veías que el tiempo te obligaba a una carrera absurda contra ti mismo. Nunca se lo dijiste a ninguno de tus compañeros, ni a la dirección. Lo que ellos te pedían era la entrega silenciosa, fiel y eficiente. Nadie tenía piedad de ti, Jordi. Y es que, entre marxistas, la piedad es un lujo.

Pero, antes del milagro, Agnès escribió muchas cartas al hombre al que aún amaba. Sabes, le decía, ya no recuerdo tu cara... Y era verdad. El polvo se le incrustaba en la piel y también embadurnaba la de su amado. Cuando los niños dormían, se sentaba en la cama y llenaba montones y montones de papeles. Primero eran reproches de mujer abandonaba y buscaba aquello que más podía herirle. Le costaba perdonar los años gastados para nada junto a él, haber dejado de estudiar para que él pudiese dedicarse a la vida clandestina, y también, el que le hubiera llamado pequeña, pequeñina mía... Todo era incoherente, confuso, y rompía la mayor parte de las cartas que le escribía. Llegó un momento en que no podía recordar qué era lo que Jordi le había hecho. Y se inventó un hombre a quien poderle contar todo lo que le pasaba cada día. Hoy, el polvo me ha molestado poco y la serpiente se ha ido, le escribía. Sabes, hoy me ha contado Adrià una larguísima historia de vaqueros, dice que de mayor será vaquero, cogerá la pistola y pam, pam, pam, matará a todos los Francos del mundo. Dice que no tiene miedo, pero, por las noches, ve dibujos en la pared, y esqueletos que se mueven. Viene a mi cama sin hacer ruido y se esconde entre las sábanas, porque dice que en mi habitación no hay dibujos en la pared... Hoy he soñado contigo. Me abrazabas muy fuerte y soplabas sobre mi cara porque los pelos me tapaban los ojos... Pero cuando Jordi iba para recoger a los niños —o para quedarse a cenar—, Agnès le recibía de una manera mecánica, como si Jordi ya no tuviera nada que ver con el hombre con quien ella soñaba cada noche.

Una noche, Francesc bajó para despedirse de Agnès y de los niños. Se quedó a cenar y les contó sus proyectos. Se iba a trabajar a otra ciudad, ganaría más dinero y así podría hacer lo que soñaba desde hacía mucho tiempo: alquilar un velero y vivir mucho tiempo en la mar. Después, Francesc les contó a los niños, que ya estaban en la cama, historias de peces que se comen unos a otros y de ballenas que piensan como las personas. Y también la vida de los salmones, que son capaces de poner los huevos en el mismo lugar del río en donde han nacido. Cuando los niños se durmieron, Agnès y Francesc volvieron a la cocina y lavaron entre los dos los platos. Francesc le preguntó, ¿estás bien, Agnès? Y Agnès se dio cuenta entonces que nadie, ni su madre, ni Norma, se lo había preguntado. Casi sin saber por qué, Agnès le explicó lo del polvo gris que se le incrustaba en la piel, y también lo de la serpiente que la perseguía. Y no le dijo casi nada de Jordi, sólo las pesadillas de todas las noches y que no tenía mucho tiempo de pensar en esas cosas. El capitán Haddock no le echó un largo discurso, como Norma, sólo dijo, nos hacemos tanto daño... El problema no es que no nos queramos, sino que no sabemos cómo hacerlo. Y acaso, también, que no nos resignamos a perder lo que ya está perdido. Y agregó, a mí me ha pasado lo mismo. Soy del Aaiún, hijo de militar, y sé que nunca podré regresar a mi tierra, porque ha dejado de ser mía. Es de ley. Y Agnès se quedó parada, nunca había pensado en que había otra clase de pérdidas... El único modo de volver a vivir, dijo Francesc, es aceptar que hay cosas que no volverán a ser como eran antes.

Se sentaron en el comedor y continuaron hablando. Después se fue la luz y Agnès se evantó para encender una vela. La barba de Francesc se alargaba, se alargaba, parecía que le llegaba hasta el suelo. Agnès cerró los ojos y estuvieron un rato sin decirse nada. Luego se besaron y se amaron. Agnès acabó por dormirse en los brazos de Francesc. Fue la primera noche en que no tuvo ninguna pesadilla. Se despertó al despuntar el alba, cuando la luz es de color violeta, y vio que Francesc se había ido. No le volvió a ver más. Regaló su bicicleta a Adrià y un balón de fútbol a Marc. Y a ella le dejó la gorra. Adrià dijo, es la gorra del capitán Haddock, mamá. Eso quiere decir que volverá. Los capitanes no pueden quedarse sin gorra. Y Agnès, por primera vez desde hacía mucho tiempo, sonrió, y por la noche no regañó a Adrià cuando dejó salir al hámster, ni tampoco dijo nada cuando Marc metió los dedos sucios en el tarro de confitura.

Pero la crisis estalló cuando se legalizó el partido. ¿De qué sirvieron tantos años de lucha y de entrega si la política se convirtió en un asunto sólo para profesionales? Surgieron nuevos militantes que asediaron como buitres los mejores cargos. El secretario general te compadecía levemente cuando recordabas, en alguna reunión, que había que conservar, por encima de todo, la ética del comunista. A tu alrededor había docenas de sonrisas, ya está Jordi con sus manías, ahora no es momento, no es momento. Y tú saltabas de rama en rama como si la tierra se hubiese incendiado de repente, como si todo fuese un enorme tizón del que había que escapar. Y no solamente llegaba la hora de los mediocres, de las tácticas que nos arrastraban al pacto y al compromiso, sino que algunos líderes adquirían una pátina de crueldad y de mezquindad. ¿Éste es el mundo que habíais soñado, Jordi? ¿Un mundo en el que los sindicatos obreros hacen de apagafuegos de todas las huelgas y los comunistas llevan a la práctica la moral pequeñoburguesa? ¿Este mundo, Jordi? Ahora te encuentras con que no eres ni un político profesional ni un escritor. Te han robado la identidad, Jordi. Y yo no sabía qué decirte, te habías cerrado como una concha, te sentías más fuerte con tu hermetismo. Eras tan inhumano, Jordi. Solamente una noche llegaste, desolado, al estudio. Te tendiste a mi lado y me abrazaste muy fuerte. Me dijiste, él ha vuelto a ganar, viene de fuera para hacernos cambiar de política. Deshace todos nuestros esfuerzos en un soplo. Es él quien manda, quien nos manda, nunca he visto tan de cerca el poder. Eran palabras inconexas que me costaba enlazar. Luego entendí que había estado en Barcelona el secretario general del PCE y que os había trastocado un documento. Lo había conseguido. Rompiste a llorar como una criatura. Sollozabas muy cerca de mí y te abandonabas, Jordi. Cómo te amé aquella noche.

En la isla, recuerdo, imprecisas y mezcladas, todas estas escenas. Porque el tiempo de la memoria interior no tiene nada que ver con el tiempo de la historia. Tal vez no lloraste la noche en que te diste cuenta de la crueldad que puede haber en un secretario general comunista, tal vez fue en otro momento. Es como si hubiese transcurrido muy poco tiempo entre el día en que me dijiste, ¿sabes que me gustas?, y la noche en que vi tu silueta recortándose sobre la luz del pasillo, no sé los meses que pasaron entre el día en que celebramos la muerte de Franco y la noche en que llorabas, todo está hecho a base de recortes seleccionados, que poco a poco van formando una narración íntima, la del recuerdo. Y el orden que siguen los recuerdos dentro de la memoria no es nunca cronológico ni coherente. Si aciertas, las palabras a veces te ayudan a enlazarlos para formar con ellos una «historia». Ésta es la obsesión de Norma, organizar los recuerdos, las opiniones, los hechos, dentro de la estructura de la palabra. He desafiado a Norma al enviarle los papeles de mi madre y de Kati. A lo mejor está ahora en algún sitio intentando escribir la historia de dos mujeres tan diferentes como mamá y Kati. Y la de un amor tan sólido y efímero como el de Kati y Patrick. Pero me parece que Norma no tiene todas las piezas del rompecabezas. Me siento incómoda, creo que la he engañado. Le he dado algunos datos, pero quizá no se lo he dicho todo. Y es que quiero que haga de cronista, no de escritora. Quiero la imaginación para mí sola, que muera en mí. El orden de la imaginación se sale de todos los datos, de todos los hechos. Ésta es la venganza de la literatura contra la Historia.

Ahora recuerdo, por ejemplo, un día en que tú y yo, Jordi, fuimos a ver un grupo de teatro francés que se llamaba *Les trobadours*. La obra trataba de la lucha de los cátaros contra la opresión del rey de Francia. Uno de los trovadores exclamaba, *il nous ont volé le temps d'aimer*. Tú saliste impresionado y me dijiste, ¿ves?, el problema no es que formemos parte del bando mejor ni que nuestra lucha sea buena, el problema es que, mientras tanto, el tiempo no se detiene. ¿Y no crees que ahora nos ha llegado el tiempo de vivir?, dije yo. Tú no disimulaste una sonrisa. Lo haces a menudo, como si me quisieras decir, qué ingenua eres. Mientras subíamos por la Rambla me recordaste un poema que habíamos leído juntos poco después de habernos conocido. Era un fragmento de un poema de Louis Aragon:

111

Le temps d'apprendre à vivre, qu'il est déjà trop tard.
Que pleurent dans la nuit nos cœurs à l'unisson.
Ce qu'il faut de regrets pour payer un frisson
Ce qu'il faut de malheur pour la moindre chanson
Ce qu'il faut de sanglots pour un air de guitarre.

Y agregaste, lo que pasa es que nos hemos inventado el amor. En mis tiempos de Universidad separábamos el sexo del amor y confundíamos el amor con la amistad. Ahora no estoy seguro de nada, dijiste. Por eso huyes de mí, Jordi, porque ni tú ni yo estamos seguros de nada. No tenemos el valor suficiente para hacer que nuestros corazones lloren al mismo tiempo, como dice Aragon. Ni siquiera hemos sido capaces de llorar juntos nuestro fracaso, ahí tienes.

Ahora me vienen a la memoria otros retazos de la conversación. Recuerdo que me dijiste, los viejos militantes del partido se han censurado aposta el amor romántico, no han tenido más remedio. Para ellos, la mujer es la compañera de lucha. Si se hubiesen amado románticamente, digámoslo así, a buen seguro que no lo habrían soportado. Quizá se habrían suicidado. El amor romántico es lo absoluto, es Dios, es el todo. Y yo te pregunté, ¿en qué quedamos? ¿No has dicho que no existía? Y tú intentaste matizar, quiero decir que el amor romántico se debe traducir, supongo, cuando tienes asegurada la supervivencia. Te repliqué que no lo creía, que estaba segura que en los mismos campos de exterminio, en los que la gente moría como moscas, también surgían casos de amor romántico. Comenzaste a hablar sin parar, y te salió un largo y bello discurso que más o menos decía así: el problema es saber si el amor romántico es un estadio más refinado de lo que los ochocentistas llamaban espíritu o si es, más bien, una invención de los artistas. Por otra parte, el amor visto como un absoluto lleva dentro el germen de la muerte, de la destrucción. Me parece, pues, que el amor romántico surge cuando tienes el estómago satisfecho y una situación colectiva serena. O bien cuando adviertes que su realización permanente es imposible. En los tiempos de la lucha universitaria, poníamos la razón por delante y criticábamos todo lo que oliese a sentimiento. Y ahora no sé si estábamos en lo cierto. La razón es un buen punto de apoyo cuando la fe desaparece. Ahora me doy cuenta que hay muchas cosas que no entiendo, que se me escapan. El amor es una enfermedad, y yo te dije, ¿y no es terrible que sentimientos tan profundos tengan que ser efímeros? Y lo único que me supiste contestar fue, quizá nos hace falta para sobrevivir.

Así acabas todas las conversaciones, Jordi. Hablas de supervivencia o que hay que resistir para no tocar fondo. Creo que Norma tiene razón cuando dice que tú y yo nos hemos puesto una coraza para disimular. Me parece que empiezo a darme cuenta de ello. ¿Y tú, Jordi?

Pero, ¿qué es lo que disimulamos, Jordi? ¿Es que necesitamos una máscara para sobrevivir? No debemos tocar fondo, no debemos rozar los límites. Hay que llevar la máscara en todo momento, en las reuniones del partido, en las conferencias feministas. ¿Tenía que morir Franco para que descubriésemos que también nosotros llevamos una máscara? Norma diría que sólo hay un momento en que te quitas la máscara, un momento muy concreto y que se va en un suspiro. Es ese momento en que dos cuerpos se reencuentran por primera vez, como si se hubiesen conocido desde siempre. Dos cuerpos que se ayuntan porque también lo hacen sus mentes y forman una sola (ahora lo veo: Norma es una romántica). Cuando no disimulas y gritas de placer y eres capaz de mirar a los ojos al amante/amada, después del orgasmo, para agradecerle, con infinita ternura, todo lo que has recibido y lo que el otro ha sido capaz de recibir. No, no, creo que quien tiene razón eres tú, Jordi, creo que eso sólo pasa cuando hay tiempo para pensar en ello. Cuando no tienes problemas de hambre o de guerra. Y entonces, ¿y la historia de Patrick y Kati? ¿No es precisamente en el naufragio cuando buscas el amor y la destrucción?

¿En el naufragio? Franco murió hace unos años convertido en una piltrafa y parece que lo hemos olvidado. ¿Es así? He tenido un sueño: estaba tendida en una playa y el viento garbino me acunaba cálidamente. A mi lado, una muchacha de larga cabellera y de piel de melocotón me besaba el cuerpo. Lo recorría con lentitud. En nuestra piel, gotitas de salitre. Hicimos el amor mientras las olas nos acariciaban los pies. Parecíamos un anuncio de televisión. Pero el caso es que yo lo pasaba bien. Me había puesto al alcance de la mano todos los resortes de la belleza, es decir, la Naturaleza en calma, con el trasfondo del mar como símbolo de liberación, y una mujer perfecta. Sexo y Naturaleza. O, en realidad, una misma cosa. Y yo hacía el amor con todo ello. De pronto, Franco emergió de las aguas, como un Neptuno furioso. Parecía una profeta bíblico a punto de lanzarnos el peor de los anatemas. Nos separamos despavoridas. Bueno, fui yo quien se separó, porque la otra no estaba allí como sujeto. No interesaba dentro de la escena, era otro elemento del conjunto que yo misma había montado. El dictador nos prohibía que hiciésemos el amor. En cuanto nos separamos, Franco regresó a las aguas. O al infierno. Sí, ya sé que el sueño es demasiado claro. Pero a mí no me interesa la parte de Franco, sino la del objeto de mi relación amorosa. Y éste era un sueño dentro del sueño.

Franco está dentro de mí, se me aferra como una babosa. La vieja y reseca piltrafa no se acaba de morir. Me hace daño, Jordi. Surge cuando menos lo espero, está al acecho, como una fiera a punto de saltar sobre mí. Tiene los ojos rojos de la sangre que vierten. Pero no tiene rostro. Sólo ojos. El dictador ya no tiene nombre.

El otro ya pertenece a la Historia. Él institucionalizó la violencia y la muerte. Las cárceles estuvieron repletas de condenados inocentes. La persecución os eximía de todo, nos eximía de todo. El mal colectivo cubría al mal privado. Ahora no soportas que un comunista haga de esquirol o que un periodista de izquierdas se venda al amo que paga mejor. Norma no soporta la insolidaridad de muchas feministas. Quizás ha llegado el momento en que el tiempo colectivo deba abandonar la infancia, tal vez nuestro tiempo deba alcanzar la madurez. Madurez, que significa conocimiento del bien y del mal. Del bien y del mal que hay dentro de nosotros. He dicho de nosotros, Jordi.

Es eso lo que me pasa, que no me resigno a convertirme en una persona adulta. ¿Me he de conformar? ¿Me he de resignar? ¿He de comenzar a morir, como han hecho los ex deportados de los campos de exterminio? Sé que tú has aceptado los límites, Jordi, sé que has aceptado el fracaso. Pero, ¿dónde está tu infancia? ¿Qué has hecho con ella?

Ahora te echas al agua y nadas hasta muy lejos. Tu cabeza, más allá de las rocas, es un punto minúsculo y redondo. Te desfogas nadando. Al lado pasa una barca con las alas extendidas. Parecen las alas de una gaviota. Quisiera que te envolviesen. A ti y a mí, para protegernos de la pesadilla. El puntito desaparece pronto. Como si un remolino lo hubiese tragado. ¿Y si no regresas? Las olas no me traerían tus lamentos: ahora son de otra. ¿Ni siquiera me dejarás tus lamentos, Jordi? ¿Dónde comienza y acaba la posesión de los seres que amas? ¿Dónde comenzamos y acabamos cada uno de nosotros? ¿Merece la pena recuperar la individualidad?

Me oigo decir, siempre habrá otra que recogerá los frutos. La barca de vela es como un álito que lame las aguas que nunca se detienen. Movimiento es insatisfacción. Tu cabeza vuelve a surgir entre los círculos de espuma. No has desaparecido.

El sol me besa la espina dorsal. Se adentra en ella. Mis poros, agradecidos, lo absorben. Me gustaría hundirme en la arena. Sentirme besada por el aire —vientecillo garbino—, por la luz, por el agua. Los elementos me perdonan el cuerpo degradado. Cuerpo de mujer que ya no recuerda cuándo empezó a envejecer. Los elementos ni me admiran ni me juzgan. Me dejan vivir. Yo no soy como Norma, no. No busco el amor de los demás. Yo sólo pido a los elementos que me dejen formar parte de la Naturaleza que me rodea. Ser en ella una pieza más. Olvidar las palabras y los pensamientos. Roca y arena. Luz y agua. Cerca de las olas, dentro del rumor del viento, sintiendo el bramido del mar embravecido o bien la calma del agua azul, tocando el calor con las manos, pequeña isla verde y gris, lo mismo da. La isla es mi amiga.

Quisiera saber cuándo empecé a transformarme en un fantasma.

LA NOVELA DE LA HORA VIOLETA

1958

Judit llamó desde abajo para que Encarna le ayudase a subir las cestas de la compra. Había ido a la Boquería. Allí encontraba el pescado más fresco y las legumbres tenían mejor aspecto que en los demás mercados. Hacía días que sentía un dolorcillo en la espina dorsal, tendré que ir al médico, se dijo. Mientras subía la escalera, pensaba en la fiesta que Joan quería celebrar el sábado siguiente. Lo hacía en honor de Joan Claret. Últimamente, a su marido no le iban bien los negocios. Había tenido la idea de asociarse con el suegro. Anoche, al acostarse, le encontró preocupado. ¿Qué te pasa?, le preguntó. No es nada, nada... Joan nunca le hablaba de sus penas. Ella tampoco. Joan le apretó fuertemente la mano y se la llevó a los labios. Judit le acarició la mejilla. ¿No te van bien las cosas, verdad? Joan no dijo nada. ¿Para qué le iba a contar sus problemas? A él le bastaba con saber que ella estaba a su lado. Como un calor, una presencia. Judit no lo ignoraba. Lo había asumido desde el principio. Joan la había tratado siempre como a una reina. No le había pedido más es-

esfuerzo que su presencia. Y ella se lo había dado. Kati..., quedaba tan lejos. Cuando Joan regresó del campo de concentración, ahora haría dieciséis años, hecho un guiñapo y con un miedo muy hondo en los ojos, Judit le abrazó y él se dejó querer. Joan lloró un largo rato. Judit, no, Judit tenía los ojos secos. Judit, ¿quién lo sabría?, sólo había llorado una vez. Y nadie lo iba a saber... Lloró cuando le llevaron la carta de Kati, en la que ésta le decía, ya ves, Judit, ahora que he encontrado el amor, la Historia me lo quita... La carta que Kati le había escrito antes de suicidarse. Mientras Joan le besaba el pezón, ella le acunaba. Y se durmió entre sus pechos.

20 de setiembre de 1942

Me lo han dicho, por fin, mañana liberarán a Joan. Casi cuatro años en el campo, tres años y diez meses. Me encuentro fatigada, y no sé si nuestro cuerpo se habrá convertido en un enemigo... He de estar preparada para todo, para encontrar a un hombre más viejo, quizá con los ojos impermeables. He visto otros presos así. Todos vuelven de la misma manera, sin ánimos para vivir. Me han dicho, no te preocupes, Judit, es el mismo de siempre. Nunca he renunciado a... ¿a qué? No podía renunciar a nada porque no tenía nada. Nada. Mi preso. Me han dicho, todavía te recuerda. Sus cartas también me lo decían: «Sólo el recuerdo de mis deseos me ayuda a vivir...» Yo no soy la de antes. Kati me dejó. Joan, demasiado lejos. Entre rejas, la vida adquiere un relieve distinto, la monotonía puede ser también dueña de la invención. La vida de mi preso se habrá creado entre rejas, será mentira. Mi idea de continuar, será mentira. Me da mucho miedo la palabra continuar.

La puerta de la cocina se ha abierto de pronto y Natàlia asoma por ella la cabeza. ¿Qué hay para comer?, dice. Y Judit le contesta, hay col rellena. Natàlia y ella no hablan mucho, Judit se da cuenta de que su hija no quiere saber nada de las tareas caseras. Y ella no la obliga. Sin embargo, hay veces que la indiferencia de su hija la humilla. Natàlia ha podido estudiar, ha hecho cerámica, sabe idiomas... Natàlia no tiene que ganarse la vida. ¿Piensa esto por resentimiento? No, no, Dios me libre. Queda muy lejos cuando la proponían para ir a Viena... Las conversaciones con Kati, sólo ella entendía lo que Judit quería decir cuando hablaba de crear una melodía, alguna cosa nueva, sólo Kati entendía su pereza para interpretar las composiciones de los demás... Pero algunas veces, no sabe por qué, se siente despreciada cuando Natàlia afirma que no se casará nunca. Y que no tendrá hijos. Es como si su hija la acusase, ¿quizá de su cobardía? ¡Qué sabe ella! Judit se casó y tuvo hijos. Judit quiere a Joan. Y también quiso locamente a su último hijo, Pere...

Col-cabbage

5 de julio de 1943

Ya lo tienen todo a punto, como en un ritual. Les dejo hacer. Es la tercera vez y tengo más miedo que nunca. He pasado un embarazo muy malo, como si me volviera loca, todo me irrita. Sobre todo, siento rabia contra Joan. Contra Joan, que vino hecho una piltrafa del campo de Betanzos y que sólo me decía, tú no sabes cómo era aquello... Pero me vengaré, decía, vaya si me vengaré. Infeliz, todos somos unos infelices, Kati tenía razón cuando decía que nos falta valor. Pero yo no era como ella, no. Recuerdo que, al saber la muerte de Patrick, me dijo, ¿cómo quieres reconciliarte con la vida si no te has reconciliado con la muerte? Y se bebió una botella entera de salfumán. No se lo he perdonado nunca. Este país no es el mío y a Joan no le quedan fuerzas para amarlo. Sólo eso de la venganza. Todos sus amigos han desaparecido. Y yo, sin Kati. Me siento vacía.

6 de julio de 1943

Ha venido la comadrona y me ha metido el dedo dentro para ver cómo va la cosa. Me siento como si fuese al matadero. Patrícia lo ha preparado todo, parece disfrutar con ello. Ya sabes, me dice, al primer ay tienes que meterte en la cama. Me traen y me llevan, todo lo arreglan entre ellas. Patrícia, que no sabe lo que es tener un hijo, es la que manda más. Sentada en mi mecedora, la he visto colocar los traveseros y los papeles de periódico. Qué asco. Y Sixta ha desplegado sobre el tocador la ropita azul cielo y rosa, las chambritas, los pañales de hilo. Azul cielo por si tienes un niño, rosa por si es una niña, como ya tienes la parejita..., dice. Claro que también pueden ser mellizos, estás tan gorda... Han dejado un montón de jerseyitos y camisitas.

9 de julio de 1943

Hace tres días que nació. Un niño. Los dolores fueron más fuertes que nunca, como si los tuviera en el cerebro, como si dentro de mí se hubiera producido una explosión, como si reventase entera. Pero no solamente por abajo, la cabeza también te estallará, los ojos saltarán por un lado, el cerebro por otro... Y aferrada a los barrotes, gritaba, no puedo, no puedo, ¿quién recogerá todo eso? Y cuando estaba a punto de volar por el aire, la comadrona dijo, ya está, y fue tan grande la alegría que sentí que me habría levantado y me habría puesto a bailar. Ya está. El niño duerme.

122

11 de julio de 1943

Las he oído, ellas creen que no, pero las he oído. He oído cómo Patrícia le decía a la comadrona, este niño es muy raro, es feo, este niño está ciego, mire qué ojos tiene. Y cómo la comadrona le contestaba, no, mujer, qué va.

12 de julio de 1943

Creen que soy estúpida porque no hablo. Pero esas brujas no dejan de hablar sobre el niño. Las oigo desde la habitación. El niño vomitó como sangre coagulada. Se ahogaba. La criada le puso cabeza abajo. Este niño se muere, cuchicheó Patrícia.

20 de julio

Pere es muy pacífico. No llora nunca. No mama si no le despierto. Es diferente de Lluís y de Natàlia, ha salido a mí.

30 de julio

Toda la vida lo recordaré, toda la vida. El médico miró al niño y después, a mí, ¡irles a pasar esto a ustedes! Fuimos al médico porque Patrícia insistía. Verá, vengo porque mi cuñada cree que la criatura no está bien... Y el médico sólo dijo eso, ¡irles a pasar a ustedes! El niño es mongólico. Mongólico, ni sé lo que quiere decir. Sé que hay niños subnormales por taras hereditarias, por el alcohol o la sífilis. Pero mongólico... Tenemos que ir al especialista. Joan me acompañará.

10 de agosto

El especialista me ha dicho, no son violentos, les gustan los dulces y la música. Les llaman mongólicos porque tienen los ojos achinados. Y las manos iguales. Tienen una gran capacidad de mimetismo. Será el payasito de sus hermanos. Y cuando tenga siete, ocho años, se le morirá. Sí, eso, se le morirá cuando usted diga, pues vaya, el niño ya está bien. Pero lo que más me ha dolido es eso del payasito de la familia.

8 de febrero de 1945

No se mueve para nada, no quiere tomar las sopas. Se le cae la baba. Joan sale antes del trabajo, se sienta delante del niño y se echa a llorar. Yo no lloro, a mí no me verán llorar. Oigo cómo Sixta dice que soy una orgullosa. Todos piensan que es mucho mejor que se muera. Tiene que vivir, quiero que viva. Le quieres más que a los otros, ha dicho Patrícia. Creen que es un amor inútil. Le quiero precisamente por eso, porque es un amor inútil. Nadie me lo quitará. Es un hijo de la guerra, mi pequeño Pere. Joan me compra fetiches y me dice que me ama más que nunca. Tengo la casa llena de fetiches. Patrícia me reprocha que sólo me preocupe por Pere, que no me cuide de Natàlia y de Lluís. No me necesitan.

1958

Pero Natàlia pasó como un torbellino por la casa, vista y no vista. A Judit le habría gustado confiar en ella. Es una mujer, al fin y al cabo. Y su hijo Lluís es tan diferente... Quiere estar siempre en el escalón más alto, y a Judit eso no le interesa nada. Excelentes notas en los Jesuitas, una carrera brillante, el matrimonio con Sílvia, la hija de Joan Claret... Lo que se dice un triunfador. Quizás es ésta la venganza de Joan, después de aquella cochina guerra... Judit va desempaquetando todo lo que ha comprado. La cocina se llena de alimentos. Tiene que esperar a que Encarna pique el hielo para meter el pescado. Sílvia ha entrado y dice que va a freír un muslo de pollo para Màrius. La cocina está llena de gente y ella no tiene tiempo para pensar en nada. Bien, está llena de mujeres, de pescado, de legumbres, de fruta, las cestas se vacían. Y muy pronto de humo, del humo negro del pollo chamuscado, a Sílvia siempre se le quema. Abrirán las ventanas del patio interior y el humo de la casa de los Miralpeix se mezclará con el humo de todas las cocinas de la escalera. Y después se mezclarán todos los olores. Natàlia se ha plantado allí en medio, como si fuera boba. No pide nada, sólo mira. Pero Judit no tiene tiempo de pensar en su hija porque hay que preparar la comida.

10 de agosto de 1946

El niño me sigue por todas partes, como un perrito. Ha aprendido a comer solo y, después que ha comido, se sienta en su sillita de enea al lado del piano. Interpreto para él las sonatas de Chopin. Mueve el cuerpo hacia delante y hacia atrás, su cuerpo se mece con la música. Toco para él. Hoy he pensado en Kati más que nunca, cuando me decía que tenía que crear alguna cosa nueva. Recuerdo aquel atardecer en que veníamos de las Colonias, muertas de cansancio. Barcelona olía a piel de naranja. Nos sentamos un rato en el jardín de tía Patrícia, debajo del limonero. Yo tenía el corazón encogido porque en las Colonias había visto a un niño que no tenía sexo. Kati me comentó, entre tanta guerra y tanta suciedad, aún es posible pensar en la belleza. Y yo le contesté, irritada, ¿cómo puedo pensar en la belleza después de haber visto a esas criaturas muertas de miedo, con los ojos llenos de pavor, las cabezas rapadas, después de haber visto a aquel niño que no tenía sexo? La belleza no es verdad, agregué. Todo eso acabará algún día, dijo Kati, ganaremos la guerra, ya lo verás, viviremos otra vida. Su optimismo la mató. No ganamos la guerra, y de aquel tiempo me ha quedado mi Pere, que me sigue por todas partes como un perrito.

15 de febrero de 1947

Sí, Pere me ayuda a vivir. Y estas notas. Cuando escribo me siento tan libre como cuando me pongo delante del piano. Hoy Natàlia me ha dicho, para ti sólo existe Pere, es tu único hijo. A todos les da asco. Porque babea y se lo hace todo encima. Se agarra a mi falda y yo le acaricio. Y Lluís también me dice, ¿por qué ha de ser más que yo esta cosa estúpida, inútil, viscosa? Nunca lo entenderán. Hoy, Pere estaba sentado en lo alto de la escalera que da al jardín de tía Patrícia. Se sienta allí muy a menudo. Se mecía hacia delante y hacia atrás, llevaba así mucho rato, en lo alto de la escalera de caracol y moviéndose como si fuese una mecedora. Hacía aaaaaaaaaa. De vez en cuando se paraba y se quedaba con los ojos fijos mirando al frente, los párpados quietos y la sonrisa embabiecada. Lluiset se acercó por detrás y lo arrojó escaleras abajo. Le dio un pequeño empujón, sólo un golpecito, pero Pere perdió el equilibrio y cayó hacia abajo, rodando, rodando, hasta que llegó al fondo y se me quedó todo enredado en la manguera, sucio de gravilla y hojarasca. Chilló como un caballo, y sus relinchos, su ¡uuuuuuuu!, se me clavaron en el alma. Le vi desde arriba, indefenso, envuelto en la manguera, la cara pringada de mocos y de babas. Bajé las escaleras, corriendo como una loca, y le abracé con todas mis fuerzas. Para calmarlo, me balanceé con él, hacia delante y hacia atrás. Lloriqueó un rato, me costó consolarlo. Y los chillidos se convirtieron en gemidos apagados. Los dos llenos de fango y de hojarasca. Y Lluís me miró con odio.

Pensar cada día lo que hay que comprar para comer es todo un arte. Hay que contentar a todo el mundo. A Joan, su marido, no le gusta el pescado y prefiere los bistecs de ternera, a ser posible «filetes de pobre» (no ha entendido nunca esta incoherencia entre el lenguaje y la carne). A su hijo Lluís le ha comprado lenguado. Tiene un paladar delicado. ¿Las mujeres? Bueno, las mujeres comerían lo que hubiese... Nunca se lo había preguntado, ni ellas tampoco se lo habían exigido. La cocina es un pequeño reino, de vez en cuando, Joan asoma la cabeza y se siente feliz al verla allí. Judit lo nota por su expresión. Poco a poco, todos los miembros de la familia se reúnen para almorzar. Cuando Pere vivía, también era el momento más feliz para él. Oye el tintineo de las cucharas y de los tenedores, el rumor de los cubiertos, de los platos, de los vasos. La casa, lentamente, va adquiriendo armonía. Los objetos se ordenan. Pasos en la cocina, bullicio en el pasillo, la puerta de la calle que se abre... Y Judit busca la vajilla que más luce, ¿la de cerámica?, ¿la de la Cartuja de Sevilla?, y piensa cómo va a presentar la comida. Cada día lo hace de modo diferente, sonrisa en el rostro de Joan. Sonrisa de agradecimiento. No hace falta decir dónde tiene que sentarse cada uno. Ella, lo más cerca de la cocina, aunque nunca se levanta para servir. Tiene la campanilla. Ya con todos a la mesa, dring, dring, y Encarna, que se ha puesto aprisa y corriendo la cofia y el delantal almidonado, comienza a servir el caldo. Judit lo dirige sentada. Falta el vino, que llega en una botella de cristal labrado con un tapón en forma de bola. Sirven la sopa en silencio. Las conversaciones se inician después, cuando ya han terminado el primer plato. ¿De qué hablan? Pues de todo y de nada.

Hoy, en misa, me han hecho volver a casa porque no llevaba medias. Me dio una rabia tremenda, pero no me atreví a discutir. Joan me quiso acompañar, pero le dije que no se preocupase... Si Kati hubiera vivido todo esto... He entrado en casa y me he sentado un rato en la galería después de regar las plantas. El silencio me ayuda a recordar. Añoro los días de la guerra pasados junto a Kati. No sé por qué pienso que fui tan feliz durante la guerra. Es extraño: fue la época en que vi más muerte y más tristeza y, a pesar de todo, fui feliz. Cuando Kati y yo, cogidas de la mano, paseábamos por una Barcelona trastocada y que olía a piel de naranja. Al lado de Kati, me sentía como una niña que no quiere ser mayor. Ella me decía, toca para mí. Y tocaba para ella como ahora lo hago para Pere. Sólo para Pere. Esta ciudad está muerta, no hay más que quietud. Las mujeres se han vuelto llorosas. Los hombres vulgares. No puedo decir que Joan no me quiera, no, sería muy injusta. ¿Qué es lo que echo en falta, Dios mío? Escribo mirando a la galería, me gustan los patios. Y el silencio de mediodía. Todo el mundo está en misa. Pere está sentado en su sillita de enea, contento que yo haya vuelto tan pronto. Recuerdo cuando le dije a Kati, no dejes a Patrick, no le dejes nunca. No sé muy bien por qué se lo dije. Me habría gustado tenerles a los dos cerca de mí, pero no, no, no habrían podido soportar todo esto... ¿Qué habría sido de mí si hubiese huido con Kati cuando ella me lo propuso? Tenía tanto miedo... Me dijo, si los fascistas entran en Barcelona, huiremos muy lejos... Y me dijo que con Patrick no huiría, ¿no ves que está casado? Kati reía mientras me apretaba la mano. Huiremos a Brujas. ¿Por qué a Brujas?, le pregunté. Pues porque me gusta ese nombre. Pondremos un pequeño restaurante. Pero yo sólo le dije, no dejes a Patrick, por favor.

No se encuentra bien, no. Hace días que siente punzadas en la espalda y casi no puede mover los dedos de la mano. Pedirá hora al médico. A Joan no se lo dirá, bastantes preocupaciones tiene ya. Por la mañana, al poner los pies en el suelo, se ha notado envarada. Como si tuviese el cuerpo lleno de serrín. Y tiene que hacer esfuerzos para mover los dedos de las manos. Ya se lo dijeron cuando tenía quince años y tuvo que guardar cama hasta los diecisiete: de mayor, la enfermedad volverá y entonces será progresiva. Iba para concertista y se quedó en profesora de piano para niñas tontas de casa bien. Si hubiese ido a Viena, tal vez todo habría sido diferente... Ahora están comiendo. Alrededor de la mesa, varias personas que forman una familia. En la cabecera de la mesa, Joan. Natàlia, como siempre, ausente. Como si no existiera. Quién sabe, Patrícia debe de tener razón cuando dice que se parece a Joan de niño. El viejo Miralpeix siempre zurraba a su hijo porque le encontraba distraído. Judit se rió por dentro al recordar una noche en Sitges, la primera en que se amaron y ella le enseñó a hacer el amor. Joan no le preguntó nunca cómo lo había aprendido, y eso que ella, entonces, no tenía más que veinte años. Sólo Kati lo supo, a ella se lo podía decir. En definitiva, un sueño, un deseo hecho recuerdo, nada más. Un hombre que la amó cuando se puso buena y que desapareció como un suspiro. Por eso siempre le decía a Kati, no dejes a Patrick, por favor. Después, la piel blanca se había vuelto moteada, de tantos cardenales. Le ocurría muy a menudo: un pequeño golpe, y ya tenía los redondelitos azulencos y que hacían aguas. Ahora, alguien bromea un poco, quizá Sílvia. Judit la encuentra estúpida, no puede remediarlo. Pero no, nunca sabrán lo que piensa. Ella es la que armoniza el engranaje, como una melodía, diría Joan. Una pila de cosas que deben estar a punto. Y siempre lo están. Nunca habrá un fallo. No echarán nada en falta. Las comidas, la mesa puesta, las habitaciones limpias, el servicio, discreto y prudente como Encarna..., pero que no le pidan más. Hay un montón de pensamientos que tiene guardados muy adentro. Ahora siente una ligera punzada en los riñones. De todos modos, hace sonar la campanilla para que venga Encarna y quite la mesa. Apenas oye cómo Lluís toma el pelo a Sílvia. Por alguna tontería.

1 de abril de 1948

He pasado toda la noche velando a Pere. Tiene un sueño muy malo. Le ha subido la fiebre y no paro de cambiarle los paños de agua fría con vinagre que le pongo en la frente. Le hierve todo el cuerpo. De vez en cuando, abre los ojos y me mira como si los tuviera empañados. Patrícia ha dicho, ojalá que se le lleve Dios. Le he gritado que se vaya. Quiero estar sola, son como la carcoma. Si tuviese a Kati junto a mí..., siento que la rabia me sube por todo el cuerpo. ¿Por qué me dejó? Pere vomita todo lo que come, no puede tragar nada. Se me va, se me va, mi hijo de la guerra.

15 de abril de 1948

Pere ha muerto esta madrugada. En silencio. Durante todos estos días, apenas me reconocía. Su cuerpo se estremecía de vez en cuando y me buscaba la mano. Se me ha muerto sin hacer ruido. ¿Qué me queda ahora, qué me queda para continuar? Continuar, ésa es la palabra.

1958

Si Kati hubiera conocido a Sílvia, seguramente se habría burlado de ella. Quizá más que de la ñoña de Patrícia. Sílvia tiene algo que crispa los nervios, no sabe bien qué. Judit la observa: quizá su actitud de víctima dispuesta a la inmolación. De víctima sin decirlo, sin quejarse de ello. Estas mujeres estorban, decía Kati. Sílvia fue educada para ser feliz, y vaya si lo era. Casó con un hombre guapo, con su hijo Lluís. Lo que se dice un triunfador, un caballero, un hombre cabal. Judit meneó la cabeza, pobre Sílvia. Judit conocía bastante bien a su hijo. Sabía que en los Jesuitas se empeñó en ser el primero. Pero nunca llegó a serlo, siempre se quedó en el segundo o en el tercer lugar. Pero lo hacía para que los de casa le valorasen. Y Joan no vivía para sus hijos, sino para Judit. Y Judit no le hacía caso, su hijo no le gustaba. Aún peor: no le quería. Y eso que él hacía méritos. Pero le dio un ataque de risa por dentro cuando le llevó a la blanda de Sílvia y le dijo que se querían casar... ¡Cómo se habrían reído, Kati y ella! Le había enseñado a Sílvia del mismo modo que le mostraba el diploma de final de carrera o el coche que se había comprado con su primer dinero. Le había enseñado a Sílvia sólo para que Judit la admirase. Lluís había conseguido una chica bonita, hija de un hombre enriquecido con el estraperlo, Joan Claret... Y además, había conseguido que aquella maravilla de criatura dejase la danza, dicen que iba para primera bailarina del «Liceo». Abandonaba lo que Judit más quería: el arte. Lo había dejado por un hombre, el hijo que Judit detestaba en su interior. Lluís le lanzaba su desquite a la cara y le decía, ¿ves?, yo también he conseguido una mujer que deja la danza por mí, por el matrimonio. ¿Ves? Era una venganza y Judit no se lo iba a perdonar.

3 de mayo de 1948

Nunca más volveré a tocar el piano, nunca más. Es inútil que Joan me lo pida. Estoy sentada en la galería, al caer la tarde, junto a la sillita de enea de Pere. Ya no busca mi mano, ya no comparte conmigo el silencio del atardecer. ¿Ves?, le decía a Kati, con el si-

131

lencio de la noche es cuando siento la música, como una música callada. Ella entendía lo que yo quería decir cuando hablaba de lo que pretendía describir sin tener que interpretar. Una música silenciosa, que me salía de dentro y que no podía explicar con palabras. ¿Cómo sientes la música?, me preguntaba Kati. La sentía en todas partes, pero era a esta hora cuando me salía de dentro, como si todas las cosas se hubiesen detenido, la hora en que el mundo parecía feliz, como si no hubiera guerra ni la ciudad viviera aterrada por los bombardeos. Pero no compuse nada, mis manos no me acompañaban, soy imitadora del arte de los demás. Tienes que componer algo para mí, me pedía Kati. Si aquellos atardeceres hubiesen durado más, lo habría hecho. Pero se acabó, se acabó todo. Pere ha muerto, Kati también. Lo entierro bien hondo, nunca más volveré a tocar.

1958

Más de una vez habría querido hablar con Encarna. No, no la habría entendido. Pero desde que Pere murió, Encarna era la persona de casa a quien más veía. Joan salía por la mañana temprano, en cuanto había tomado el café con leche y leído *La Vanguardia*. Y después de comer, desaparecía también toda la familia. Encarna y Judit hablaban, bueno, charlaban, de cuestiones intrascendentes, triviales, se entiende. Hablaban de cómo había que organizar el pequeño palacio. ¿Qué vamos a hacer para almorzar, Encarna? O bien: ¿verdad que hace tiempo que no hemos hecho la limpieza del despacho del señorito? O: hoy iré al mercado, Encarna. Y Encarna, mientras tanto, iba haciendo su trabajo. Había una complicidad entre las dos. La misma complicidad que podía haber entre Joan y Judit. Lo que pasa es que los temas cambiaban. O a lo mejor no. Encarna, algunas veces suspiraba para que Judit le preguntase, ¿por qué suspiras, Encarna? Lo mismo que ella suspiraba de-

132

lante de Joan sólo para que éste le preguntase, ¿por qué suspiras, mi vida? Claro está que ella no le decía «mi vida» a Encarna. Pero quitando el vocabulario, el lenguaje venía a ser lo mismo. Señorita, ¿se acuerda que hay que cambiar las cortinas? Hace tiempo que no hemos limpiado las lámparas de cristal del salón. Encarna acariciaba los fetiches de Judit. Y ésta le dejaba que los tocase, naturalmente. La caja de Fargnoli, los restos de todos los ramos de novia, los abanicos, las muñecas... ¡Cuántas muñecas tenemos, señorita! Y Judit, agradecida, sonreía. Joan no le había dicho nunca «tenemos». Quizá porque Joan, que se afanaba tanto buscándole muñecas antiguas en las tiendas de los anticuarios, consideraba que él no tenía nada que ver con los fetiches de Judit.

15 de setiembre de 1948

Apenas veo para escribir. Hay restricciones de luz, y los patios se inundan con tanta lluvia. Todo el día lloviendo, el cielo parece negra noche, y eso que estamos a media tarde. Escribo en la galería, casi a oscuras. Fue un día de fuerte aguacero cuando conocí de verdad a Kati. Nuestra relación comenzó con agua, como el día en que estuve por primera vez con Joan. Me gusta la lluvia, no me pone triste. ¿Por qué dicen, en las novelas, que la lluvia trae melancolía? A mí me trae recuerdos, como si el alma de Kati me hablase al oído, el rumor de la lluvia me dice, volveré, Judit, volveré, no llores por mí, llora por ti, que te has quedado tan sola... ¡Dios mío!, ahora no me da miedo la muerte, sino lo que me queda de vida.

1964

Habla tía Patrícia:
«El señor de la funeraria y Lluís han llegado a un

acuerdo, el entierro será de 7.500 pesetas. Si no, no la enterramos, dijo el señor de la funeraria guardando el catálogo. Ya sé que es un pretexto, no conozco ningún muerto que no haya sido enterrado, pero tampoco íbamos a tener a Judit días y días en el balcón para que le diese el aire...

»El enterrador tiene quemado el lado izquierdo de la cara. Unos grumos de color lila sobresalen entre las arrugas. Parece la Luna vista de cerca, la Luna que yo imagino, tan bonita de lejos y que debe de ser asquerosa si te acercas a ella. Una Luna llena de grumos, viscosa, una Luna sucia. Tal vez le tengo manía porque Esteve se pasaba todo el santo día cantando cosas bonitas a la Luna. Qué estupidez, la Luna.

»El enterrador, quiero decir el señor de la funeraria, ha mirado a ver si todo estaba en orden. Ha consultado con Lluís, a Joan no se le ve, de tanta pena. Encarna le ha hecho una taza de tila y ahora está acostado en la alcoba. El enterrador ha cogido la mano de Judit, ¡que Dios la haya perdonado!, y la ha dejado caer. Los rosarios han ido a parar al otro lado, debajo del ataúd, y el féretro se ha bamboleado. ¡Madre mía, si se llega a caer! El señor de la funeraria ha dado la vuelta por el otro lado del féretro, para ver sus proporciones, se ha apagado un cirio y se ha pasado un buen rato mirándolo, como si el cirio fuera una persona y no un cirio. Pero el cirio continuaba apagado. Después de vestir a la pobre Judit, el señor de la funeraria ha recorrido la habitación, parecía que buscaba alguna cosa. Yo no le quitaba el ojo de encima. No me gusta su cara llena de grumos. Ha mirado las muñecas, las muñecas de porcelana, las de celuloide, se ha detenido frente a los biombos forrados de seda y con dibujos japoneses, se ha plantado como un estafermo delante de los fetiches de la pobrecilla Judit, tantos cachivaches, Señor, los amorcillos, las estampas, la cajita blanca de Adolf Fargnoli, los abanicos de papel, el cuerno de caza, los peines de plata... Después, ha frotado con el dedo las toallas de punto de ganchillo —¡cómo me costó almidonarlas!, no quería que lo hiciera Encarna—, la corona de flores, "de tu esposo", los mapas de mi hermano, los retratos.

»Se ha pasado un buen rato delante de los retratos. Judit y mi hermano de perfil, mirando los dos hacia la derecha, y cómo se parecían al rey Alfonso XII y a Merceditas, tan señores, tan dignos, tan pulcros, él con unos grandes bigotazos y ella con un moño en lo alto de la cabeza, rodeados de glicinas..., ¿pero qué estoy diciendo?, ¡a ver si me estoy trastornando!: si el retrato no es de Judit ni de mi hermano, sino de los padres de Judit, los franceses, que dicen que eran medio nobles. Y judíos.

»Así, los dos mirando hacia la derecha en una bonita fotografía de artista, tan bonita que parece una pintura, con un marco dorado que hace caracolillos, he aquí a la madre de Judit que es la misma Judit, la más bonita de todas y siempre sin joyas, con un vestido blanco, cuello alto, randas menudas y un peinado alto, de reina. Una gran señora. Judit, decían en el barrio, y también las amigas que nos reuníamos en el Núria antes de la guerra, es altiva como una reina. Sé que a mí me encontraba aldeana... Esteve, Dios le haya perdonado, siempre decía que, si no fuese mi cuñada, no sabía lo que haría, decía que estaba enamorado de ella, tan bonita, tan discreta. Judit tiene un enigma, un misterio, y se lo llevará a la tumba, añadía. Puede ser que tuviera razón. Esteve decía que era tan señora y tan fina que parecía el retrato de la "Bien Plantada" de *Xenius*, y Judit sonreía cuando se lo oía decir, me parece que aquello le gustaba, sonreía de una manera muy especial, una sonrisa a medias, como si fuese hacia dentro... No, Judit no estaba hecha para vivir en Barcelona, si acaso en Hamburgo, en Viena, en Milán..., decía Esteve, hecha para llevar corona. Encuentro que a veces Esteve era un poquito cursi.

»Antes de la guerra, Judit tocaba el piano como los ángeles, llenaba la sala de notas y de melodías. Yo me llevaba el ganchillo y la escuchaba desde la galería. Un día me dijo que, desde su primera enfermedad, se derretía por los versos. Cuando íbamos de visita, siempre tenía una palabra amable para todo el mundo. Aunque no hablaba mucho. Sólo la vi charlar por los codos con Kati. Sólo con ella su risa era de alegría.

»De todos modos, he de confesar que, a mí, Judit me daba miedo. No sé cómo contarlo..., había días que tenía muy mala cara y, cuando la traté de ayudar después de la desgracia de Pere, me echaba de casa sólo con mirarme. No sé si era mala ¡ay, que Dios me perdone de pensar tan mal! Si voy a hacer caso de lo que decía Sixta..., Sixta decía, Judit tiene la maldad dentro, no quiere a nadie. Pero no, no, no quiero hacerle caso, eso es un mal pensamiento. Sixta sí que era mala, vivía consumida, muerta de envidia.

»Judit tenía la mirada triste, muy triste, pocas veces se reía. Sólo cuando se sentaban ella y Kati en el jardín de casa, a la sombra del limonero, entonces sí que se reían las dos, y eso que había guerra y todo el mundo estaba muerto de miedo. Me parece que Judit siempre se sintió extranjera. Y no quiero decir en el país, sino en casa, entre nosotros. Hasta entonces, su país se reducía a eso, al piso de la calle del Bruc, a las salas y a los biombos, a los fetiches, como dice mi hermano Joan. Quizá sólo era ella de verdad cuando se sentaba con Kati debajo del limonero, o cuando tenía a Pere cerca, sentado en la sillita de enea. Judit, cuando se reía, lo hacía de un modo que me asustaba un poco. Se reía como un pájaro.

»Pero, ¿por qué se me ha ocurrido lo de que Judit era mala? Eso es un mal pensamiento y me lo tengo que quitar de la cabeza.

»Esta foto es de cuando Judit y sus padres vivían en Narbona. Judit tenía unos trece años. Dicen que, si no hubiese sido por la enfermedad, iba a ser concertista. Porque Judit, cuando era muy joven, antes de casarse con mi hermano, tuvo que meterse en cama. El cuerpo se le paralizó. Dicen que le dijeron, mire, no se enamore nunca, porque no podrá hacerlo todo, o el piano, o casarse. Y Judit se enamoró de mi hermano Joan y ya no pudo ir a Viena para ser concertista. ¿O fue Joan el que se enamoró de Judit? Nunca me hablaron de ello. Judit no me quería mucho. Me encontraba tonta.

»En este retrato, Judit está tocando el arpa con la cabellera suelta. Judit era muy bonita. Me gustaba, no me cansaba de mirarla. Judit, qué hermosa eras. Y yo tan fea... Mi cuñada, cuando joven, tenía el pelo rizado y moreno, pero después, con la apoplejía, se le puso blanco como nubes de algodón. Yo la peinaba, y su cabello era de seda. Me pasaba horas acariciándole el cabello. Me gustaba hacerlo poco a poco, en la quietud de la galería, a oscuras. Mis manos —dicen que mis manos eran muy bonitas— pasaban y pasaban por la cabellera extendida. Me estremecía, me gustaba, y no sé por qué. Mis manos acariciaban la cabellera y los ojos de Judit estaban vacíos, aquellos ojos que no miraban a ninguna parte, o que quizá sólo miraban los patios que se veían desde la galería, le acariciaba la cabellera mientras tenía aquella espantosa muñeca con agujeros en lugar de ojos sobre su falda, acariciaba a la muñeca mientras yo la tenía a ella entre mis manos, la cabecita de la muñeca y su cabellera, la de Judit, qué bonita eras... Nadie nos veía. Estábamos solas, en la galería sin luz. Tú en la mecedora, con la sillita de enea de Pere al lado, te dejabas acariciar, te abandonabas a mis manos. Si no hubieses estado imposibilitada, no lo habría podido hacer, no habría podido peinarte las noches sin Luna, que son las que más me gustan. Pero venía Joan y me la quitaba. Joan me la quitaba siempre.

»Aquí, Judit mira hacia el frente con la mirada apagada, y los cabellos, que le caen en pequeñas ondas, le hacen de corona. Judit parece que besa el piano. Anda, Judit, bonita, toca alguna cosa, ¿Brahms?, ¿Chopin?, ¿Mendelssohn?, eso es lo que le decía Joan, mucho antes de la muerte de Pere, mucho antes de que dejara de tocar. Joan se sentaba a su lado y le pasaba las hojas de la partitura y yo, como quien no quiere la cosa, me acercaba a ellos, ¿se puede pasar?, preguntaba, y los dos me ponían mala cara, los dos eran malos conmigo. La fotografía está un poco amarillenta, ¡hace tantos años de todo aquello! Cuando Judit tocaba el piano se iba muy lejos, estoy segura.

»Una vez, creo que fue una noche de bombardeo, entré en la salita y me la encontré aferrada a las teclas como si las quisiera destruir con los dedos. No lloraba, no. Sólo estaba así, aferrada a las teclas, y con unos ojos de furia que daban miedo. Las manos eran como zarpas. Me miró como si me traspasara, como si no me conociera. Y, de pronto, me preguntó, con una violencia extraña, ¿qué haces aquí?, ¡vete!, ¡vete!

»En este otro retrato, Judit debería tener unos veinte años. Ya hacía de profesora de piano. Todo el mundo hablaba de que era una chica que prometía mucho, de que hasta le llegaron proposiciones para irse a Viena, pero se casó con Joan y lo abandonó todo. De esta imagen se enamoró Joan, y el amor duró toda la vida. Me consta. Cuello de cisne, el cabello rizado, la piel tan blanca y transparente que, si se la oprimía un poco, aparecían en ella unas manchas de color carmesí.

»Natàlia no es tan guapa como su madre, no, y, si la miras bien, tiene la nariz un poco torcida y demasiado recta por la parte de arriba, la barbilla puntiaguda, las cejas algo gruesas, las mejillas tirantes, los labios carnosos. Natàlia me recuerda a mi padre, que en gloria esté, el viejo y seco Miralpeix, que Dios le haya perdonado, que ése sí que lo necesita. Natàlia parece más hecha de barro y de sangre que su madre, siempre despeinada. Y un poco bruja, digo yo. Y más ahora, cuando se le han acentuado de una manera escandalosa las ojeras, ese círculo oscuro de debajo de los ojos que hace que parezca drogada o medio perdida. Perdida, sí, perdida por esos mundos de Dios, sin ser lo bastante buena para venir al entierro de su madre...

»Mi cuñada era diferente a todos nosotros, no sé cómo explicarlo... Como si viviera en una época que no le correspondía, como si se hubiese equivocado de espacio, de lugar geográfico, y lo supiese. Judit fue, ahora lo veo claro, el centro de todos nosotros. Tendíamos a ella como si fuese un polo imantado. Y no es que se esforzara en atraernos, no, al contrario, no se esforzaba nada. Pero Judit, para nosotros, ¿cómo decirlo?, era el espacio abierto, un horizonte que no se acababa nunca. Todo eso pasaba antes de la guerra, o durante la guerra, no lo sé. Porque luego las cosas cambiaron y todos nos convertimos un poco en muertos, cada cual sumido en sus quebraderos de cabeza, sin alegría. Y Judit, a mi juicio, dejó de estar entre nosotros. Mi hermano se dio cuenta de ello. No, Judit no estaba allí. Tenía en los ojos una melancolía que que hacía daño, aquellos ojos color de esmeralda que estaban y no estaban. Sólo vivía para Pere, aquella desgracia de criatura, que Dios hizo muy bien en llevarse. Sí, creo que la Judit de después de la guerra sólo nos daba su cuerpo, su figura, como si hiciera mucho tiempo que hubiese dejado de existir. Y no sé por qué me vienen ahora a la cabeza estos pensamientos, antes nunca me había detenido en ellos.

»Qué lástima me daba la Judit de después de la guerra... ¿Qué llevaba dentro? A veces me parecía que vivía como trastornada, pero no con un trastorno escandaloso, no, nada de eso, era como si tuviese dentro una tormenta que no acabase de estallar nunca. A veces, cuando la familia iba a la casa de Gualba y ella paseaba por el camino de los cipreses completamente sola, me hacía el efecto que estaba muerta. Caminaba poco a poco, y, de repente, desaparecía sin decir nada. La Judit de después de la guerra había adelgazado mucho. Se le acentuó el color de ciruela de las mejillas, y la piel se le encogió como un pergamino, y los huesos le chuparon la cara. Recuerdo una vez en que toda la familia estaba en la casa de Gualba. Habíamos preparado una merienda-cena. Esteve se empeñó en recitarnos sus versos, y nos dedicó uno a cada uno, le salían los pareados como si desgranase habas, nos reímos mucho. De repente, Judit comenzó a reír con su risa sin alegría, venga a reírse, cogió la mano de Joan y nos examinó a todos los presentes, de uno en uno y de arriba abajo. ¿Cómo nos vería? Y no cesaba de decir:

»—¡Os veo! ¡Os veo! ¡Os veo!

»Me dio mucho miedo. No estaba en sus cabales, estoy segura. Chillaba y daba palmadas, y sólo repetía aquello de, ¡os veo, os veo! Sentí una ansiedad extraña. Esteve sonrió, pero dejó de recitar sus versos. Y Joan le apretaba la mano, pero no decía nada. Lluís la miraba con odio y Natàlia se levantó y se fue sin decir ni una palabra. Sólo Pere, balanceando su cabeza hacia delante y hacia atrás, parecía entender lo que su madre quería decir. Pasó por todos nosotros una especie de corriente eléctrica y ya no supimos qué hacer, sentados como pasmarotes a su alrededor. ¿Qué era lo que veía? Había como una barrera, ella estaba en un lado y todos nosotros en el otro. Me levanté para quitar la mesa y todo el mundo empezó a moverse, por hacer algo. Quizá Sixta tenía razón cuando decía que estaba chalada, no lo sé... Decía que la roía el orgullo y que hacía todo lo posible por ser distinta de nosotros. Puede ser.

»Sólo la vi llorar una vez. Era cuando la guerra se estaba acabando. Le habían dicho lo de Kati y estuvo un largo rato al lado del estanque de mi jardín, debajo del limonero. Tenía la cara llena de lágrimas y a mí me me dio tanta angustia que no me atreví a decirle nada. Tuve miedo que, siendo como era, me mandase a freír espárragos... Miraba a los peces del estanque sin mirarlos, como si su mirada pasase a través de ellos. Natàlia ha heredado los mismos ojos tristes, que miran y no miran. No obstante, tiene la energía de mi padre, el viejo Miralpeix, y también el frenesí de Kati, aunque no las una ningún parentesco. No sé..., es como si Natàlia se hubiera llevado un buen trozo del alma de Kati... Ay, Dios mío, qué cosas digo... Kati era una alocada y se lo tomaba todo muy a pecho. Primero, con los hombres, y después, con la guerra, cuando nos decía que no podíamos estar parados, que había que hacer algo. Su pasión no tenía nada que ver con la an-

gustia de Judit... ¿Cómo podría explicarlo? Eran los
dos polos, el uno positivo y el otro negativo. Kati era
activa y nerviosa, nunca se estaba quieta. Judit era lenta y solitaria, no le gustaba la gente. Y, a pesar de todo,
se llevaban muy bien. Sobre todo durante la guerra, las
dos arriba y abajo, organizando las colonias para los
niños del Norte, ¡qué trajín se traían, Señor! Luego,
se sentaban en el jardín de casa, debajo del limonero,
y charlaban hasta que oscurecía y Barcelona adquiría
aquel aire de muerte y de espera. No querían bajar al
refugio cuando sonaban las sirenas y se burlaban de mí
si les decía que tenía mucho miedo. Kati me decía, tenemos nuestra muerte escrita en algún sitio. Y Judit
asentía, o bien se echaba a reír, y entonces sí que lo
hacía con alegría. Así que las dejaba a las dos, sentadas junto al estanque de mi jardín y, cuando volvía,
las encontraba en el mismo lugar, como si el tiempo se
hubiera quedado inmóvil. Confieso que sentía mucha
envidia de aquellas horas que pasaban juntas, y también que no tuvieran miedo. Me sentía excluida por ellas,
y tenía una pena muy grande dentro de mí. No las entendía y me habría gustado entenderlas. Pero yo nunca
he tenido mucha gracia para hablar y a veces me parece
que mi cerebro está lleno de serrín, nunca se me ocu-
rren pensamientos bonitos. Por eso fui feliz cuando pude
peinar los cabellos de seda de mi cuñada, cuando ya
estaba inválida. Entonces era mía, toda mía.

»Ahora, el señor de la funeraria ha mirado el retrato de mi hermano y me ha preguntado:

»—¿Es el marido de la señora? —señalando el cadáver de Judit.

»Sí, era mi hermano cuando tenía diez años. Vestido de negro, con un enorme lazo y un aro en las manos.
Le habían rapado, parecía un niño del hospicio. Entonces ya tenía ese carácter tan huraño y difícil, pobre hermano mío. Antes de conocer a Judit no parecía querer
a nadie. Recuerdo que los domingos por la tarde, cuando venían los parientes de Barcelona y las tías sacaban
el vino dulce con galletas para recibir al cura, Joan se

encerraba en el retrete. Lo buscábamos sin éxito por todas partes. Una vez le encontré detrás de la puerta del retrete de mi padre, la puerta que éste cerraba siempre con llave.

»—¿Qué haces aquí, Joan?

»—Nada, vete...

»—Papá te matará si ve que entras en su retrete.

»—Si se lo dices, me iré de casa y no volveré nunca.

»—¿De dónde has sacado la llave?

»—No te importa.

»—Si papá te ve...

»—¡He dicho que te vayas, estúpida!

»—¡Eres un mal educado!

»—¡Y tú una piojosa!

»Yo era tan tonta que acababa llorando. Pero no le decía nada a nadie. No quería ver la cara de nuestro padre cuando se enfurecía, se ponía de color morado como si toda ella fuese un cardenal. Las venas del cuello se le hinchaban de tal modo que parecían a punto de estallar. Mi padre y Joan me daban miedo. Todos los hombres me daban miedo. También Esteve. El único hombre que nunca me dio miedo fue Gonçal Rodés... Pero, no, no volváis, recuerdos, que me hacéis mucho daño... Joan odiaba a papá. Yo, no. Aunque no sé hasta qué punto no son una misma cosa el odio y el miedo. Si hubiera odiado un poquito más en mi vida, tal vez ahora sería otra cosa... Nadie se burlaría de mí. Y Judit y Kati no me habrían considerado tan tonta, me habrían dejado participar en sus conversaciones y en sus risas... Mi padre era el amo de todo, también de nosotros. Y después, Esteve también fue mi amo. Algunas veces en que Judit se sentía charlatana, me decía, ¿por qué te dejas avasallar de esa manera? Pero yo, no me he dado cuenta de esas cosas hasta ahora, cuando ya soy vieja y no sirvo para nada. Cuando estoy con un pie en el cementerio. Mi padre es una figura lejana, que se va borrando. A veces pienso que mi padre no existió nunca. Ni Esteve tampoco. Y eso es un gran consuelo. Quizá tampoco existió nunca Gon-

142

çal Rodés, quizá fue un sueño. Pero si esto último fuese verdad, me daría mucha pena. Gonçal es un recuerdo que no me quitará nadie. Gonçal Rodés me besó, a mí, que era una tonta, un día en que Barcelona olía a otoño. Gonçal es mío y bien mío.

»Joan no se escondía solamente en el retrete de papá. También se ocultaba entre las zarzas y los helechos que rodean el Gorg Negre. Allí se pasaba horas. Mirando incesantemente el agujero, negro como una noche sin estrellas. Más de una vez lo encontraron así, pasmado. Y cuando Remei o el casero se lo llevaban a mi padre, éste le zurraba de firme, le dejaba las orejas escaldadas. Yo me iba al desván para no oír los berridos. Mientras duraba la tormenta, leía historias de santos. Todo esto lo he escondido muy dentro de mí, como si no hubiera ocurrido nunca. En la ciudad, nadie puede vivir con los recuerdos vivos, hacen demasiado daño. En la ciudad todo el mundo finge que es feliz.

»Cuando Joan se casó con Judit, mi cuñada llenó el piso de la calle del Bruc de flores y de pájaros, pero él no los miraba nunca. Sólo miraba a Judit, sólo vivía para ella. Le decía, vida mía, toca para mí, y Judit tocaba Chopin y Brahms, que eran los músicos que más le gustaban. Después de la guerra, se volvió más adusto y huraño todavía. Todo el día estaba fuera de casa, con negocios, reuniones, trabajo, viajes a Madrid para solicitar permisos de obras, parecía como si luchase en contra del tiempo, como si hubiera que recuperar algo, vete a saber qué. Joan se reanimó en seguida, después de haber vuelto del campo de concentración andrajoso y hecho un esqueleto. Si no hubieran tenido a Pere, tal vez se habrían acabado todas las calamidades. Pero es como si Dios no terminase nunca de ponernos a prueba.

»Y es que antes de la guerra, la vida era otra cosa. Después, todo el mundo parecía desquiciado, no estar en sus cabales. Para Joan, cualquier cosa era urgente, se acabaron las meriendas en el Núria, las cenas en la masía de Gualba. Y también para Esteve. Era como si los hombres estuviesen todavía más chalados que antes, todo eran trabajos importantes, imprescindibles. Sólo Judit parecía tranquila, como si lo que la rodeaba no tuviera ninguna importancia. Se sentaba en la galería y miraba los patios interiores durante horas y horas. Pere se sentaba también, en la sillita de enea, y los dos se balanceaban. Oscurecía, y les encontrabas en la misma postura. Así, arriba y abajo, arriba y abajo. Pere sonreía con sonrisa de lelo y Judit miraba como lo hacía ella, sin mirar. Si le decías alguna cosa, no te contestaba. Y luego, cuando Judit se quedó paralítica, era Joan el que se sentaba a su lado y le acariciaba la mano mientras Judit mecía a la muñeca que no tenía ojos. A mí sólo me hacía caso Encarna, me iba a la cocina y venga a charlar. Encarna dice que en esta casa todos están un poco chiflados, pero que ella no ha servido nunca en una casa donde no hubiera alguien un poco loco. Tal vez tiene razón.

»El hombre de la funeraria se ha detenido delante del retrato de Natàlia, la ha mirado con atención y ha arrugado el entrecejo. Natàlia... yo soy su madrina. Y ahora no ha venido al entierro de su madre. Es como si en esta familia hubiesen entrado los malos espíritus. Nadie quiere a nadie, nadie se preocupa por nadie. Y si se quieren, como es el caso de Joan con Judit, entonces lo hacen de una manera rara, sin decirse nada, o casi nada. No se quieren por costumbre, no, es otra cosa que yo no sabría explicar... Natàlia nació en marzo de 1938, lo recuerdo muy bien porque era el mes de las bombas fuertes, las bombas que hicieron tanto daño a la ciudad. Fue cuando nos dimos cuenta que aquello era una guerra. Y también recuerdo que Kati dio un beso a la niña y dijo, ¡si pudiéramos tener hijos sin tener que pasar por la vicaría! Y yo le contesté, ¡vaya, qué tontería!, ¿quieres que la criatura sea desgraciada? Ella se echó a reír y me dijo, tú sí que eres tonta, ¡verás como las cosas cambiarán y las mujeres tendremos hijos sin tener que pedirle permiso a nadie! Cuando se reía así, parecía una fiera, una especie de monstruo, maligno y salvaje... En esta fotografía Natàlia debía de tener cuatro años, estábamos en Gualba. Toda desastrada —quiero decir Natàlia, no Gualba—, como una gitanilla, despeinada y con los ojos de niña perdida. O encontrada. Niña de hospicio. Cuando creció, me preguntaba, tita, ¿tan fea soy?

»Sí, Natàlia me recuerda a Kati. Kati era todo lo contrario de Judit. Quería que la amasen. Quería conquistar el mundo, estar en todas partes, saberlo todo, conocer a todos y, además, ser locamente amada. Yo le decía a Judit, Kati acabará mal, tiene una desazón muy mala, ve un pedazo de hombre y pierde el oremus. Mi cuñada se enfadaba mucho y decía, ¡qué sabes tú! Antes de la guerra, Kati presumía de tener amantes de todas clases, y después, aquella locura por el irlandés... Un hombre casado. Creo que ella lo embrujó. Claro que a mí no me explicaban casi nada, pero aquello no era normal. El irlandés se tenía que haber ido con los otros extranjeros, ya no hacía falta aquí. Pero se quedó, y eso fue su muerte. Si le hacía algún comentario a Judit, ésta sólo me replicaba, enfurruñada, ¡qué sabes tú! El irlandés se quedó y desapareció en el frente del Ebro. Kati era una araña, eso es, una araña. Cuando se proponía algo, no había quien la detuviese. Que Dios me perdone si digo una barbaridad, pero creo que Kati habría sido capaz de matar para conseguir al hombre que deseaba. Y eso es lo que le pasó con el irlandés, el pobre muchacho no tendría que haberse quedado. Cuando nos reuníamos en el Núria, allá por los años treinta, me espeluznaba con las cosas tan gordas que decía de los hombres. Una vez, la Mundeta mayor, la madre de la mujer de Joan Claret, le preguntó:

»—¿Por qué te ríes tanto de los hombres?

»Cuando Kati quería decir algo serio, se le oscurecían los ojos.

»—Las mujeres tendríamos que empezar a entender que no les necesitamos para nada —dijo.

»Recuerdo esta pregunta y esta respuesta de una manera especial porque fueron hechas una tarde en que había mucho mar de fondo en Barcelona, se acercaba la República, y porque Sixta dijo que no volvería a las meriendas del Núria mientras estuviera allí «la descarada de Kati». Volvió al cabo de pocas semanas. No podía pasar sin ello. Envidiaba a Kati, pero ésta, con sus indiscreciones y sus chismes, con sus salidas de tono, nos llenaba la tarde. Las tardes de Barcelona..., me parecían entonces tan largas y tan vacías. Lejos de la masía, del Gorg Negre. Kati nos daba rabia, pero la necesitábamos. Si alguna vez no venía a merendar al Núria, nos preguntábamos, inquietas, si no vendría más. Kati desaparecía a menudo, sabíamos que viajaba, o bien que se encerraba en uno de los chalets que tenía en San Cugat y Valldoreix. Celebraba allí grandes saraos. Fiestas que duraban días enteros. Dicen que hacían eso que ahora llaman *strip-tease*. Las chicas salían en cueros y, al final, todos los invitados se tiraban a la piscina. Vestidos. Lo que ahora vemos en las películas americanas. Allí iba gente de toda clase, una gente muy rara, bohemia y todo eso. Pintores, actores, poetas, artistas que llevaban la vida del artista. Muchos eran extranjeros y dicen que también iba una mulata que meneaba el culo como Josephine Baker. Que iba una mulata lo recuerdo bien, los periódicos hablaron de ello y un poeta amigo de Esteve le dedicó unos pareados. Mundeta Ventura decía que bebían champaña francés a chorro, como si fuese en un porrón. También decía que se bañaban en la bañera, una bañera redonda, con patas de dragón, todos mezclados. Los hombres y las mujeres. Cuando se lo contaba a Esteve, él me decía, ¡bueno!, ¿qué sabrás tú de eso? Pues sí que lo sabía, iba todo Barcelona. Y se bañaban en cueros... Así que Kati desaparecía y estábamo un montón de días sin saber nada de ella. Luego volvía a las meriendas y como si nada. Nos hablaba de cómo debíamos ir vestidas y de cómo teníamos que depilarnos las cejas. Menos tonterías de guantes y de sombreros, decía, mirad cómo se viste la Channel, dos vestidos y nada más, y es más elegante que todas vosotras. Siempre nos quería dar lecciones. A nosotras no nos invitaba nunca a sus fiestas. Ni nosotras esperábamos que nos invitara. Las mujeres del Núria pertenecían a otro mundo, hecho de decencia y de tranquilidad. Pero la verdad es que, en el fondo, nos moríamos de envidia. Kati hacía lo que quería, y también lo hizo durante la guerra, la más optimista de todas, segura de que, si ganaban los rojos, las mujeres vivirían de otro modo. La guerra es de todos, nos repetía, no solamente es cosa de los hombres. Ellos al frente y nosotras aquí, para cambiar esta vida tan estúpida que llevamos. Y ahora me pregunto yo por qué vendría Kati a nuestras tertulias del Núria. ¡Con lo diferente que era! Kati nos detestaba, se burlaba de nosotras, de las pelucas de Sixta, de mis salidas zafias, como decía ella, del amodorramiento de la Mundeta joven. Recuerdo que Kati y la Mundeta mayor fueron muy amigas hasta que apareció Judit. Al principio, parece ser que Kati y Judit casi no se podían ver. Judit, desde que se casó con Joan, venía de vez en cuando conmigo a las meriendas del Núria. Se sentaba en un rincón y no decía nada. Sólo observaba, con aquellos ojos que tenía, que miraban sin mirar. Judit entrecerraba los ojos cuando oía las extravagancias de Kati, la encontraba chillona y grosera. No sé cómo llegaron a ser tan amigas, la verdad. Me parece que fue durante la guerra, cuando Kati donó todos sus chalets para las colonias infantiles y dejó a la pandilla de amigos que tenía antes, algunos se escondieron y otros se fueron a Burgos. Judit iba todo el día con Kati, arriba y abajo, como si las dos se hubiesen vuelto locas. Me decía, si no fuera por el embarazo, me habría ido al frente. Y un día oí cómo le decía a Kati, siempre hay algo que me impide hacer lo que deseo, ahora mismo, si no fuese porque estoy preñada, me habría ido al frente. Y Kati le contestó, no debes tener miedo a esperar, algún día cambiarán las cosas y entonces nuestras vidas serán diferentes. Yo apenas las entendía, me parecía que se habían chiflado, yo sólo tenía ganas que acabase como fuera aquella desgraciada guerra, que acabasen las penas y las calamidades. Y me daba igual que ganasen los unos o los otros, sólo quería que todo aquello se acabara de una vez, que los hombres volviesen y que volviese, también, la vida de antes.

»Sí, nunca entendí cómo pudieron ser tan amigas, durante la guerra, Judit y Kati. Kati era mayor que Judit. Una mujer dominante. Y estoy segura que al principio se odiaban. Kati se ponía frenética cuando mi cuñada marcaba tanto las distancias, no sé qué se ha creído, esta extranjera de m..., bueno, iba a decir una palabrota, pero da igual, Kati decía eso, extranjera de mierda. La Mundeta mayor se reía por los bajines. La Mundeta joven, con la boca abierta, como siempre. Y Sixta fulminaba a Kati con la mirada. La necesitábamos y la envidiábamos. Éramos un plantel de mujeres. Y, ahora, todas están muertas. Judit también, aunque me parece que ya estaba muerta entonces. Mucho antes de quedarse inválida, tal vez cuando se murió Pere y dejó de tocar el piano, no lo sé... Todas muertas. Menos la Mundeta joven y yo.

»El hombre de la funeraria se va, ya se ha puesto de acuerdo con Lluís, el entierro será de semi-lujo, me parece que lo llaman así. Encarna, que tiene los ojos húmedos, quiere velar a Judit. No, a Judit la velaré yo. Quiero quedarme aquí. Nadie me lo va a impedir.»

Julio de 1936

Kati se acabó de poner las cremas. Primero, una para cutis grasos, después el tónico. Recordaba vagamente el nombre del chico de la cara morena. ¿Miguel? ¿Pierre? Sabía, eso sí, que era un muchacho francés nacido en Argelia. Kati se dibujó las cejas con el lápiz marrón, tenía que hacerlo con mucho cuidado y sacaba un poco la punta de la lengua. La moda de las cejas depiladas la había dejado sin un pelo. Las cejas depiladas te dan un aspecto de exasperación, le decía la Mundeta mayor. ¿Envidia? Qué más daba.

Además, le gustaba que se muriesen de envidia. Pensándolo bien, sólo se arreglaba para que las demás mujeres la admirasen.

Baume bajo los ojos, arrugas impertinentes... Hizo unas cuantas muecas para ver si avanzaban las señales de envejecimiento. Estiró el cuello y, con las manos, se aplicó una nueva crema que le habían traído de París. Yo no tengo el cuello de cisne de Judit. Judit... ¿qué le ocurrirá? Hoy me ha puesto mala cara. Nunca sé por qué. Si me hiciera un poco de caso...

Kati se miró al espejo para ver el efecto que hacía. Sacó la lengua y, después, sonrió:

—No moriré fea.

Una breve e incisiva ojeada a las uñas. Tenía tres rotas. A veces, cuando se aburría haciendo el amor, se mordía las uñas. Y dejaba que el otro trabajase. Se reía sólo con recordar los esfuerzos del último amante. Un atleta... Ella, al final, jadeaba. Había quedado deslomada. La postura de perra le había deshecho los riñones. Durante una semana parecía una vieja con artrosis. ¡Ufff! La habían fascinado sus ojos de príncipe iraní y su piel curtida de animal joven. Una espalda tan suave que parecía de satén. Le gustaba dejar que sus dedos resbalasen sobre ella. Pero, después, qué lata. ¿Por qué los hombres no se quedan nunca satisfechos? A Kati le gustaba el juego, el calor del principio, lo de si es o no es, el estudiado proceso de seducción, palabras que se quedan en el aire, frases a medio decir, miradas de reojo, la curiosidad del primer contacto... El misterio, vaya. Una vez catado, se daba cuenta que la cosa no tenía ningún interés. Todos los hombres, desnudos, se parecían. Todos le recordaban a un mono. Podían tener el pecho ancho y velludo, los hombros contorneados, una cabeza bonita, pero, cuando les veías desnudos, qué decepción... Tenían las piernas más cortas que el cuerpo, algunos andaban como si montasen a caballo, otros las tenían torcidas. No sabían mover las manos. Las movían sin gracia. Y los colgajos..., cuando la cosa no andaba bien, parecían el badajo de una campanilla. Rosados o blanquecinos, de color indefinido. Un montón de carne que no era nada. Nada. Ella no lo miraba nunca, y no porque le diese asco, no, sino porque lo detestaba. ¡Eran tan ridículos los hombres cuando no iban vestidos! No eran nada, nada. Si la tenían tiesa era otra cosa. Pero, entonces, Kati sólo deseaba que aquello se acabase pronto. Se aburría tanto. Y no quería parecer frígida, era una cuestión de prestigio. Cuando Kati salía con un hombre que no le gustaba, pero que sabía que acabaría pidiéndole que se acostase con él, tomaba dos coñacs de un trago para entrar en calor. Claro está que Kati jadeaba y medía la respiración con el fin de que resultase indudable que conocía el asunto. Se trataba de suspirar, al principio, como una gatita que maya y que se va desvelando poco a poco. Suspiros cortos y en voz baja. Como un rumor que viniera de muy hondo, de debajo de la cama. Después, el suspiro crecía y crecía hasta que se transformaba en un pequeño grito, un gritito que quería decir algo así como, ¡ay, no puedo más! Sabía que eso, a los hombres, les gustaba mucho. Los gritos no han de confundirse con un jadeo. Si las del Núria no fuesen tan tontas les daría un cursillo. Es una escalada, señoras mías, hasta que se llega al punto más alto. Sixta se espeluznaría, pensó, y Judit la miraría desde lo alto de la pirámide... Temía a Judit, era como si le leyese lo que tenía dentro...

Kati sabía cómo tratarles, cómo hacerles creer que eran ellos los que decidían el momento culminante. Se adaptaba a ellos. Cuando llegaba el instante en que estaba a punto, por así decirlo, Kati lanzaba una especie de chillido, como si fuese un aria de Lucia de Lammermoor. Sonido de violines. Y todo aquello de, hay, contigo, querido, he visto el cielo y las estrellas. El hombre quedaba tan contento que la convidaba a champán francés.

Y nadie sabía cómo, pero el caso es que las rentas de Kati aumentaban.

Kati supo después que el muchacho de los ojos de príncipe iraní era un profesor de esquí nacido en Aix-en-Provence. Y que por eso tenía la piel morena y como de satén. Era el que hacía el número dieciocho. ¿O el diecinueve? Lo repasó mentalmente por si había perdido la cuenta. No, no, sus números estaban bien, lo que ocurría era que, con el italiano Bruno, había tenido dos aventuras no consecutivas. Con el francés llegaba al número veinte. No estaba mal, teniendo en cuenta que sólo tenía treinta y cinco años. Pero no, no quería pensar en la edad. Había que vivir, y que correrla, y que tenerlo todo. ¿Qué era lo que le gustaba del número veinte, del *pied-noir*? El sabor a champaña de sus besos. El primer día, el número veinte hizo una cosa que no le gustó. Bebió un trago de champaña y, después, al besarle, le escupió el líquido mezclado con la saliva. Ella se echó hacia atrás, con la garganta empapada. Qué asco, dijo. Pero el *pied-noir* estuvo a punto de sospechar que Kati no tenía mundo, y eso, jamás en la vida. Había que demostrar *savoir faire* y todas esas cosas que dicen las revistas y las novelas. Kati era la Cocó Channel catalana. Todas las semanas devoraba las revistas que le llegaban de París. Recortaba los modelos. Si Cocó decía, ¡fuera corsés!, ella se lo quitaba todo. Sólo llevaba sostenes, y tan minúsculos que apenas se veían. Si Cocó decía, faldas plisadas, ¡todo fuera!, Kati llevaba faldas plisadas. Cocó había tenido la misma infancia que Kati, sin padres y recogida en casa de unas tías carcas y reprimidas. Por eso odiaba a las mujeres ñoñas y beatas que la juzgaban, y no del modo con que Judit lo hacía, no. Judit la juzgaba porque la había entendido, de eso estaba segura. Judit sabía lo que era la soledad, el miedo a despertarse durante la negra noche y no tener nadie a quien contarle las pesadillas... Pero eso no se lo diría a las mujeres del Núria. Kati nos arroja la felicidad por la cara, decía Sixta. Y era cierto que les arrojaba la felicidad por la cara. ¿No era mucho más feliz que ellas? ¿No era libre como el viento?

¿No era diferente?

Cuando el *pied-noir*, vestido de blanco, el cabello engomado, y el pulcro bigotito estilo Ronald Colman, le vomitó el champán, Kati fingió el aire de mujer seducida, después de tragarse el asco garganta abajo. Y, para que el «pollo pera» de turno no se diera cuenta, Kati exclamó, no me seduzcas, que me pierdo. Y se rió para sí misma de unas palabras tan idiotas. No me seduzcas, que me pierdo, repetía, procurando poner los ojos en blanco y estirando el cuello como hacía Greta Garbo. No me seduzcas, que me pierdo, y no cesaba de reír, ¡no me seduzcas, que me pierdo! Y él contestaba, sin entenderla, *le catalan, rassemble-t-il une langue africaine, n'est pas? Oui, mon chéri.* Qué imbécil eres, dijo Kati, ¿qué sabes tú de mi lengua? Y le recorría con la lengua el lóbulo de la oreja izquierda. *Tinc pits nous per tu i a les cinc tinc son,* idiota. El *pied-noir* seguía con su tema, *qu'est-ce-que tu dis, mon chou?* Nada, rufián de vía estrecha, reía Kati, y agregaba, *buvons à la salut du monde!* ¡Buvons por todos los idiotas del mundo! Después se bañaban juntos y ella jugueteaba con el pene del *pied-noir*. ¿No ves cómo se te hunde dentro del agua? ¡Parece que te la han cortado! *Je ne te comprends pas...*

Quedaron para salir al cabo de dos días. Kati dudaba con el maquillaje. ¿*Tropicale Río de Janeiro?* El francés-árabe tiene cara de payaso, sentenció. ¿El vestido de gasa? Por la tarde todavía refresca, y eso que se nos ha echado el verano encima. Lo que le daba rabia es que le había venido el asunto, y siempre que se ponía un vestido blanco sentía un sudor frío. Toda la noche con la obsesión de si me mancho o no me mancho. Una vez le pasó, fue al restaurante con un arquitecto de Bolonia y el vestido se le quedó pegado en la silla. Tuvo que estar toda la noche sentada y, cuando se movía, se apresuraba a taparse con el monedero. Una lata. Y la manía del mal olor. Cuando tiene eso, Kati se quedaría en la bañera todo el día. Se siente sucia, viscosa. Cree que todo el mundo va a notar el sudor y los malos olores. Y el perfume no la ayuda. Si no fuese porque las mujeres no se pueden bañar cuando están así... Aunque ella no hace mucho caso de esas cosas. Se lava a menudo y disimula el mal olor con colonia y perfumes. Kati suspiró delante del espejo y volvió a sacar la lengua.

—No, no moriré fea —repitió.

Kati se llamaba así porque su madre, muerta muy joven de una tisis, tenía debilidad por *Cumbres borrascosas*, que había leído en castellano. Pero Kati hacía todo lo posible por no parecerse en nada a la protagonista de la novela. La pasión destruye, solía decir. Y un sexto sentido le recomendaba siempre prudencia. Se acabó el romanticismo, les decía a las amigas del Núria, esa peste que tanto daño ha hecho a las mujeres. Las mujeres son románticas para disimular su estupidez, afirmaba. Ella podía hacer lo mismo que los hombres: correr por ahí, tener dinero, dominar.

El *pied-noir* detuvo el «Triumph» de color blanco delante del chalet de Kati. Hizo sonar el claxon un par de veces.

—¿No sabes la noticia? —dijo en cuanto Kati entró en el coche—. Parece ser que unos cuantos militares se han sublevado en África. Habrá follón, *ma chérie*.

—¡Venga! No lo creo —Kati se encogió de hombros mientras se los cubría con un chal de gasa—. Este país parece un cementerio. ¡Aquí nunca pasa nada!

Era una tarde del mes de setiembre de 1936, una tarde de calima, la tierra irradiaba bochorno y humedad, y por todas partes se extendía un silencio de inquietud y de espera. De vez en cuando, el falso reposo era roto por grupos de milicianos y milicianas que desfilaban con el puño en alto o por pelotones de mozos de escuadra que imponían la ley y el orden. Al principio, hubo algunas batallas en la ciudad, entre obreros y militares sublevados, pero hacía días que reinaba la calma. La radio decía que, por el momento, la insurrección de los generales traidores había sido sofocada. Kati entró en el Núria y buscó con la mirada a las amigas, pero apenas había nadie ante las mesas de mármol. En un rincón, y no en la mesa de siempre, estaba Judit completamente sola. Entraba de soslayo un rayo de sol que le doraba la piel. Kati esbozó una sonrisa.

—¿Cómo has venido sola?

—Las otras tienen miedo. Mundeta se quiere ir a Siurana, Patrícia no hace más que llorar y Sixta...

Kati estuvo riendo un largo rato.

—¡Ésas son unas ursulinas! Y tú, ¿no tienes miedo?

Judit dijo que no con la cabeza. Tardó un momento en responder.

—No, no tengo miedo. Pero Joan quiere alistarse para ir al frente. Todos sus amigos se van voluntarios.

Quizás era la primera vez que Kati y Judit se encontraban sin nadie a su alrededor. Kati miró a Judit, hoy, las mejillas color de ciruela parecían más pálidas. El rayo de sol se había desplazado y hablaban casi en la penumbra.

—La cosa es más grave de lo que parecía. Los amigos de Sant Cugat quieren largarse. Con los de Burgos. Son unos cobardes.

—¿Qué piensas tú de todo esto?

—Pues que va a durar, vaya si va a durar. Los discursos de los generales dan escalofríos, quieren salvar a España, dicen, y los italianos y los alemanes les ayudarán. Todo está patas arriba.

Kati se dio cuenta que hablaban como nunca lo habían hecho. Miró a Judit y pensó que le gustaba su rostro, tenía una mirada febril, extraña, pero intensa. Nunca se había fijado en ello. Era como si viera por primera vez los rasgos de la cara de Judit, algo duros, tal vez, teniendo en cuenta su delgadez. Y los ojos de color de esmeralda, al mismo tiempo suaves y decididos. Entre las demás mujeres, Judit pasaba inadvertida. La habían visto toda la vida como la cuñada de

Patrícia, la francesa que no abría la boca y que parecía mirarlo todo desde la pirámide. Kati se sentía juzgada por ella, pero aquella tarde la encontró indefensa, acurrucada como un pájaro en el fondo de la cafetería.

—Se cuentan cosas espeluznantes de los sublevados. Entran a saco en los pueblos de Andalucía y matan a todo el mundo, hasta a los niños —dijo Judit—. Joan dice que la República peligra de verdad, que esto es más grave que los sucesos de Octubre del treinta y cuatro.

—Seguramente tiene razón. Y es en momentos como éste cuando me da rabia haber nacido mujer.

—¿Por qué? —Judit miró a Kati con interés.

—No lo sé... Quizá porque los hombres tienen clara la elección, o con los unos o con los otros. Pueden demostrar cualidades más importantes, pueden emitir juicios independientes. Pero nosotras, las mujeres, sólo podemos esperar. Y eso será muy aburrido —Kati se echó a reír, y a Judit no le gustó cómo reía.

—Nosotras no hemos elegido la guerra.

—Bah, eso es una excusa fácil. Igual podemos decir que tampoco la han elegido los hombres que están al lado de la República. Pero ahora todos gritan, lanzan emocionantes proclamas, se afilian a los partidos, en fin, quieren la guerra.

—No, hay hombres que no la quieren, te equivocas —replicó Judit un tanto irritada.

—De acuerdo, de acuerdo, no todos la quieren. Pero ahora se encuentran en ella y creerán que el mundo es suyo. Y nosotras, ¿qué? ¿Eh?

—Hay mujeres que van a la guerra —dijo Judit.

—Verás cómo las devuelven a casa en seguida —los ojos de Kati se oscurecieron—. Me gustaría hacer algo, pero no sé qué.

—Yo sufro por Joan.

—Y también deberías sufrir por ti.

—Pero Joan irá al frente —Judit cerró los ojos—. Mi padre no olvidó nunca la guerra del Catorce. Sus mejores amigos murieron en ella y él quedó marcado para siempre por culpa del gas.

—Verás, en una guerra todo el mundo pierde algo.

Judit tomaba a pequeños sorbos un jarabe de grosella. Kati pidió un vermut seco.

—¿Y cómo te has decidido a venir sola? —preguntó Kati.

—No lo sé, me aburría en casa. Joan está fuera todo el día, va a reuniones y cosas de ésas. Al principio me entretenía tocando el piano. Pero, ahora, esta espera me pone nerviosa.

—¿Quieres que vayamos a dar un paseo?

Salieron y pronto se encontraron caminando por los contornos de la Plaza del Rey. Allí hacía más fresco, y en los muros de la catedral se recortaba la sombra de los edificios góticos.

—Me gustan las ciudades antiguas, es como si hubiera vivido en otra época.

—Pues a mí no —dijo Kati—. Me entusiasma todo lo que es nuevo. Las máquinas, los coches, la velocidad. ¿Sabes lo que más me gustaría de este mundo?

—¿Qué?

—Pues, ¡pilotar un avión!

Judit se rió y Kati se quedó mirándola. Nunca la había visto reír de aquel modo, como una adolescente, feliz.

—Pilotaría un avión y me iría muy lejos, tal vez a descubrir otras tierras en las que nunca hubiera vivido nadie.

—Me parece que eso lo he leído en alguna parte —dijo Judit con malicia.

—¿Verdad que sí? —y ahora fue Kati la que se rió.

Se sentaron en la plaza de Sant Felip Neri. El agua de la fuente parecía decir una especie de canción que se repetía hasta el infinito. El sol se iba escondiendo poco a poco y dejaba en las casas unas estelas de color ocre.

—Me encanta esta hora —dijo Judit—. Es una hora en la que parece que todo el mundo recupera la armonía perdida. Como si las cosas y los hombres se serenasen.

—A mí no me gusta. Es una hora triste, una hora de muerte.

—Creo que las cosas tienen que morir para volver a nacer.

—Eso también lo he leído en algún sitio —y las dos rompieron a reír.

—¿Sabes una cosa? —dijo, de repente, Kati—. Me parece que nunca he hablado con nadie así, de esta manera. Excepto con una persona, Ignasi Costa, un chico que se suicidó con salfumán después de los sucesos del treinta y cuatro.

—¿Con salfumán? Debe de ser una muerte espantosa.

—Lo hizo para castigarse. Creía que era un cobarde.

—¿Por qué? —Judit demostraba un vivo interés.

—Pues porque se quiso ir con los obreros en aquello de las huelgas del treinta y cuatro, y, a última hora, tuvo miedo. Parece ser que, por su culpa, murió un grupo de chicos jóvenes. Él tenía que llevarles las armas, unos máusers, y se escabulló antes de llegar a su camión. Ignasi Costa fue el gran amor de Mundeta Ventura. Me consta.

—¡Pero matarse con salfumán! ¡Es terrible!

—El suicidio no tiene sentido si no te produce dolor, es como si pidieses perdón a todo el mundo.

—Yo no me mataría nunca —dijo Judit—. Soy demasiado cobarde.

—Eso de matarse no es cuestión de cobardía. Puede ser un final feliz, como un dulce acabamiento —de pronto, Kati se levantó—. ¿Pero por qué hablamos de cosas tristes? ¡Debe de ser la guerra, esta maldita guerra, que nos ha trastornado el cerebro!

Se adentraron por una calle estrecha, hacia la Plaza de Sant Jaume. El cielo se había oscurecido y por poniente descendían unas nubes color de ceniza que anunciaban tormenta.

—Ojalá que llueva —dijo Kati—. La lluvia limpiará la atmósfera y se llevará el calor.

Un relámpago rasgó el horizonte y, como si la hubieran oído, comenzó a llover a cántaros. Primero fueron unas gotas dispersas y gordas que cayeron sobre el empedrado, pero, luego, el goteo se convirtió en un fuerte aguacero. Las dos echaron a correr sin saber en dónde cobijarse. Acabaron entrando en un amplio zaguán de la calle de Fernando.

—¡Qué chaparrón! —dijo Judit.

—Lluvia de setiembre —comentó Judit.

Tenían los cabellos empapados, y el vestido, calado y pegado al cuerpo. Se miraron y estuvieron riéndose un buen rato... Después, al cabo de mucho tiempo, Judit pensaría que fue el agua el elemento que selló su amistad.

Judit dejó de tocar la *Cracoviana* y miró a Kati:

—¿Tú crees en el matrimonio?

—¡Bueno! ¿A qué viene eso, ahora? ¿Por qué me lo preguntas?

—No lo sé. Cuando toco me lleno de preguntas. Dime, ¿no te casarás nunca?

Los ojos de Kati se ensombrecieron.

—No sirvo para esa vida.

—¿Y crees que yo sí sirvo?

—Seguramente, ¿no? Por eso te has casado.

—Sí, por eso me he casado... —Judit parecía dudar.

—¿Te arrepientes?

—Arrepentirse es una palabra demasiado fuerte. Joan es una buena persona. Además, me da mucha pena. Me escribe unas cartas muy tristes desde el frente.

—Es natural. Desde el frente no se pueden escribir cartas alegres.

—Quiero a Joan, sí —Judit parecía como si lo meditase—, pero a veces me parece que no tengo bastante. No sé si seré mala, pero ahora mismo apenas le echo en falta. En cambio, cuando estoy con él, me encuentro muy bien.

—Yo no sé cómo es esa clase de amor. Pero os hacéis compañía...

158

—Sí..., por eso no entiendo que tú no te quieras casar.

—No es que no quiera casarme —Kati sonrió—, es que los hombres me aburren. Hay cosas que no les puedo decir y que, en cambio, no me cuesta nada decírtelas a ti.

—No me extraña. Yo sé que hay muchos aspectos de mí misma que nunca le descubriré a Joan. Pero también sé que, de esa manera, nuestra relación durará.

—¿No es eso un poco cínico?

Judit se rió, mientras miraba con ternura a Kati.

—¡A ver si resulta que tú eres más idealista que yo y que crees en el amor!

—Yo ya no sé en lo que creo. Antes de la guerra me fui a la cama con más de veinte hombres y siempre me desperté con mal sabor de boca.

—Entonces, ¿por qué lo hacías?

—No lo sé... A lo mejor para tener a alguien que respirase a mi lado. No me gustan nada los animales, ¿sabes?, pero comprendo a esas viejas que viven solas con un perrito y le tratan como si fuese un niño.

—Eso no lo he entendido nunca —dijo Judit—. El amor no es una sustitución. Además, tenemos que saber estar solas.

—¡Para ti es fácil decirlo! Tienes a Joan...

—Y tú me tienes a mí —Judit se echó a reír—. ¿Te parece poco?

Kati se levantó y miró la partitura.

—Me gusta oírte cuando tocas Chopin... Es como si te encontrases a ti misma.

—Chopin... no es fácil. Quisiera componer alguna melodía nueva, algo que nadie hubiera oído nunca.

—¿Y por qué no lo haces?

—Siempre hay algo que se anticipa a ello. Primero, Lluiset. Ahora, el embarazo, o Joan, que está en el frente y me da mucha pena. ¿Cómo puedo pensar en la música en medio de esta guerra?

—La guerra se acabará algún día. Y entonces tendremos más tiempo para pensar en nosotras mismas, ya lo verás. Y tú tienes la música, puedes comunicar tantas cosas... ¡No sabes cuánto te envidio!

—Sí, la música de los demás... Antes, cuando estaba enferma, lo que más me consolaba era oír a mi padre cuando tocaba Brahms. El primer concierto para piano, por ejemplo. Es un estallido de juventud, no tan perfecto como las sinfonías, pero que expresa exactamente su amor, no traducido en palabras, por Clara Schumann... Y me decía, algún día tú también crearás todo eso que tienes dentro, esa música callada que no has tenido ocasión de hacer salir. Y alguien te entenderá.

—Lo harás, ya lo verás.

Judit apretó la mano de Kati.

—Me gustaría que, pasase lo que pasase, no te fueses nunca de mi lado.

—¿Y por qué habría de irme? —Kati se echó a reír—. Eres una mujer extraña, siempre piensas lo peor. Anda, vamos a casa de Patrícia. Nos distraeremos un poco y veremos lo que nos ha traído de la masía de Gualba.

Las dos amigas se levantaron. Era esa hora en que la luz del día comienza a ser vencida por la noche. No habían encendido los faroles y las calles estaban vacías, la ciudad parecía sumergida en un silencio expectante. De vez en cuando pasaban camiones del ejército republicano que traqueteaban sobre el empedrado. La casa de Patrícia estaba muy cerca. Un gato negro de ojos relampagueantes se escurrió entre unos montones de basura. Kati y Judit iban cogidas de la mano y Judit andaba como si se dejara conducir.

—Kati... —Judit apretó un poco más la mano de Kati.

—Dime.

—¿De verdad que no te has enamorado nunca?

—¿Yo? —Kati rió—. No, no sé lo que es eso. Ya te lo he dicho, los hombres me aburren. Por una noche, pase. Pero, después, ¿qué? No, los hombres siempre quieren sacar algo de ti. Tendría que ser un hombre muy especial.

—¿Qué quieres decir?

—No lo sé... Tal vez un hombre que no me ocultara su debilidad. Que me dijera que tiene miedo.

Judit pensó en Joan. Su hombre era débil y tenía miedo, pero no se lo había manifestado nunca. Se querían más por lo que se habían ocultado que por lo que se habían dicho.

—Los hombres —continuaba Kati— hacen ver que son ellos quienes deciden, que son los más fuertes. ¡Pobrecitos! Y nosotras somos tan tontas que se lo servimos todo en bandeja. No, si me enamoro, tendrá que ser de un hombre muy especial. Y creo que ese hombre no existe.

—Me parece que buscas lo imposible.

—Tal vez...

Habían entrado en el portal de casa de Patrícia. Antes de apretar el timbre del principal, Judit miró a Kati y le dijo:

—Kati, ¿me prometes una cosa?

—Dime.

—Si te enamoras, ¿me lo dirás?

—Serás la primera en saberlo.

—¿Me lo prometes?

—Te lo prometo.

Se lo dijo por teléfono:

—Eres la primera que lo sabes, Judit. Creo que estoy enamorada.

—¡Kati! ¿De verdad?

—De verdad. ¿Es una tontería, no?

Una tontería, sí. Enamorarse, en medio de tantas calamidades. Pensaba en él a todas horas, cuando trataba de hacer reír a los niños de las Colonias, aquellas criaturas que venían del Norte y que tenían en los ojos toda la muerte de la guerra, cuando caminaba por las calles de la ciudad herida, entre las casas despanzurradas que enseñaban impúdicamente esbozos de felicidad perdida, cuando sentía el humo de piel de naranja que subía por las bocas del metro. Veía todo eso y sólo pensaba en el azul hiriente de sus ojos, y se avergonzaba de ser tan feliz. Habría querido olvidarlo y sentirse plenamente solidaria con la ciudad fatigada que deseaba la paz y que todo acabase, fuese como fuese. Pero era un amor de guerra y ella temía la paz, porque sabía que la paz le quitaría el primer hombre al que había querido de verdad. Se lo decía a Judit, sentadas ambas bajo el limonero de tía Patrícia, y Judit asentía y le apretaba la mano.

—No sé si soy mala, Judit. Pero tengo miedo que acabe esta guerra.

—¿Por qué?

—Porque tendré que dejarle. ¿No comprendes? Es un amor de guerra.

—No dejes a Patrick, por favor, no le dejes nunca —le decía Judit.

Y Kati sentía muy adentro la intensidad de los ojos color de esmeralda. Y pensó, los ojos de Judit me hieren tanto como los ojos de Patrick.

Cuando él le dijo, ¿verdad que me dejarás?, Kati le respondió que sí y ni por un momento lo había pensado antes de decirlo. Le dijo que sí como si no fuese ella quien lo dijera, como si la voz saliera de las catacumbas, como si fuese otra voz que hubiera acumulado renuncias durante siglos. No era producto de la reflexión, era un sí sin solemnidad, pero lleno de tristeza.

Hacía cinco días que estaban juntos. Patrick había conseguido, por fin, un permiso algo más largo y se fueron a Tossa de Mar. Kati casi dejó plantadas a las chicas de las Colonias. Si se lo explicaba, no lo entenderían. Pero ahora no le podía dejar. Todas las mañanas, cuando se despertaba y le encontraba a su lado, mirándola con aquellos ojos que herían, Kati sentía renacer toda la alegría del mundo. En total, desde que se conocieron, quizá no habían estado más de diez días juntos. Pero bastaban. Así es que se despertaba y encontraba los ojos de Patrick, que la observaban. Kati pasaba el dedo sobre sus labios.

—Tienes unos labios perfectos, helénicos, pero tus ojos me hacen daño.

Y comenzaban de nuevo.

—Te quiero —decía Patrick.

—Me gustaría que me destruyeses. ¿Por qué no me matas ahora mismo?

—Te destruiré.

—Que entrases muy hondamente en mí.

—Entraré —y la besaba por todas partes.

—Que lo hicieras como un niño.

Patrick le succionaba un pecho. Ella miraba.

—Mis pechos parecen tetas de vaca...

—Quiero a tus pechos porque es la parte de tu cuerpo que más detestas.

—Mis pechos caídos.

—Te los chuparé hasta morirme.

—Devórame, destrúyeme. Quiero ver la muerte.

—La verás.

—Quiero morirme en ti, desaparecer dentro de ti, hacerme pequeña.

—Tu sexo se abre, es una caverna, húmeda y acogedora.

—Quiero que sea tu cobijo, entra, entra.

—Hablaré con tu sexo. Quiero decirle que le amo. Mi lengua dentro de la caverna. La exploraré.

—Explórala, entra, entra.

—Te amo.

—No quiero olvidarte, el olvido me da miedo.

Y se fundían de nuevo en un abrazo interminable. Con ellos se abrazaban todos los amantes, repetían una y otra vez los mismos gestos, las mismas palabras, no se cansaban nunca. Te quiero, tengo miedo del olvido, se decían. Y cada nuevo abrazo era el signo externo de que existían y, cuando ambos cuerpos se entrelazaban como lianas, parecía que se habían adelantado al tiempo, que estaban cerca de la eternidad. El tiempo se iba de la habitación y todo permanecía quieto, nada se movía, todo estaba inmóvil. No importaba la guerra, ni las bombas, ni la muerte. Y no se puede decir que fueran malos. Ellos no habían inventado aquella guerra. Lo que ocurre es que la guerra y el amor son dos hechos que no pueden coincidir, que avanzan de una forma paralela, ignorándose mutuamente. No habían elegido la guerra y ahora se encontraban de lleno dentro del amor. Kati se enamoraba por primera vez. Patrick, no. Patrick quería a la mujer que había dejado allá lejos, en Dublín. Patrick no creía en sustituciones y eso era lo que más le gustaba a Kati. Antes, cuando salía con un hombre casado, éste se reía de la propia esposa, como si de ese modo esperase ganar más puntos ante Kati. En realidad, conseguía todo lo contrario Kati despreciaba a los hombres que hablaban mal de sus mujeres. Pensaba, ¿cómo puede amar a otra mujer el hombre que no es capaz de querer a la propia esposa? Pero le dolía cuando Patrick dejaba que su mirada se perdiese en la lejanía, como si se fuese de la habitación. Eso es añoranza, se decía.

—Hoy he soñado que llegaba a tu casa con mi mujer y con el niño —decía Patrick—. Los dos desaparecían y yo me escondía dentro de un armario.

—No puedes olvidarles, ¿verdad?

—No...

Y Kati ponía los dedos sobre los labios de Patrick para que callase. Por fin podían estar juntos, unos pocos días, unas pocas noches. Después, él regresaría al frente y ella a las Colonias infantiles.

—Me da miedo que vuelvas al frente.

—Calla, no pienses en ello.

—¿No es gracioso que ahora te llames Juan García?

—Si no, no me hubieran dejado quedarme. Mis amigos ya han vuelto a Irlanda. Era el único modo.

—¿No te habrás quedado por mí?

—No, no me he quedado solamente por ti. También lo he hecho por curiosidad.

—¿Por curiosidad? —Kati se acomodaba bajo sus brazos.

—Sí, quiero ver cómo acaba esta guerra tan asquerosa. Ellos avanzan, avanzan. No soporto las retiradas.

Cada vez que nos hacen retroceder en el frente del Ebro es como si un gran trozo de mí mismo se quedase en medio, en la tierra de nadie.

—¿Y no tienes miedo?

—¡Claro que lo tengo! —Patrick acariciaba el pelo de Kati como si lo arañase—. Es una manera de ponerme a prueba. ¿Sabes una cosa? Creo que no me moriré nunca.

—Estoy segura. Ni tú ni yo nos moriremos nunca. Si la guerra se acaba...

—No pienses en ello.

No quería pensar en ello. La guerra no contaba, eran dos animales jóvenes, llenos de energía, que acoplaban rítmicamente sus cuerpos. Nuestros cuerpos se esperaban, y ahora se han encontrado, pensaba Kati.

Pero, ¿cómo se había enamorado?

—¿Cómo te enamoraste? —le pregunta Judit por teléfono.

Daban una fiesta para despedir a los de las brigadas internacionales. Servían vino rancio con galletas. Todos fingían que estaban contentos, aunque ninguno de los que había ido a la fiesta ignoraba que la marcha de las brigadas era el comienzo de la derrota. Le vio en una esquina. ¿Un *coup de foudre*? Tal vez. Después se lo describiría a Judit como un muchacho alto y rubio, de pómulos salientes y barbilla decidida. Pero no le diría lo de los ojos que herían, porque le daba vergüenza. Preguntó a diestro y siniestro quién era el extranjero que iba vestido de negro, con botas altas y chaqueta de cuero. Por fin supo que se llamaba Patrick O'Brian, que había acabado la carrera de medicina en Dublín, que estuvo vinculado al Sinn Fein, que su padre había muerto luchando contra los ingleses en el sitio de Dublín y que él había venido a la guerra de España porque no soportaba la crueldad y, además, porque creía en una palabra llamada libertad. Todo eso se lo dijo él, Patrick, en un castellano más bien escueto, y Kati le comentó riéndose:

—Vosotros, los brigadistas, sois los últimos románticos.

Pero, sin saber ni cómo ni por qué, Kati se arrepintió de su frivolidad. Era la primera vez que le ocurría, quizá porque Patrick la estaba mirando de una manera diferente de la de los otros hombres que conocía. Patrick tenía en los ojos una mezcla de inocencia y de fe, y un extraño desasosiego, como si todo lo comprendiese por primera vez, como si cada cosa fuera nueva e insólita. Pero también advirtió debilidad en ellos. Y mucho miedo.

No recuerda quién les presentó. Sólo sabe que aquellos ojos que herían se le quedaron grabados. Unos ojos que retenían en la memoria durante las ausencias, cuando él decidió quedarse y hacerse pasar por un español llamado Juan García, ausencias hechas de muerte y de esperanza. Sin cartas, sin noticias, con Patrick lejos, saltando de posición en posición en el frente del Ebro, según los avances y las retiradas de los fascistas.

Mientras roía una galleta, Patrick le contó a Kati un montón de cosas de su infancia, como si se hubiesen encontrado sólo para hablar de cuando eran niños. Patrick era muy parlanchín, pero no hablaron de la guerra, ni de batallas heroicas, ni de aventuras extraordinarias. Ni tampoco de lo que el irlandés hacía en Barcelona. Patrick recordó los árboles de cobre de Irlanda, los atardeceres de color violeta, las colinas que descendían suavemente hasta los prados. Habla de la felicidad, pensó Kati. Patrick recordó los tiempos dorados de la infancia, de cuando se escapaba de los curas, de cuando descubrió el sexo por primera vez. Jugaba con una niña vecina, que ahora iba con pestañas postizas y vestidos de seda, se ocultaban detrás de una ermita y él cogía una brizna de hierba y le hacía cosquillas en el sexo. Kati se enamoró en seguida. Se enamoró de eso, de que no hablaron de la guerra, ni de los desastres del frente, ni de los enfrentamientos entre comunistas y anarquistas, ni del futuro. Sino de cómo hacía cosquillas en el sexo a una niña de pelo rizado que ahora llevaba vestidos de seda y estaba casada con un financiero muy importante. De que hablara del cielo de la infancia, de los árboles y de los atardeceres. Aquella noche no hicieron el amor, sólo pasearon por una Barcelona negra y deshecha, pasearon y charlaron y, cuando se despidieron, él la besó y Kati sintió lo mismo que se siente cuando es la primera vez que te besan.

Al cabo de dos días, cuando Patrick ya había conseguido alistarse de nuevo, alguien le preguntó por el irlandés y ella, sarcástica, contó la historia de la hierbecita y de la niña de pelo rizado que ahora llevaba batas de seda. Y lo contó con sarcasmo para que nadie notase que se había enamorado.

27 de octubre de 1938

«Patrick: te escribo a la luz de una lámpara de benzol, nos han cortado la corriente eléctrica. Están bombardeando de nuevo. Es medianoche. Los niños duermen, cuesta mucho hacerles olvidar todos los horrores que han visto. Lo llevan en los ojos, son unos niños que apenas ríen. Hoy llegó otro grupo del Norte, tenían mirada de viejos. Había uno que no decía nada y que estaba acurrucado en un rincón. Le llamamos varias veces, porque habíamos organizado una pequea fiesta con chocolate, pero se escondía cada vez más. Por fin, una niña mayor me dijo, no le dirá nada, los demás se ríen de él porque este niño no es niño ni niña, no tiene colita... Sí, Patrick, aquel niño no tenía sexo. Era hijo de la miseria de las cuencas mineras y nadie, hasta ahora, se había preocupado de él. Ya ves: incluso entre los niños de la guerra los hay que son más desgraciados que los demás... Judit no lo pudo soportar, y a mí me costó entenderlo. ¿Es que no basta con la guerra? A veces me avergüenzo de mí misma, y pienso que he necesitado ver tanta guerra y tanta muerte para llegar a coconocer toda la tristeza del mundo... ¿Es que antes no existía? ¿Por qué he tardado tanto en darme cuenta de todo esto? No, tenemos que ganar, Patrick, tenemos que ganar para que las cosas no sean como han sido

167

hasta ahora. Cuando todo se acabe, tendremos mucho trabajo, pero será diferente, porque reconstruiremos la vida tal como queremos que sea. Sí, comprendo que antes no vivía, que es ahora cuando empiezo a vivir. Para amar la vida hay que conocer la muerte. ¿Cómo vas a reconciliarte con la vida si antes no te has reconciliado con la muerte? Ahora me siento fuerte, Patrick. Y además, te tengo a ti. Sé que estás cerca, sé que tú y yo queremos el mismo mundo. Un mundo donde los niños recobren la inocencia...

»Cuánto te echo en falta, Patrick... Recuerdo la última vez que nos amamos. Era una noche de bombardeo y con cada beso destruíamos todo el miedo del mundo. Me daba risa tu prisa por soltarte los cordones de los zapatos, tardabas una eternidad. Cuanto más querías correr, peor lo hacías. Las botas de soldado no están pensadas para estas cosas, Patrick. Después, cuando la calma seguía a la violencia, me decías, parecemos dos amantes del siglo XIX. El nuestro es un amor pasado de moda que sólo tiene lógica dentro de la poesía. Y ahora has regresado al frente, y dicen que las batallas son cada vez más duras, que en el Ebro se está decidiendo el final de todo esto... Ojalá, Patrick. Pero vuelve, vuelve... Cuando nuestros cuerpos se ayuntan, veo el cielo. El sexo se me humedece cuando tú lo acaricias. No sé quién dijo que sólo se conoce la verdadera personalidad del otro a través del acto físico. Conocer en sentido bíblico... Y no es fácil. Puedes recorrer muchos cuerpos sin recalar nunca en ninguno, como un barco que tiene miedo de echar el ancla... Cuando me besas, el vacío del vientre se me acentúa y parece que me asciende hasta la garganta para convertirse en una llama... ¿Recuerdas? Tú me decías lo mismo en una carta: *fuego que no destruye, sino que crea*... Somos dos exploradores de nuestros cuerpos, del propio y del otro, nos buscamos como si estuviéramos en una selva que, a la larga, se convertirá en hospitalaria. Luego, yo recorro tu cuerpo, que para mí es un río caudaloso en el que hay manantiales y rinconadas, y busco el contacto, busco cada rincón, todas las zonas vírgenes que quedan por explorar. Mis manos buscan con desesperación esas zonas, para poseerte y para destruirme entera...»

—No creo que me den más permisos —dijo Patrick.
Kati se encogió entre los brazos de Patrick.
—Allá, los combates son terribles —continuó—. Los fascistas avanzan, avanzan. Hemos perdido muchas posiciones.
Kati sólo dijo:
—Entra en mí.
Nunca había deseado ser invadida como lo deseaba entonces, con tanta violencia. Él penetró en ella sin deseo. Como si quisiera quedarse allí para siempre.

Judit y Patrícia estaban en el jardín, sentadas junto al estanque. Era a finales del mes de octubre. Se estaba levantando un viento arrafagado que anunciaba tormenta. Lluís jugaba a la guerra con unos soldaditos. Las piedrecitas del jardín eran las trincheras. Patrícia dejó el ganchillo y cubrió a Natàlia, que dormía en su cuna.
—Deberíamos entrar —dijo—. Está refrescando y me parece que va a llover.
De pronto apareció Kati, con la cara lívida. Algún tiempo después, Patrícia diría que parecía una aparición. Kati miró a Judit como si no la viera.
—Patrick ha muerto. Su cuerpo ha desaparecido en el Ebro.
Patrícia rompió a llorar, y Kati saltó como si la punzasen con un aguijón. Se volvió hacia ella con un respingo y le gritó, con ojos llameantes:
—¡Tú no llores! ¿Me oyes? ¡Tú no tienes por qué llorar!
Judit apenas se movió. Patrícia cogió a los niños y se los llevó adentro. Kati temblaba.

169

—Ven —dijo Judit—. Siéntate a mi lado.

Las dos amigas se abrazaron y estuvieron así un largo rato, sin decirse nada. Kati ocultaba la cara en el pecho de Judit. No vieron que la noche alcanzaba los últimos clarores y que comenzaba a llover. Era una lluvia muy fina. Las ramas del limonero se movían cada vez más fuerte, agitadas por el viento. En voz muy baja, como si no fuese ella quien hablara, Kati empezó a decir, en una especie de estribillo:

—Me lo han quitado, me lo han quitado. La guerra me lo ha quitado...

Pero tenía los ojos secos, fijos ante ella. Sólo apretaba la mano de Judit y ésta la acariciaba. De repente, se incorporó y miró a Judit:

—¿Por qué no nos vamos muy lejos?

—¿A dónde quieres que vayamos?

—No lo sé, a cualquier parte. Los fascistas entrarán muy pronto en Barcelona. Todo está perdido, Judit —le oprimía fuertemente la mano, como si la quisiera dejar sin sangre—. ¿No ves que hemos perdido? Dicen que en el Ebro hay batallas terribles. ¡Vámonos, Judit, vámonos lejos!

—No puedo, Kati. Tengo a los niños.

—Pueden venir con nosotras. Empezaremos en otra parte, Judit. Quiero olvidar todo esto, esta guerra que me lo ha quitado.

—Tengo que esperar a Joan.

—¿A Joan? —Kati parecía no comprenderlo—. ¿Y si no vuelve? Joan debe de haber muerto también.

—No, Kati, yo me quedo aquí.

—Pero, ¿te imaginas cómo será nuestra vida si los fascistas entran? ¿Es que no oyes lo que dicen?

—Barcelona está llena de derrotistas.

—¡Hablas como un hombre, Judit! ¡Tú no eres de aquí, te puedes marchar! Y después, Joan se reunirá contigo, ya lo verás. Él tampoco querrá quedarse aquí. ¡Les matarán a todos, Judit!

—No, no —Judit lo decía con voz decidida, aunque temblorosa—, no, yo me quedo aquí.

—¡Muy bien! La lucha se acabó, ¿entiendes? —Kati la miraba con ojos extraviados—. ¡Se acabó! Y ni tú ni yo somos lo bastante valientes para continuarla. Tú y yo solas no haremos nada. Nada, ¿entiendes?

—Me quedo, Kati.

—Pues yo sé que no podré soportar lo que va a venir. Ahora que todo empezaba a ser distinto... —pero no pudo continuar.

Judit trató de abrazarla otra vez, pero Kati echó a correr y subió las escaleras como si alguien la persiguiera. Judit miraba al suelo, como si pudiera ver la sombra de Kati entre·las guijas del jardín.

1 de noviembre de 1950

En casa, todos duermen. Hoy es el Día de Todos los Santos. Natàlia fue conmigo al cementerio y me preguntó, mamá, ¿por qué está Pere enterrado aquí, si tú me has dicho que los niños se van a la luna? Pere está en la luna, hija, le contesté, pero también está aquí. El viento levantaba las hojas y Natàlia se agarró a mi falda, muerta de miedo. Ahora, todos están durmiendo y yo pienso que Kati se fue un día como hoy. A veces siento que su alma me ronda y me dice, volveré, Judit, volveré, y ya no habrá nada que nos separe, ninguna ley, ninguna guerra, conviérteme en lo que quieras, Judit, seré río y playa, tronco y guijarro. Llena la casa con mi fantasma, Judit, llénala con mi recuerdo. Mi voz desgarrará la monotonía de los atardeceres de Barcelona, no me saques de ti, Judit, amor de mi vida, amor de mi muerte. Oigo todo eso y ya no sé si me estoy inventando a Kati... Pero sé que ya nadie podrá matarme este recuerdo y que siempre lo llevaré conmigo. Lo llevaré como llevaba la manita de Pere.

Basta, se acabó. Ya no escribo más. Continuaré.

LA HORA DISPERSA
(Ellos y Norma)

I

—Germinal ha muerto esta mañana —dijo Norma con lágrimas en los ojos.

—¿Qué dices?

—Que Germinal ha muerto esta mañana.

—Ya te he oído.

—Entonces, ¿por qué me preguntas que qué digo?

—Y, ¿cómo es posible, si se había recuperado?

—Murió de repente. Se le reventó el cerebro.

Norma, siempre tan gráfica. Ya tiene un buen comienzo de narración sobre Germinal, el chico que sufre un accidente, se recupera y, de repente, se le revienta el cerebro... Germinal ha muerto esta mañana. Precisamente hoy, cuando hay que redactar las conclusiones de la famosa discusión sobre la supervivencia del leninismo. ¿Por qué tenía que morir hoy? Lleva una temporada en que todo se le viene abajo. Pero no tiene tiempo de pensar en ello. Oye que Norma dice, nadie se lo esperaba, iba todo tan bien, en el proceso de recuperación... Se lo merecía, caramba, por querer hacer de Flash Gordon. ¿Qué dices?, preguntó Norma. Ahora no tenía tiempo de contarle lo que le dijo Ester, la chica que iba en el seiscientos, aquello que Germinal se había propuesto hacer de Flash Gordon ante el camión que le golpeó por detrás. Norma no le vería llorar, no soporta que vea su debilidad. Fue suficiente con la otra noche, cuando no pudo dominarse y acabó entre sus brazos como un niño de teta. Cuando las cosas se acaban, se acaban. Norma tenía que entenderlo, era una mujer fuerte. Pero había demasiadas cosas para pensar. La discusión del otro día, que le dejó sin aliento. Tener que buscarse una nueva casa, hablar del dinero con Norma. Y ahora, hala, la muerte de Germinal. Hoy por la mañana. Germinal se acabó, y no llora. Se acabó, y con él, se acabó la infancia. Pero bueno, ¿se puede saber por qué llora Norma si apenas le conocía? Con frecuencia, las efusiones sentimentales de Norma le parecen ridículas. Pierde la medida de las cosas. ¿O es que sólo ella tiene el monopolio de los sentimientos?

—¿Vas a ir al entierro? —pregunta Norma.

—No lo sé todavía. Tengo una reunión.

—¿Y no te la puedes saltar?

—Es imprescindible que vaya.

—Era tu amigo, Ferran. Nadie más irá.

Precisamente era esto lo que más le irritaba de Norma, cuando pretendía ser su conciencia. En este sentido, Norma se parecía a Germinal. ¿Es que no le podían dejar tranquilo? Oía cómo Norma le contaba los detalles de la muerte de Germinal. Hacía días que se levantaba de la cama. Un ratito. Ella fue a verle el martes, y Germinal le contó la historia del barquero. ¿Conocía Ferran la historia del barquero? Se rieron mucho. Germinal sabía contar cosas profundas partiendo de una anécdota sencilla. Claro que Germinal no era un teórico. ¿Qué insinuaba Norma con eso de que Germinal no era un teórico? ¿Es que se estaba burlando de él? No tenía tiempo de pensar en ello, ahora empezaría otra discusión interminable, qué pereza. Pues la historia del barquero era...

—Ya lo sé —contestó Ferran cortándola.

—¿Por qué no quieres saber la historia del barquero? —y Norma abría sus enormes ojos.

—Porque ya la sé, caramba. Y basta.

¿Por qué Norma se obstinaba en hablar de la historia del barquero? No venía a cuento, ni de la muerte de Germinal, ni de la discusión sobre la vigencia del leninismo. Ni de su separación. Se bebió el café con leche y besó la mejilla de Norma, aunque ella le esquivó. Los ojos de Norma decían, quiero hablar contigo, necesito hablar contigo. Pero Ferran ya no tenía nada más que decirle y, bueno, también tenía mucha prisa.

narrador = Norma

«La otra noche, Ferran entró en casa gritando. No era ésa su costumbre y me extrañó. ¡Hemos ganado!, me dijo. No sé si fue en aquel momento cuando me di cuenta por primera vez que su lucha ya no era la mía. Claro que sabía que no todo era cuestión de palabras. Que tras las palabras "leninismo" y "eurocomunismo" se escondían distintas concepciones del partido. También sabía que había gente honesta a quien tildaban de dura porque no soportaba la supresión del término "dictadura del proletariado". Para Ferran todo era cuestión de términos y de palabras. Yo quería hablarle de mi visita a Germinal y de la historia del barquero. Pero él estaba tan excitado que casi no me atreví a interrumpirle. También sabía que ahora los periódicos lo iban a exagerar, como si se tratara simplemente de una lucha entre dos facciones, la moderna y la antigua, la europea y la soviética, con tal de conseguir el poder dentro del partido. La realidad exterior no importaba. Y cualquiera le hablaba a Ferran de la historia del barquero... Conocía lo suficiente a Ferran, o creía conocerle, para intuir qué era lo que más le preocupaba, es decir, que desaparecía la idea transformadora que le ayudó a soportar cualquier cosa, por ejemplo a tener que renunciar a una carrera brillante en la Universidad. Ahora trabajaba como profesor no numerario y llegaría un día en que le dirían, muchacho, ya no nos hacen falta sus servicios. Fulanito ha ganado las oposiciones. Le miré y no supe qué decirle. Se sentía cansado pero creía que había ganado. Que "ellos" habían ganado. Sin embargo, entre los leninistas también había gente trepadora que jugaba a la vez en ambos bandos, según el viento que soplaba. Sí, se estaba terminando una época. Seguro que no nos íbamos a dar cuenta de repente, sino poco a poco. Primero se iría la gente más activa del partido, la más entregada. Quedarían los de la fe inquebrantable y los oportunistas. No, no habían ganado. Habían ganado una votación. Pero se había terminado una manera de luchar. Se engrosarían las filas de los desocupados, de los honorables jubilados, de los veteranos reconocidos, llenos de medallas morales, que pasearían sus miradas entre tristes y enfadadas por los pasillos del comité central. Y luego los líderes obreros, que dejaron parte de su alma en las cárceles franquistas, se iban a dedicar, si lo soportaban, a hacer de bomberos de todas las huelgas. Fantasmas, como diría Germinal.

»Ferran se dejó caer exhausto en el sofá después de dar un beso a los niños, ya dormidos. Recordé cómo había llorado entre mis brazos la noche anterior. Creo que nunca he querido a un hombre con tanta ternura. Y a pesar de ello sabía que le había perdido. La jugada estaba hecha. Entre los dos habíamos hecho tablas de un modo imbécil. No puedo disimular más, la lucha entre eurocomunistas y leninistas no es ya mi lucha. Es un combate entre hombres. Amo a Ferran y, sin embargo, no entiendo sus palabras. Le tuve entre mis brazos mientras lloraba como un niño y repetía, es satánico, nunca he visto tan de cerca el deseo de poder. Se refería a Joan. Frío como un témpano, Joan había querido dominar la situación y hacer desaparecer toda referencia a Lenin en los estatutos del partido. Y yo no pensaba en Lenin ni en los demás, que en esta historia representaban el papel de malvados. Sólo pensaba que, aun teniendo a Ferran entre mis brazos, sabía que le iba a perder.»

«Es como si, delante de mí, todo fuese una niebla espesa. Algo ha pasado, pero me cuesta razonarlo. Quisiera poner en orden los detalles de mi vida, colocarlos en los cajones dispersos, volver a empezar. Pero no sé por dónde, la verdad. Si miro el día que me espera, lo tengo lleno de trabajos inútiles. La reunión para redactar el papel definitivo sobre el leninismo, aclarar la cuestión de los pactos con los socialistas dentro de los Ayuntamientos, buscar una nueva casa... No, no voy a tener tiempo de ir al entierro de Germinal. Es a la misma hora de la reunión, y es imprescindible que vaya. Ese papel es urgente. El día está completo. ¿Es una suerte? No sé por qué me lo pregunto, si ya sé que lo tengo completo. Ayer, ¿podía preverlo? Ayer sabía exactamente lo que tenía que hacer. Cuando he salido de casa me he encontrado bien. Detrás de la puerta quedaba Norma, empecinada en contarme la historia del barquero. ¿Qué es lo que quería decir, con esa historia del barquero? Anoche oí su entrecortada respiración, como si todo su cuerpo fuese un corazón latiendo al acecho. No me he levantado para mirarla, ya no es como antes, me siento liberado. Era como un vigía siempre a punto de encontrarme culpable por algo. Como Germinal... Como Germinal en los días de la infancia... No, no quiero pensar en ello, no tengo tiempo. O vuelven a mí los días helados de la cárcel de Soria, los largos paseos con los pies ateridos, las manos que casi reventaban llenas de sabañones, como cuando éramos niños, los breves encuentros en el patio. Los días de la cárcel me vienen a la memoria como un paseo entre el frío y la desolación. El miedo a sentirme asediado por compañeros más graníticos, más fuertes. Que me obligaban a tomar decisiones en todo momento. Y las conversaciones con Germinal, hijo de padre anarquista, comunista convencido hasta la medula... Germinal creía en el final feliz de nuestra lucha, creía en la moral colectiva, creía que el marxismo era un camino trillado y directo hacia la felicidad del mundo. Me veo joven, barbilampiño, recitándole poemas de Louis Aragon... *Il n'y a pas d'amour heureux / le temps d'apprendre à vivre est déjà trop tard...* No sé por qué le recitaba estos poemas. Germinal se enfadó mucho con Aragon. ¿Y este poeta es comunista?, preguntaba. ¿Es comunista y te dice que no existe el amor feliz? ¿Cómo puede decir esa tontería? El comunismo es la felicidad, no me gusta tu Aragon. Y sus ojos se encendían como chispas en un bosque de tinieblas. En la celda, Germinal temblaba y se tapaba con la manta hasta la nariz. No quiero saber nada de tus poetas. No me enseñan nada. Tampoco sé por qué se lo decía, yo tenía veinte años y sólo había ido con Helena. Y lo hacíamos tan mal... Helena no me obligaba a nada, se me entregaba totalmente, me gustaba acariciar sus muslos cálidos, su tibieza. Pero ella me exigía más con sus ojos y yo no quería continuar. Sólo deseaba su silencio y quizá verla cómo se me sometía. En cierto modo, era mía. No, era mía absolutamente. Siempre la tenía a mano, dispuesta a calentarme con su cuerpo pequeño y redondo, cuerpo de adolescente. Y yo le decía a Germinal que no existía el amor feliz y, más aún, le decía que habíamos llegado tarde al tiempo de aprender a vivir... Cómo se cabreaba. Me gritaba que era un pedante, y tú, ¿qué sabes? ¿Eso es lo que te enseñan en la Universidad? Germinal me contaba cómo jugaban a médicos y a enfermeras con las chavalas del barrio, en una escalera oscura que olía a meadas. Y que una vez les pescó la portera, a la niña con las bragas en la mano y a él con la bragueta abierta. Y que su madre, por la noche, le había preguntado, ¿pero os gustaba? Era igual que si nos hiciéramos cosquillas. Y su madre le acarició con la mano que olía a lejía y no le dijo nada más, porque estaba muy cansada de tanto limpiar las casas de los ricos.»

«Germinal tenía una diosa alemana, una joven valquiria roja que, según él, le esperaba en Berlín. Se habían conocido en un congreso por la paz y se habían jurado amor eterno en medio de las proclamas de felicidad colectiva. ¿Cómo puedes jurar amor si no crees que es eterno? Germinal escribía largas cartas a su diosa, le contaba cómo se estaba incubando la huelga general en las cárceles franquistas, le decía que muy pronto se encontrarían y emprenderían el ancho camino hacia el final de la lucha. La diosa contestaba muy de vez en cuando y él me leía sus cartas. En ellas se podía adivinar un asomo de piedad germánica que Germinal era incapaz de percibir. Yo pensaba en ello mientras estaba sentado en la taza del wáter, por la noche, porque no quería hacer mis necesidades delante de Germinal. Él me tomaba el pelo, eres un señorito. Cuando se caga, se caga. Y ya está. ¿Qué más da que sea de noche o de día? Pero yo no podía, tenía que esperar a que él se acostara en su catre y se durmiera como siempre, a pierna suelta. Cómo roncaba, el condenado. Entonces, me sentaba en el wáter y reflexionaba sobre todo lo que había pasado durante el día, las peleas con los anarquistas, con los trotskistas, tener que contenerles para que no lo echaran todo a perder. De niño hacía lo mismo, los domingos por la tarde me encerraba en el baño para leer, mientras oía a mis padres jugar al parchís. Según Germinal, la diosa germánica era la compañera ideal, fuerte, que le seguiría por los senderos de la Historia. Salimos de la cárcel y Germinal se perdió por Berlín. La diosa le debió despedir con suavidad. Y Germinal vivió unos años entre los muros grises y apagados de la deshecha ciudad del Berlín oriental. Se impregnó de la fatiga de los viejos berlineses, quizás imitó sus gestos cansados, los gestos de los que no tienen un futuro a su alcance, y regresó un día, envejecido y silencioso. ¿O quizá me lo pareció a mí? Nos encontramos un par de veces y me acusó de nerviosismo. No nos entendíamos y dejé de verle. Después supe que le habían caído cuarenta años encima por la historia de los atracos. Nos alejamos y no volví a pensar en él. Nuestra línea era distinta.»

«Hace ya demasiado rato que pienso en Germinal. Nuestra amistad, si es que se puede llamar así a nuestra relación, estaba hecha a sacudidas y siempre había algún escollo por medio. Tampoco era el momento de pensar en amistades personales. Hacíamos política como si navegáramos de puerto en puerto aun sabiendo que nadie nos esperaba. Germinal tenía demasiada imaginación, no aceptaba los límites de la vida, siempre se inventaba faros. El comunismo, la lucha armada, la diosa germánica. Yo nunca tuve un faro. Pero sobrevivo y Germinal ha muerto. Ha muerto porque quería hacer de Flash Gordon.»

«Fui un cachorro cuidado entre algodones. Una infancia blanda. Mi padre nos acostumbró a todos a pensar a través de él. Mi padre, que nunca gritaba, decía siempre la última palabra. Una palabra juiciosa, discreta, comedida. El primer consejo que recuerdo es el siguiente: hijo, si ves un accidente, pasa de largo, pues siempre hay complicaciones. No te líes. Fue un día que íbamos en el "Hispano" a Tarragona. Cerca de la vía del tren había mucha gente. Recuerdo el resplandor del mar, que formaba cintas de plata. Y un cura que miraba hacia el suelo. Y mucha gente. Alguien se acercó al coche con grandes aspavientos. Mi madre se puso pálida y dijo, vamos, vamos, y yo pregunté, ¿qué pasa, papá? Nada, nada, no vamos a pararnos. ¿No ves que hay mucha gente? Tuve tiempo de ver un montón de papeles de periódico que cubrían algo y una mano que colgaba, completamente roja. Una mujer gritaba mucho y sus alaridos me llegaron tan adentro que por la noche soñé. Soñé que se me caía encima una losa enorme y que yo quería gritar y no me salía nada de la garganta. No les dije nada a mis padres.»

«Pasa de largo. Quizá también lo hago ahora. No quise mirar el cuerpo de Norma bajo las sábanas, ni oír cómo lloraba y cómo me quería contar la historia del barquero. Pasa de largo ante Norma, ante su vitalidad, ante esa fuerza que no comprendo. ¿Por qué me persiguen? Y ahora, la muerte de Germinal. Precisamente hoy, un día de tanto trabajo. ¿Es que no me pueden dejar tranquilo? Norma es irracional y apasionada, es una mujer, Norma me atosiga y conviene que pase de largo. Cuando me dijo, me he enamorado de otro hombre, pensé que si las cosas se acaban, se acaban. ¿Para qué sufrir? Dejaba las cartas de su amante por todas partes, ¿es que esperaba que yo dijera algo? Si amaba a otro hombre yo tenía que estar de acuerdo, ¿por qué me decía, pues, que no me había dejado de amar? No la entiendo. Y ahora, tener que soportar sus ataques histéricos, sus ganas de hablar conmigo. Todos los días encuentro una carta de Norma en mi despacho. Sé que ayer fui cruel con ella. Pero después de decirle que era absorbente y posesiva, me sentí aliviado. Y ahora siento por ella una ternura que no puedo expresar. Tengo que pasar de largo. Y nada más.»

«Pero fue Norma quien me provocó. Yo ya no quería hablar de nosotros. ¿Para qué? Se trata de colocarte una cortina en el cerebro, resulta fácil. ¡Me he puesto tantas cortinas delante de mi padre! Como cuando me pagó la multa. Fue la primera vez que nos detuvieron. Por una manifestación. Los estudiantes decidimos no pagar las multas gubernativas y cumplir la prisión preventiva. Pero mi padre fue personalmente al Gobierno Civil y la pagó. Y me encontré en la calle. Detrás de las puertas de la cárcel dejaba a los compañeros. Y a Germinal, que ni siquiera me dijo adiós. Mientras mi madre estaba en la cocina, mi padre me dijo, hijo, te he pagado la multa. Algún día me lo vas a agradecer. ¿Para qué te has complicado la vida? Yo veía la cara de Germinal, que no me dijo ni adiós, y sentía que la rabia me apretaba la garganta, y una gran vergüenza, pero no dije nada. Y cuando Germinal salió de la cárcel, lo primero que hizo fue venir a verme y espetarme a la cara, tú, como siempre, ni carne ni pescado, ¿verdad?»

«Bien mirado, no sé qué es lo que no le perdono a mi padre. ¿Su mediocridad? ¿Que yo me parezca a él? Ya no siento rabia, quizás es pena. Cuando le veo con las manos que le tiemblan y la mirada de vegetal jubilado, paseando todas las noches el perro de tía Concha para que haga sus necesidades. Es débil. Es fuerte. Y los ojos llenos de lágrimas de Norma, y su voz, esto no se lo has dicho nunca a nadie, ¿por qué me hieres así? Me sentí relajado, anoche, cuando le grité a Norma, cuando le dije todo lo que pensaba. Una paz interior que tal vez nunca había sentido. Ha desaparecido el vigía. Una paz conseguida sobre cenizas, de acuerdo, pero tengo que pasar de largo. Y me va a ser fácil.»

«Y ahora borraré a Norma de mis pensamientos de la misma manera que olvidé la cárcel de Soria, los sabañones en las manos y el frío que me helaba los pies y no me dejaba andar. Y la soledad de la noche, sólo acompañada por los pasos de los guardias. No me va a ser difícil. Dejo mi vida atrás, ordenada en cajones que nunca volveré a abrir.»

Norma

«Y no podía contener las ganas de decirle, ¿por qué no has ido a ver a Germinal? Pero él sólo hablaba de la lucha feroz entre unos y otros. Se levantó para ir a la cocina en busca de un vaso de leche. Se lo tuve que decir. Ferran, tenemos que separarnos. Y Ferran estuvo un largo rato sin decir nada. Luego se sentó y, sin mirarme, me dijo, ¿y nuestro hogar? Si me hubiera dicho que hiciéramos un esfuerzo, si me hubiera dicho que me quería... Pero nada, no lo dijo. Sólo eso del hogar. Nada de mí, nada de nuestra relación, nada de hacer un esfuerzo. "Bien, de todas maneras me siento liberado." Y yo me vi como una vieja a la que le dan una medalla de oro el día del homenaje a la vejez. Entrecerré los ojos, no quería que Ferran me viera llorar. Nunca sabría que me inventaba amantes, hombres que me amaban, sólo para que él me hiciera caso. Le decía, hoy salgo con fulanito, y Ferran no decía nada. Me ha telefoneado Jordi Soteres, estoy contenta, hace mucho tiempo que no nos vemos. Pero él se encerraba en el despacho. Y yo me puse a gritar, vete, vete, vete, como si estuviera poseída por los demonios. No podía callar. Vete, vete. Pero, ¿se puede saber qué es lo que te pasa?, te estás volviendo histérica. Y empezó a estornudar. Y esto aún me hizo más daño, fue peor que si se hubiera echado a llorar. Sólo estornudaba, estornudaba, y yo quería que me hablara, que vomitase toda la rabia que tenía en su interior, que hablara, por Dios, que hablara. Pero no me dijo nada. Ya está todo hablado, me voy al despacho, tengo que preparar el papel de la discusión, mañana tengo un día fatal. Me tomé dos somníferos y me fui a la cama. Quería dormir y no quería dormir. Le esperé toda la noche. Ahora vendrá y me acariciará. Ahora vendrá y me acariciará, y yo lo abrazaré muy fuerte. Muy fuerte.»

En cuanto le tocase el turno, ya sabía lo que le pasaría: las cosquillas en la nariz y no pararía de estornudar. Luego le preguntarían lo de siempre, ¿te has resfriado? Y él encogería los hombros para no mostrar su vergüenza. Sin embargo, era una vergüenza muy estúpida. Lo que le sucedía era sencillo. Lo único que quería era no tener que hablar en público, no tener que exhibirse. Porque Ferran se sentía muy feliz encerrado en su casa, con sus papeles y sus libros. Claro que iba a todas las reuniones del partido. Y esperaba con paciencia a que le llegase el turno de hablar. Luego hablaba con calma y vuelta a esperar el próximo turno. No era como los demás, que ansiaban el momento de soltar su parrafada. Sabía que su cara no expresaba ni un ápice de asombro cuando alguien decía una imbecilidad. Nada de pasión ante el pedante de Miguel, que disfrutaba dando lecciones a los compañeros obreros. O ante Joan, el burócrata, que sacaba con la máxima puntualidad su bloc y recordaba a todos los presentes los asuntos que habían quedado pendientes... No, él mostraba un rostro impasible mientras el estómago le aguijoneaba el cuerpo y la nariz le hacía cosquillas. Soy comunista por ética, había dicho a Norma por la mañana, y no puedo faltar a la reunión. Ésta era la razón de que hubiera estado en la cárcel, de que hubiera soportado las torturas de la Policía. Por ética. Y, ¿qué ética es la tuya?, le preguntaba Norma, ¿si eres capaz de dejarle que se muera solo?

No había tenido tiempo de ir a verle. Y luego, las cartas imposibles de contestar, cuando parecía que se recobraba del accidente. Cartas largas, antiguas, dogmáticas... «Estáis destruyendo el pasado —le decía—, lo deformáis. Hace años que voy por el mundo y todavía no he visto una casa sin cimientos, ni un árbol sin raíces. Los aviones se sostienen en el aire y los barcos en el agua. Antes de la bomba atómica, la pedrada.» Germinal desvariaba, se había vuelto loco. Demasiados años en la cárcel, y, ahora, este accidente tan estúpido, sólo porque quería hacer de Flash Gordon. «No podréis salvar el partido, la gangrena es profunda. Habláis, habláis mucho y no os dais cuenta de que a vuestro alrededor sólo hay indiferencia.» Germinal parecía un profeta enloquecido por la arena del desierto. «Ya no recordáis el internacionalismo proletario. ¿Qué quiere decir ser comunista, hoy en día? Pactáis con Dios y con el diablo, y os lo harán pagar caro...» Pero, ¿quién era el que había perdido el norte? ¿Él o Germinal? ¿Es que las lentas reuniones del partido, cuando parecía que no se adelantaba, eran estimulantes? ¿Qué había que hacer, encerrarse en casa? Eran demasiadas las veces que había sentido esta tentación. No, Germinal no le podía entender. Todavía era el chaval de barrio, el cabecilla de los morados, que esperaban en la frontera de su calle para vapulear a los negros, la pandilla del otro barrio. Germinal, eres un soñador de vía estrecha, te has fabricado un mundo a tu medida. Este mundo ha desaparecido. DESAPARECIDO, ¿lo entiendes? Ya no hay ni Flash Gordon, ni Zinos, ni naves espaciales. ¿Lo entiendes, Norma? Pero, ¿qué podía entender Norma? Al fin y al cabo era una mujer y, como casi todas las mujeres, sólo se movía por los sentimientos.

Se terminó la época de los asaltos al Palacio de Invierno, Germinal. Tienes que entenderlo. Te has aferrado a unas ideas que ya no tienen sentido. La crisis de valores está en todas partes. Ya no hay modelos. Pero los estornudos volvían en todas las reuniones, mientras un corro de obreros tragaban sus palabras. Les tenía delante: gente mayor, caras incontroladas, surcadas de incontables arrugas, sedientos de teorías que luego, durante el coloquio, iban a olvidar. El paro llega a todas las familias, Ferran, ¿de qué sirve creer en la democracia si no hay pan?

«¿Por qué le has dejado morir sólo? Era tu amigo...»

¿Su amigo? ¿Es que había tenido algún amigo? Germinal era el héroe de su barrio, el jefe de la clase, su líder. El más valiente. Y él no le podía seguir. Tú ya no tienes amigos, los hombres habéis olvidado el valor de la amistad, decía Norma. Pensaba en las veladas de Norma, rodeada de amigas decadentes. Todas separadas del marido. Feministas resentidas. Le fastidiaba cuando las oía reír, cuando las veía disfrazarse o besarse impúdicamente. Muchas mañanas la dejaba, todavía tibia, bajo las sábanas. Me encuentro muy mal, Ferran, le decía. Bebes demasiado. Después de la maldita discusión, media botella de ginebra. Y ayer, vuelta a las andadas. Él practicaba las estrictas reglas del estoicismo: no bebía, no fumaba, aceptaba los límites de la vida. Y, hasta el momento, las cosas no le iban del todo mal. Sólo los estornudos, que acudían, impertinentes, a sus reuniones y conferencias. Pero, dejando aparte los malditos estornudos, podía asegurar que se sabía mantener cuando todo lo de alrededor parecía hundirse. Despreciaba los discursos programáticos de Miguel y las veleidades socialdemócratas de Joan. Tenía el silencio del despacho por la noche. Las horas que pasaba con Marx y Engels. Los nuevos libros de ecología. ¿Qué más quería?

Germinal había muerto solo... No se le iba de la cabeza. Y cuando intentaba redactar el artículo sobre la supervivencia del leninismo, su mente se convertía en un globo desinflado. El papel era importante, había que alimentar el rescoldo revolucionario dentro del partido. El ideal de lucha..., pero también había lo de Germinal. Estuvo muy poco rato, la única vez que fue a verle al hospital. Germinal estaba sentado en la cama. A su lado, un enfermo se quejaba de la herida. ¿Por qué no viene la enfermera? Hemos llamado tres veces. El hospital era limpio, podía oírse cómo reían las enfermeras en una pequeña habitación, al otro lado del corredor. Ve y llámalas. Hace ya un mes que me han metido aquí dentro y no me dicen qué coño piensan hacer con mi cuerpo, si se va a pudrir o qué. Te encuentro bien, Germinal. Bueno, a pesar de todo aquí me cuidan y no tengo que afanarme en buscar trabajo. Estoy harto. A ti, Germinal, diagnosticó Ferran, lo que te falta es vida interior, fabricarte una reserva...

¿Una reserva? ¿Dices una reserva? La risa sarcástica de Germinal. Intenta pasar más de una semana aquí dentro, donde te das cuenta de que no eres más que un cuerpo al que toman la temperatura de vez en cuando, prueba la infecta comida que te dan, trata de taparte los oídos para no tener que escuchar los alaridos de los enfermos, ¿no los oyes? Trata de soportar la displicencia del médico-catedrático cuando te observa, rodeado de sus estudiantes-cachorros, observen, señores, al enfermo de la cama X, no tiene, en apariencia, nada, pero un golpe por detrás es un golpe por detrás, y el cerebro siempre nos juega malas pasadas, se puede inflamar un vaso sanguíneo y en cualquier momento sobreviene la hemorragia. Y ya tenemos otro que la ha palmado. ¿Es que no te han tratado nunca como a un perro...? Y Ester, la chica que iba en el mismo seiscientos que Germinal, y que sólo tiene un brazo escayolado, le cuenta a Ferran que todo ocurrió porque Germinal quería hacer de Flash Gordon.

Conducía como un loco, dice Ester, pasaba en zigzag por entre los coches, se saltaba los semáforos como una cobra. Una ambulancia les pasó rozando y él enfiló por el mismo camino, mira, mira, le decía a Ester, ¡mira cómo se abre la pista! Ella se agarró al asiento y Germinal, satisfecho, la miró con el rabillo del ojo, vamos, vamos, ¿es que tienes miedo? Tienes miedo, repetía, mientras pisaba el acelerador. Y se deslizaba por entre los coches, cambiaba de repente de dirección para colocarse delante de una fila de coches detenidos. Los coches tocaban sus claxons al ver al intruso, pero él gritaba, ¡callaos, gusanos de mierda! Y Germinal arrancó furiosamente, mientras el coche daba una violenta sacudida hacia delante y Ester apretaba las piernas. Ahora iban por una carretera oscura, los faros de los coches que venían de frente les deslumbraban. El pequeño seiscientos se coló y pasó como un rayo a un «Dodge» y a un «Simca». Después rozó a un camión y se colocó justamente delante de él. El camionero se cabreó y le empezó a perseguir. Es Zino, le dijo a Ester, y le guiñó un ojo. El camión casi rozaba el culo del seiscientos. No podrá con nosotros, ese hijo de puta, puedo conducir con una sola mano, como Flash Gordon. De pronto, el seiscientos tuvo que parar en un stop y el camionero se colocó a su lado. La misma cara de Zino, igualita, dijo Germinal. El camión encendió el intermitente de la izquierda e intentó pasar al seiscientos. La nave de Zino se acercaba, se acercaba como un dinosauro, enorme, seguro, pesado. Casi los lamía. Germinal apretó con toda su fuerza el acelerador y, poco a poco, fue cerrando el camión. La bestia, creyendo que la pequeña nave de Flash Gordon iba a tener miedo, avanzaba y avanzaba. Parecía que se les iba a echar encima. A despedazarles. ¡Por favor, déjale!, gritaba Ester. No quiero, no quiero, ¿qué se ha creído ése? El seiscientos seguía en su carrera, la chica tenía las manos empapadas de sudor. ¡No te hagas el macho! Si es él, ¿no ves que es él quien se hace el macho? ¡Es él, que abusa de su fuerza! ¡Voy a joderle! ¡Voy a joderle! Y fue entonces cuando se encontraron, de repente, con el paso a nivel. Germinal tuvo tiempo de detener el coche en seco, pero el camión no frenó y se les echó encima. Germinal no llevaba puesto el cinturón de seguridad y fue a parar contra el parabrisas. Pero lo peor fue el golpe por detrás, sí, esto fue lo peor. No, Germinal no podía acobardarse ante el camión gigante, hacía de Flash Gordon, Ferran tenía que comprenderlo, dijo finalmente Ester, una adolescente que le recordaba un poco a Helena y parecía creerse aquella historia de Flash Gordon y Zino. Pero desaparecieron la nave espacial, y Flash Gordon, y también Zino, el malo de la historia. Y ahora estoy metido aquí como un perro, jodido y muerto de asco, Ferran. ¿Te acuerdas de las *aventus* (1) de cuando éramos niños, recuerdas las peleas con los negros, los chavales del otro barrio? Tengo que irme, Germinal, hace rato que me están esperando...

¡Tú siempre con tus prisas!, gritaba Norma, ¿es que no puedes sentarte un momento, es que no podemos charlar de lo que nos pasa? Me están esperando, tengo que acabar el informe. Hay un montón de cosas que discutir, hay que levantar un dique delante de los trepadores del partido, formar cuadros obreros para que el espíritu revolucionario no se vaya a hacer puñetas. Y los malditos estornudos, que nunca le dejaban, ¿qué te pasa, Ferran, que han hecho de ti, que nunca tienes tiempo?

«Me dijo, ya ves, pronto cumpliré treinta y siete los trepadores del partido, formar cuadros obreros para nada, mira qué barriga tengo, y si los médicos no dejan de hacerme la puñeta, voy a ponerme como un cerdo. Me he dedicado tanto tiempo a la política clandestina que ahora resulta que no sé hacer nada, todo me da pereza, no soy como Ferran... Pero todavía le volvían loco las películas de aventuras. Bueno, tú eres una chica y no te debes acordar de *Fu Manchú* o de *Guadalcanal*, vaya, seguro que no te acuerdas... Y es eso lo que precisamente pensaba hacer, ir al cine... Y tragarse todas las novelas de ciencia-ficción, que es lo que más le gustaba de este mundo. Pensaba soportar

(1) En la Barcelona de posguerra, los niños se reunían para contarse unos a otros aventuras, vividas o inventadas, que ellos llaman «aventis» o «aventus».

de este modo lo que le quedaba de puñetera vida. Se terminó la política, yo no soy como Ferran, y no pienso joderme calentando sillas con momias que se han olvidado de la revolución y pactan con todo dios. Pero también hay que decir que Germinal creía en el futuro, quería creer en él, y le contaba a Norma que tan pronto como saliera de aquel pudridero quizá se fuese a Nicaragua a disparar tiros con la metralleta, aquello sí que era vida... Tenía barriga, pero quería vivir quinientos años, aunque no olvidaría la lucha clandestina, cuando no sabías a dónde ir a dormir, cuando no podías enamorarte nunca y te peleabas estúpidamente con tus compañeros, siempre escondiéndote sin saber quién te perseguía, si la Policía o los compañeros que eran los chivatos de la otra facción...»

«Y mientras, yo buscaba a Gary Cooper en cada hombre que me abrazaba. Me convertía en una bola junto a su pecho y acariciaba el vello que sobresalía como en pequeños mechones de lana, y mis piernas buscaban dónde entrelazarse y mi boca se moría por ser besada... Buscaba a Gary Cooper. El hombre-padre que por fin me acogiese y comprendiese. Estaba cansada de sonreír como una muñeca cuando no tenía ganas de hacerlo, ahora que las ojeras me comen la cara y tengo los pechos caídos y el cuerpo fatigado. Buscaba a Gary Cooper en todas las manos que se apoyaban en mis hombros como si me protegieran, buscaba a Gary Cooper en todos los hombres que acogía en mi cama, siempre dispuesta, como una *girl scout* a quien le han enseñado que está mal visto decir que no. Hasta que encontré a Ferran, el hombre que tenía miedo. Ferran soñaba por la noche y a menudo se despertaba dando un agudo grito. Tenía tanto miedo que, cuando íbamos por la calle, miraba constantemente de reojo para ver si le perseguían. Y Ferran ya no era Gary Cooper, sino un pasado que yo amaba y al que ya no podía renunciar. Y Germinal era Ferran, los dos eran la misma cosa.»

Era tan tonta que creía que escuchando los sufri-

mientos de los demás se valoraba ante Ferran. Pero
ahora que Germinal había muerto, se daba cuenta de
que las cosas no eran exactamente así. No, Norma no
soportaba el dolor humano cuando lo tenía cerca. Recuerda aquella vez en que escribió un comentario crítico sobre las memorias de *la Pasionaria*. Era para Ferran, lo había escrito para él. Para que entendiera que
ella comprendía su lucha. La lucha de ellos. La hija de
los mineros y de la miseria, la mujer que había descubierto lo que era la dignidad humana a través de la
solidaridad... ¿Por qué estas palabras parecían ahora
tan pasadas de moda? No había tiempo para pregun-
társelo a Ferran.

En primera fila estaba una mujer de pelo color de
paja y con el rostro consumido de tanto sufrir, que escuchaba sus palabras. Pero Norma no se dirigía a ella.
Norma sólo veía los ojos miopes de Ferran, la imagen
de permanente sorpresa —que no era otra cosa que capacidad de abstracción—, y la actitud de un hombre
que está y no está. Sólo le veía a él y casi no escuchaba
y se aburría con los demás discursos, los años de lucha,
las humillaciones en la cuenca minera, los días grises
de lluvia y de hambre, la cárcel. La figura de *la Pasionaria* planeaba por encima de todos, absoluta, distante,
demasiado diferente. La secretaria de *la Pasionaria* hablaba con voz temblorosa, la admiración la hacía más
menuda, casi inexistente. Era tan grande, tan enorme,
aquella vieja de anchos hombros y ojos color de mine-
ral, tan enorme, tan eterna, tan poco humana ya. Y la
pequeña mujer del pelo color de paja escuchaba, sorbía las palabras y tenía los ojos húmedos. Tal vez recordaba las largas y solitarias noches de comisaría, las
palizas, o tal vez sentía de nuevo el dolor en la espalda, aquel dolor punzante que apenas le dejaba mante-
nerse de pie. La pequeña mujer del pelo color de paja
había descubierto la dignidad de la existencia a través
del partido. Pero no me enseñó a vivir por mí misma,
le dijo una vez a Norma.

«Y empecé a leer mi papel. Un análisis de la vida

de *la Pasionaria*, mujer y obrera a la vez. El mito me hacía daño, pero tampoco pretendía que me entendieran. Todo te lo había dedicado a ti, Ferran. Y tú no te diste cuenta. Y ahora que Germinal ha muerto, solo en el hospital, pienso que es mejor. Quería amar la Humanidad a través de ti, Ferran. Y también me había olvidado de las personas.»

Çuando Germinal desapareció de su vida, Ferran se sintió liberado. Y ahora que había roto con Norma, le sucedía lo mismo. No había tiempo para el arrepentimiento. Germinal no entendía los límites de la vida, tampoco Norma. Los dos se afanaban en alcanzar lo imposible. Y Germinal lo pagó con una muerte estúpida. Atrás quedaban los años de cárcel, las persecuciones de la Policía, los heroicos actos en comisaría. Murió porque un camión le golpeó por detrás. Durante mucho tiempo supo muy pocas cosas de Germinal. Sólo que formaba parte de un grupo extraño que creía en la lucha armada y que participó en unos cuantos atracos de Bancos, hasta que le detuvieron y le cayeron encima más de cuarenta años. Eran tan inocentes que no se dieron cuenta que, en el grupo, había un confidente de la Policía que les denunció a todos. Les cazaron igual que a ratas y, como se resistieron, les endilgaron todos aquellos años de cárcel. Después supo que había salido de la cárcel gracias a la amnistía por la muerte de Franco y le llegaron rumores que buscaba trabajo. De lo que fuese. Pero el caso era que Germinal no sabía hacer nada, sólo el héroe. ¿Y él qué podía hacer? Es cierto que era su viejo amigo del barrio, de cuando jugaban a las *aventus* y al *vès-que-vinc*, y Germinal se inventaba no sé cuántas películas en las que él era siempre el protagonista. Proyectaron un viaje al Áfríca, a las minas del rey Salomón, a luchar contra los *batussi*, y Ferran se compró un atlas para estudiar el itinerario. Ya se veían en la selva. Germinal había inventado un grito especial, una especie de aullido de lobo, para avisar si había peligro. Pero Ferran no podía jugar en la calle porque se ensuciaba, tenía que limitarse a ver cómo la pandilla de los morados se llenaban las rodillas de costras, maldecían y bebían agua cuando estaban sudados. Les miraba desde el balcón y se moría de rabia y de envidia. Germinal y sus secuaces hacían todo lo que Ferran no podía hacer: ir al «Florida» y al «Rondas», por ejemplo, y tragarse catorce veces *Las mil y una noches.* Iban de extranjis, claro. Se encerraba en el wáter de su casa y soñaba que estaba en la selva y que él, sólo él, mataba al león que amenazaba a Germinal por detrás, porque, si hubiera sido por delante, seguro que Germinal lo habría visto. Y mientras estaba sentado en la tapa del wáter oía cómo su madre le contaba a tía Concha que Ferran era tan buen chico que hasta las hormigas le daban miedo. Desde el balcón veía cómo los negros, los chavales del otro barrio, birlaban la leña que los morados tenían guardada para la hoguera de San Juan. Él lo veía todo, pero no avisaba a Germinal, o a los de la pandilla de los morados, porque se burlaban de él. Y contemplaba las contiendas entre los negros y los morados, o les oía cantar el *vès-que-vinc* mientras jugaban al *cavall fort* (1):

> *Vès que vinc*
> *més de pressa que un zepelin*
> *qui es faci mal*
> *que vagi a l'hospital!* (2).

Mientras la pandilla de los morados se sentaba alrededor de un farol y se inventaba sus *aventus,* él, Ferran, copiaba en un papel de calco los mapas que necesita-

---

(1) Juego de muchachos en el que parte de los jugadores tiene que saltar sobre los demás, que se han agachado. Semejante a los que en castellano se llamaron «anda la rueda, y coz con ella» o «saltacabrillas». — *N. del T.*
(2) Cancioncilla infantil de casi imposible traducción. Literalmente quiere decir: Mira que voy / más de prisa que un zepelín / y el que se haga daño / que vaya al hospital. — *N. del T.*

194

rían para ir a la selva. El padre de Ferran era el único del barrio que había hecho unas perras con el estraperlo. Germinal arrastraba tras de sí a Ferran como una muleta, los demás huían de él. Les aburría. Ferran era el mejor estudiante, medalla de oro en todos los cursos. Germinal, no. Germinal, de pequeño, tartamudeaba (aunque luego se le curó el defecto), y el director de la escuela no podía soportar a los niños que hablaban mal. Germinal pudo entrar en la única escuela laica que había entonces en Barcelona —y que, por tanto, era carísima— porque tenía unos antecedentes honorables: su padre, anarquista, había muerto tísico en la cárcel. En casa de Germinal las pasaban moradas. Su madre limpiaba casas para que su hijo y ella tuvieran algo que comer. Pero Germinal no supo agradecer la extraordinaria amabilidad del señor director y, a pesar de su tartamudez, se convirtió muy pronto en el líder de los indeseables. Como aquella vez en que zurraron a Sanchís, insoportable hijo de papá, pedante, estúpido y chivato. Germinal organizó el grupo de «Los vengadores de la mano negra» con el fin de dar a Sanchís su merecido. Le sacudieron de firme. Por la mañana entró en clase el director, echando chispas y, con aquel tic irritante que le hacía mover la barbilla sin cesar —un tic que Germinal imitaba muy bien—, dijo, os vais a quedar aquí hasta que aparezca el responsable, y si es preciso os quedaréis toda la noche. Nadie se movió. Nadie dijo esta boca es mía. El director llamó a Ferran a su despacho y le dijo, después de mover la barbilla arriba y abajo un sinfín de veces, ¿cómo puedes haberte metido en una cosa así...? Pero si yo no estaba, balbuceó Ferran. Claro que no fue un chivato y no denunció a Germinal —aunque había contemplado la escena de la tunda desde su balcón—, pero lo cierto es que dijo que él no estaba. Y fue el único que se fue a su casa y no recibió ningún castigo... Germinal estuvo de morros durante un mes. Y le deslizó una nota bajo la tapa del pupitre: no llegas ni a Judas. Tú, ni carne ni pescado, ¿verdad?

Y he aquí que, ahora, Norma venía con el cuento que se había enamorado como una loca de otro hombre, que qué le iba a hacer, que los sentimientos son los sentimientos, pero que también quería a Ferran, ¿se podía vivir en aquel desbarajuste...? Y Ferran se sentía liberado. Pasaría de largo. Porque Norma le exigía a cada instante un amor intenso, una profunda comunicación, como ella decía. Sin embargo, lo que necesitaba Ferran era un hogar, y si Norma no era capaz de dárselo, lo buscaría por otro lado. No, Ferran no quería recordar los primeros años vividos al lado de Norma, cuando todo iba bien..., era mejor borrarlos. Como aquella vez que volvían de una estancia en el Pirineo, y él dejó caer las maletas en el recibidor diciendo, ¿sabes?, es la primera vez que llego a casa después de un viaje y estoy contento... Tú no sabes lo tristes que eran antes los retornos. Me encontraba a mis padres sentados como dos estatuas en el comedor. Las únicas noticias que sabían darme eran que las plantas habían crecido o que la buganvilla se había muerto. O que al tío Ramón le había dado un síncope y que el perro de tía Concha había estropeado el álbum de sellos de papá. Pero ahora que regresaba con Norma del viaje al Pirineo todo era diferente, porque estaba Norma en la cocina, y, después de poner el disco de Mozart, *la Júpiter*, le preparaba una de aquellas ensaladas que a él tanto le gustaban. Y, mientras Norma se movía por la cocina, él se encerraba en el despacho para ordenar el papeleo. Quería ponerse de inmediato a escribir su artículo sobre la vigencia o no vigencia del término «dictadura del proletariado...». Y luego harían el amor sobre la alfombra del comedor o bien Norma diría, ¿qué habitación nos queda todavía virgen? Harían el amor en la despensa, a tientas, o en la cocina, al lado de la nevera, o quizás en el pasillo. En todas partes. Bueno, menos en la habitación de los niños, porque eso, a Norma, le parecía un sacrilegio... Pero sucedió que Norma empezó a entrar en el despacho de Ferran a cualquier hora, y le hacía cosquillas en la nuca, o le besaba los párpados y las comisuras de los labios —sabía que a él le gustaba—, y no se daba cuenta que Ferran se ponía nervioso, pues así no había modo de terminar el artículo, los de la imprenta le acuciaban, y es que Norma no quería entender sus ansias de encerrarse, de estar solo...

Germinal había dejado a más de uno baldado cuando le decían que Ferran era una mariquita porque era incapaz de saltar por los terrados o de descolgarse por las cañerías de los patios interiores... Y es que Germinal era su amigo de toda la vida, desde que tenían cuatro años e iban a la clase de los párvulos. Ferran es tu protegido y es un cagueta, le decían los de la pandilla de los morados. Les zurraba de tal manera que tarde o temprano acababan con la nariz chorreando sangre. Germinal sabía que Ferran no era un caqueta, sólo que no necesitaba demostrarlo. Cuando les cogieron por lo de la huelga de Asturias y les endilgaron cuatro años, Ferran no dijo nada en la comisaría. Aguantaron los dos como un solo hombre... Aunque luego, en la cárcel, Germinal se enfadaba con Ferran y, mientras pateaban en el suelo para que no se les durmieran los pies, le decía, no entiendo cómo aceptas las visitas de Helena si dices que ya no la quieres. ¿Por qué no le escribes una carta, le cuentas la verdad, y dejas de hacerla sufrir? Pero él no se atrevía, aunque veía muy claro que se había terminado su asunto con Helena. Y no se atrevía por la sencilla razón que Helena andaba todo el día de la Ceca a la Meca, buscando obispos y curas que firmasen el estatuto del preso político, le llevaba unas tortillas de patatas estupendas, hechas por la mañana en Barcelona, y le hacía unos calcetines de lana gorda que le calentaban los pies como si fuesen mantas. Ya se lo diré cuando salga. Y así pasaron cuatro años, cuatro inviernos de hielo y de nieve, con Helena por un lado y su madre por el otro, y las dos venga llorar detrás de las rejas. ¿Por qué no le dices a tu madre que no llore, que aquí no se está tan mal, por qué no le dices que se cuide ella, que viva su vida?

Pero Ferran había encontrado la manera de soportar las visitas de Helena y de su madre. Se abstraía, pensaba en lo que le interesaba, y dejaba que hablasen y hablasen. Y él estaba muy lejos, igual que cuando era niño y se encerraba en el wáter y soñaba con las aventuras de la selva, con la única diferencia que ahora meditaba sobre la forma de convencer a los presos políticos que la huelga de hambre todavía no era oportuna, o sobre el modo de acabar aquel maldito papel que había dejado medio escrito en su celda... La cháchara de las mujeres era como el rumor de una ola que iba y venía, y él estaba allí, con su cara impasible. ¿Es que ya no me quieres?, le preguntaba Helena con los ojos húmedos, claro que sí, mujer, claro que te quiero. Y cuando Germinal le decía que todo aquello era indecente, Ferran cerraba los ojos para no mirarle ni escucharle, siempre la dichosa conciencia de Germinal, y pensaba que al fin y al cabo también él idealizaba a su valquiria, vete a saber lo que ella haría cuando salieran de la cárcel... Pero no le preocupaba ni un tanto así toda aquella algarabía de mujeres, pues las mujeres, ya se sabe, acostumbran a tener preocupaciones tontas. Y no quería pensar que las necesitaba, sino que los años de lucha y de cárcel también llenaban sus vidas. Helena se cuidaba de las comidas y de las firmas de los obispos. Su madre lloraba y le lavaba la ropa, las madres nunca entienden nada... Y en cuanto las mujeres se iban, él regresaba a su celda y se encerraba. Había hecho allí una especie de bastión donde sólo entraba quien él quería. En ella podía estudiar a gusto y dejar que las horas se deslizaran en paz, mientras protegía sus pies con los calcetines de lana que Helena le había hecho.

En cambio, la madre de Germinal era distinta. Cuando la veía entre sombras, detrás de las rejas, tan serena, cuando la oía hablar con su hijo de temas políticos, sentía la comezón de la envidia. Pero la madre de Germinal estaba acostumbrada a todo, a la cárcel y a las palizas, a la soledad y al hambre. Primero con su padre, luego con su marido y ahora con su hijo. Envidiaba las animadas conversaciones entre Germinal y su madre, y las largas cartas que él le enviaba clandestinamente o por medio de los abogados, unas cartas en las que le explicaba, de parte del partido, cómo vivían los presos de Soria. Siempre había envidiado a Germinal. Desde que eran unos mocosos y él era el líder. Manejaba a todos a su antojo y conseguía que la mitad de la clase hiciese novillos porque en el «Rondas», el cine del barrio, ponían *Las mil y una noches.* Y él, Ferran, se quedaba en clase porque sabía que luego vendrían los líos y no tenía ninguna gana de enfrentarse con el tic nervioso de la barbilla del director... Y por eso, al cabo de los años, Ferran huía como un espiritado cuando iba a ver a la madre de Germinal a las Hermanitas de los Pobres. Le dejaba un sobre con dinero encima de la falda, pero ella aparentaba no verlo, sólo le pedía que empujara la silla de ruedas hasta donde daba el sol. La vieja cerraba los párpados y extendía las manos hacia delante, como un gato, y luego se frotaba la cara como si los rayos de sol fueran un chorro de agua. No podía hablar porque la habían operado de un cáncer de garganta y sólo le salía un hilillo de voz oxidada que Ferran apenas entendía. Tenía que esforzarse para cazar al vuelo alguna frase, como «no puedo quitarme de la cabeza a ese muchacho, a Puig Antich, eso es un asesinato», o bien «cuando mataron a Allende, lo mismo...». Pero la vieja parecía feliz con aquel poquito de sol y apenas hacía caso de Ferran. No hablaban de su hijo, los dos sabían que su madre no le volvería a ver, porque cuarenta años de condena son toda una vida y sólo una revolución podría sacarle de la cárcel... Ferran escapaba a toda prisa, no sabía qué decirle a la vieja pequeña y reseca, que se lo hacía todo encima y conservaba en los ojos una fuerza que a Ferran le hacía daño. Casi respiró de alivio cuando la vieja se murió. Sin embargo, fue la única vez que se enfrentó con su padre y le dijo, la madre de Germinal ha de tener un ataúd para ella y nicho, la madre de

Germinal no puede ir a la fosa común...

«He dejado a Ester en su casa, apenas me ha comentado nada sobre Germinal, sólo lo de que quería hacer de Flash Gordon. Me ha preguntado si sabía la historia del barquero y le he dicho que sí, que sí que la sabía. He dejado sobre la lápida de Germinal un ramo de claveles rojos y le he dicho, adiós, Flash Gordon. Ferran, quizá lo comprendo ahora, no podía ir al entierro de Germinal porque le quería. Yo podía ir y dejarle con toda impunidad un ramo de claveles, porque no le quería. Ferran se va de casa porque yo no entiendo su mundo y me parece que es precisamente ahora cuando comienzo a quererle. Pero no a través de su mundo, no a través de sus reuniones y de sus escritos, aunque, a decir verdad, tampoco mi mundo es el de Flash Gordon. Cómo se reía Germinal con la historia del barquero... Decía, dos hombres están en una barca. El uno le dice al otro, ¿sabe usted filosofía? Y el barquero, muy sorprendido, responde, ¿yo?, yo sólo sé remar... Bueno, dice el primero, ha perdido una cuarta parte de su vida... Y continúa: ¿sabe teología? Y el barquero también contesta que no. Entonces, dice el sabio, ha perdido media vida. Finalmente, el barquero, muy cabreado, le pregunta: y usted, ¿sabe nadar? Y el sabio contesta que no. El barquero vuelca la barca y le dice al sabio, ¡acaba de perder toda su vida! Y eso es lo que les pasa a las personas como Ferran, que no saben nadar, que no saben vivir... Pero tampoco Germinal sabía vivir. Quería hacer de Flash Gordon, no quería crecer. Y qué manía tenía con la historia del barquero... Germinal no tenía razón, porque el conocimiento también sirve para entender... El barquero es la muerte, también. No, en este caso no era un símbolo. La historia del barquero tampoco me explica cómo podemos hacer compatibles el amor a la Humanidad y el amor a las personas.»

«Ferrán no podía ir al entierro de Germinal, quizás es la otra mitad de sí mismo lo que se resiste a enterrar. ¿Para qué he ido yo, entonces? ¿Por piedad? No lo sé... Tal vez diciendo adiós a Germinal, decía, en cierto modo, adiós a Ferran. Y a Gary Cooper. Y al hombre que tenía miedo. Algo de verdad quedará sobre la lápida de Germinal, y otro poco yace en los escritos de Ferran, en las aburridas reuniones del partido que le hacen estornudar.»

«Las demás partes tengo que recomponerlas yo, en solitario, sin vosotros. Mi mundo ya es otro, pero todavía no lo sé describir. Está ante mí. Es una gran dispersión, en la que quedan restos de las teorías de Ferran y de las maravillosas aventuras espaciales. Dije adiós de tu parte a Germinal, Ferran. Y tú y yo también nos decimos adiós. ¿O sólo es hasta la vista?»

II

En la casa de la hondonada, donde Norma y Ferran vivieron durante siete años, ahora no vive nadie. Norma aprovechó las vacaciones de los niños, que estaban con los abuelos, para ir allá a intentar escribir lo que le había prometido a Natàlia: la historia de Judit y Kati.

Dejó un momento de escribir, le costaba concentrarse. Le venían a la mente una serie de palabras sueltas que habían quedado desligadas. Y, sobre todo, pensaba en una escena reciente, la última vez que estuvo con Alfred, en un hotel del cual no recordaba nada porque se parecía mucho a todos los hoteles en que se habían amado. Tenía que pensar en cómo se encontraron Kati y Patrick por primera vez, en lo que se dijeron, en los recuerdos de infancia de Patrick, en lo de las cosquillas con una hierbecita en el sexo de una niña, detrás de la ermita irlandesa... Pero volvía la escena del parque, y la escena del hotel, mezcladas las dos. Ya no sabía lo que se dijeron en el parque y lo que se dijeron en el hotel. Sólo recordaba que era un día de esos azules, como si el cielo de la ciudad de Alfred lo cubriese todo, las calles, las casas, los coches. Y se oía decir:

—Me gustaría que eso nuestro se convirtiera en amistad.

Y oía que Alfred le contestaba:

—Vamos, no hagas frases.

Alfred le decía lo mismo que Natàlia, lo mismo que antes le había dicho Ferran.

Y también recordaba lo que le dijo Ferran el día en que ella le confesó que se había enamorado de Alfred. Le quemaban las palabras, se sentía culpable de ver cómo hacía payasadas delante de ella con un sombrero de paja agujereado.

—Verás, me he enamorado de otro hombre —dijo Norma—, pero a ti también te quiero. Os quiero a los dos.

Ferran le tomó una mano y se la apretó fuertemente. Y luego le contestó:

—Y yo me siento liberado.

Al cabo de cierto tiempo —unos meses después de la muerte de Germinal, el muchacho que quiso hacer de Flash Gordon—, Norma supo que Ferran quería a otra mujer. Hacía meses que salía con ella, tal vez más tiempo, desde a poco de dejar la casa de la hondonada y regresar a Barcelona. Y ella no sabía nada. ¿O quizás era que había vivido esa especie de paréntesis en que no quieres reconocer lo que te hace daño? Le costaba reconstruirlo... ¿Acaso fue cuando él le dijo, después de haber hecho el amor, que le gustaba su cuerpo porque lo conocía, a pesar que ya no era el cuerpo de una muchacha joven? Pero, ¿por qué pensaba en ello ahora...?

Se habían prometido fidelidad moral, que nunca se iban a engañar. Pero Ferran no le dijo que quería a otra mujer hasta que ella no le confesó que se había enamorado de Alfred... Y ella se lo dijo justamente cuando aquel amor acababa de empezar. ¿Durante cuánto tiempo había vivido engañada? Ella que creía vivir una vida diferente de la de otras mujeres... Y le había pasado lo mismo que a la mayoría de ellas, que a Agnès, por ejemplo. Agnès creyó durante algún tiempo que Jordi volvería a casa, así que le recibía siempre con la sonrisa en los labios... Y Norma se lo criticaba. ¿Por qué te empeñas, le decía, en vivir engañada? No eres una niña, no eres una subnormal... Tal vez Norma lo intuyó y se puso una coraza para no saberlo, para no sufrir. Natàlia le comentó:

—¿De qué te extrañas? Los hombres tienen una larga tradición en eso de ocultar los propios sentimientos. Ferran no te lo dijo del mismo modo que Alfred no se lo dice ahora a su mujer.

Y, cada vez que Alfred volvía con su mujer, Norma le decía a Natàlia:

—Quiero a dos hombres y todavía parece un crimen. Mi marido me ha dejado por su amante, y mi amante me deja por su mujer.

Natàlia también le decía, venga, no hagas frases. Matarías a cualquiera por decir una frase brillante. Quizá Natàlia tenía razón. Pero era una manera de definir una situación que ella había provocado y que no acababa de entender. En su cabeza, todo era un lío... Necesitaba imaginar la relación entre Patrick y Kati. Y pensaba en Alfred. Alfred, como Patrick, no hablaba la misma lengua que Kati y que Norma. Y también estaba casado... Pero entonces había guerra y, como decía Patrícia, la guerra lo trastornó todo. Eran otros tiempos. ¿Qué pasaba ahora, que las cosas también parecían trastocarse? Nada, no pasaba nada. Y todo se trastocaba.

Debía dejar las imágenes que le hacían daño, las escenas del parque y del hotel de la semana pasada. Debía dejarlas en el umbral de la puerta y escribir sobre Kati y Judit. Explicar cómo Kati amó a Patrick, rodeados de muerte y destrucción... Pero, ¿cómo podía hacerlo, si sólo pensaba en Alfred? ¿Qué tiene que ver eso con la novela?, le reprocharía Natàlia, tienes que separar el arte y la vida. Tenía toda la razón. Norma se enfrentó de nuevo con el manuscrito, en el punto en que Patrick y Kati se encuentran, en la fiesta de despedida a las brigadas internacionales. Y recordaba la forma en que Alfred le hablaba de los días azules de su infancia. ¿Tenía que hablar de cómo Patrick hacía cosquillas en el sexo de la niña que, de mayor, llevaría batas de seda y se casaría con un financiero?

Oía el crujido de la carcoma horadando una viga. ¿Por qué había regresado a la casa de la hondonada, tan llena de recuerdos? Cerca de siete años al lado de Ferran. Antes de dejar la casa, muy poco después de la muerte de Germinal, él quiso hacer un inventario exhaustivo. Ferran se llevó los libros de política, la mitad de las toallas y de las sábanas. Y el coche. La despedida fue civilizada. Se dijeron dos o tres frases amables, de ritual. Lo de, tú me has hecho una persona, siempre te estaré agradecido, y Norma, he descubierto tantas cosas contigo... Pero Ferran estaba lejos, en otro hogar. Apenas se veían. Y eso que se prometieron que serían amigos, te llamaré, iremos de vez en cuando al concierto del domingo por la mañana. Cuando el amor desapareció, creyeron que la amistad lo sustituiría. ¿Por eso le dijo a Alfred que querría que su amor se convirtiera en amistad, porque tenía miedo de perder las dos cosas? Ahora que había vuelto a la casa de la hondonada para escribir la historia de Judit y de Kati, Norma se daba cuenta que las cosas no son como las tejemos en el pensamiento. Sabía que nunca más tocaría su piel, ni respiraría su aliento, ni sus labios buscarían los suyos... ¿De quién? ¿De Ferran? ¿De Alfred?

Así pues, le dijo que deseaba que su relación se convirtiera en amistad. Había que definir lo que no entendía. Pero Alfred no lo quiso creer y le contestó, vamos, no hagas frases. Durante un largo rato no se dijeron nada. Estaban sobre el césped del parque, los álamos meneaban sus hojas doradas y Norma miraba su reflejo para distraer su espera. Cerca de ellos, una muchacha se había sentado y se disponía a leer. Pasaron los minutos y Norma sintió unas ganas enormes de destrozarlo todo. Él intentó acariciarla y Norma se apartó.

—Tú buscas el placer y yo la ternura —dijo.

—Frase 323 de la página 120 de *Bonjour, tristesse* —respondió él.

—Me voy —dijo Norma. Se levantó y sacudió de su falda las hierbas y las hojas secas.

—¿Qué bicho te ha picado ahora? —preguntó Alfred.

Pero norma rehacía el camino hacia el coche. Se miraban de reojo, en un pesado silencio que ninguno de los dos pensaba romper. Después, Norma lo sabía, habría otra discusión y él diría que, lo de *Bonjour, tristesse*, lo dijo porque sí, que no era más que una frase insulsa que respondía a otra frase insulsa. Decimos tonterías para reírnos, ¿no dices tú siempre que hay que conservar el sentido del humor?

Fueron al hotel y se tendieron en la cama. Alfred se tumbó de espaldas, encogido, quiere que sea yo la que empiece, pensó Norma. Pues no lo acariciaría, no. Se echó junto a él, pero no lo tocó. Y no por falta de ganas. Era la pereza, el viento de la pereza que le impedía de nuevo hacer un esfuerzo. Dentro de media hora se levantará y se irá, se repetía. Y me volveré a quedar sola, como una peonza, como un estúpida peonza. Alfred se volvió para mirarla y comenzó a besarla. Ella, sin ánimos, se dejaba hacer. Alfred se detuvo.

—No, no lo haremos —dijo—. Tú no tienes ganas.

—Sí, hagámoslo.

Norma se aferró a él. Puso toda su voluntad para que surgiese el instinto de hembra que él supo despertar tantas veces. Hicieron el amor, pero ella se lo dejaba hacer, esperando que brotase el grito que pondría fin a la comedia. Sentía rencor, y odio, y le arañaba fuertemente sólo para retenerle. No era entrega, sino venganza. Le aceptaba de una manera masoquista, para hacerse daño a sí misma. Y, cuanto más veía que él se dejaba llevar por la furia del deseo animal, más sufría y más le odiaba. Por fin, la penetró y gritó. Alfred se vistió y se sentó en el borde de la cama.

—¿Por qué has hecho el amor? No tenías ganas.

Norma lo contempló con una mezcla de pereza y ter-

207

nura. No le podía decir que lo había hecho por desesperación, que también se puede hacer por desesperación.
Alfred miró el reloj, tenía prisa. Iba a estar con la familia un largo fin de semana. Gracias a la prisa, pensó
Norma, la despedida será más corta. Cuando Alfred salió de la habitación, se preparó un *gin-tonic* con mucha
ginebra. Ahora dormiré, se dijo. Sólo quería dormir,
que el sueño se la llevase lejos, muy lejos de aquella
habitación de hotel, igual a todas las habitaciones de
hotel donde tantas veces se habían amado. La recorrió
con la mirada, todavía desnuda sobre la cama. A la derecha, un armario de luna. A veces abrían la puerta del
armario para ver cómo los dos cuerpos se ayuntaban,
¿no ves cómo se buscan, qué armonía?, decía Alfred,
mientras la besaba por todas partes. Enfrente, el tocador, siempre el mismo tocador. A la izquierda, unas
gruesas cortinas que tapaban la desvaída claridad que
venía de los patios interiores del hotel. En las paredes,
un laminado papel de flores apagadas. Antes de dormirse, se preguntó de nuevo, ¿qué hago yo aquí?

No quería llorar. Sólo deseaba dormir. Basta de lágrimas. Lágrimas que derramaba bajo la ducha y que
se acabaron cuando se separó de Ferran —las lágrimas
que comenzaron cuando Artur le dijo, ¡tienes telarañas!—, y ahora no debían volver por culpa de Alfred.
Soy una tonta, se dijo. ¿De qué me sirven tantas conferencias de feminismo si no encuentro razones para
un amor tan ilógico? ¿Por qué me encierro en un amor
inútil?, se preguntaba, ¿por qué no acabar? Pero sólo
pensaba en Alfred. Ahora abre la puerta de su casa, el
niño se le echa encima, le besuquea, y su mujer le dice,
desde la cocina, ¿ya estás aquí? ¿Se besarían cuando
todavía llevaba sus besos? Quizá no... Lo veía todo en
imágenes, él sentado en el sofá mientras su mujer le
contaba lo que había hecho durante el día y el niño tre-
paba por sus piernas. Alfred reencontraba la paz... Las
imágenes la punzaban, pero ella las confeccionaba una
y otra vez sólo para hacerse daño. ¿Qué hago aquí, se
preguntaba de nuevo, en esta habitación de hotel, tris-

te y hostil, sin ningún recuerdo que me lo devuelva, en una ciudad que no es la mía? El sueño tardaba, el sueño la iba a calmar. Es como la muerte, pensaba. Sin embargo, siempre que pensaba en la muerte, la apartaba en seguida de la mente. Kati se suicidó porque no soportaba la ausencia de Patrick ni una vida inútil, pero ella tenía otra clase de vida, podía volver a sus papeles, a sus entrevistas. La muerte es una estupidez, pensaba, es más estúpida que el amor. Aunque, entre ambas cosas, el límite es muy frágil. Había que volver al trabajo, escribir la historia de Judit y de Kati. Tenía otra gente a quien querer, y los niños, y las historias que aún estaban sin contar. Recuerdo que una vez, poco tiempo después de la muerte de Germinal, le preguntó a Natàlia:

—¿Podemos amar a la Humanidad sin amar a las personas?

—Podemos —respondió Natàlia—. Pero es más difícil amar a la Humanidad sin que te amen las personas.

—¿Y cómo se pueden compaginar ambos amores?

—No lo sé, hija. Eso lo averiguarás por ti misma.

Así es que tenía que escribir sobre Kati y Judit. Olvidar todas las escenas que no habían quedado resueltas, olvidar la historia inacabada. ¿Cuántas rupturas habría todavía? ¿Cuántos felices reencuentros después de ausencias que habían considerado definitivas? ¿Habría más encuentros en los hoteles que la hacían sentirse extranjera de todo, encuentros fugaces, clandestinos, que la llevaban a pensar que no era más que una peonza, una estúpida peonza? ¡Si supiese el final! Se puede conocer sólo en las novelas. No quería convertirse en una vieja nostálgica que enseña a sus nietos los maltrechos vestigios de los años jóvenes, cuando creemos que todo es posible, que se permite toda clase de amor... Ella no quería conservar los objetos, las fotografías, las cartas, sólo para recordar. Norma no estaba hecha para el recuerdo. Quería vivir ahora. Pensaba que las personas como Judit, que se encerraban en el pasado y renunciaban a vivir, eran, en realidad, mezquinas y cobardes. Querer vivir es un acto de generosidad, se decía, la nostalgia es cosa de los que tienen miedo, de los débiles. Y ella no era débil. Mentía, mentía, sabía que mentía. Era débil cuando le volvía a llamar, cuando acababa aceptando que se viesen tan poco, cuando se aferraba a cualquier migaja de continuidad. Saber que existe, que existe en algún lugar del mundo. Ya tengo bastante, decía.

> *Deixa't besar, i*
> *si et quedara enyor...*
> *besa de nou, que la vida és comptada* (1).

Pero Norma pensaba que eso sólo lo dicen los poetas, que besan en sueños. Besos irreales. Eso es: los besos de los poetas son irreales, como todo lo que cuentan. Habría querido retener el beso del recién llegado, llevar sobre ella el temblor que no acaba de extinguirse... Norma querría vivir todo eso en lugar de escribirlo. Pero se encontraba otra vez en la casa de la hondonada, en el pueblo húmedo y hundido de las afueras de Barcelona, para escribir la historia de Judit y de Kati, y los recuerdos la estorbaban. Los recuerdos se mezclaban con las penas de los demás, caían sobre ella como las hojas de un almendro. En apariencia eran frágiles, estaban a punto de ser llevados por la fuerza del viento —es decir, del olvido—, pero lo cierto era que las penas de los demás y los recuerdos se iban acumulando hasta formar una segunda piel.

La casa estaba en una hondonada, al final de un atajo polvoriento en los días de verano y fangoso en los días de lluvia. Muy cerca de ella había un decrépito balneario. Sólo sus arcos y sus columnas modernistas podían evocar pasados esplendores. Lo habían converti-

1. Déjate besar, y / si te queda añoranza... / besa de nuevo, que la vida es corta.

Gregret,
nostalgia, pinning

210

do en un hostal, pero no iba nadie. De vez en cuando se refugiaban en él los seguidores de algún gurú y desde la casa se oían los cantos místicos. En otros tiempos, cuando Norma todavía vivía con Ferran, una señora vegetariana alquiló el balneario. La señora era una fanática seguidora de un médico que se dedicaba a engatusar a damas maduras y con buena renta. Durante unos meses la señora vegetariana convirtió el balneario en un asilo para viejas. La vecina de Norma, Maruja, iba todas las mañanas a limpiar y le contó que colocaban a las impedidas en una silla, en una salita desvencijada y oscura. Y allí se quedaban todo el día. El suelo estaba empapado por las meadas de las ancianas y el aire era fétido. Los hijos de Norma y los de Maruja habían entrado más de una vez en casa aterrorizados porque decían que se oía a una vieja que gritaba. Una vieja subida en una escoba, añadía el más pequeño, muy alta, muy alta. Y la cabeza era como una escarola de fuego. Norma no les hacía caso, los niños tienen tanta imaginación... Pero los chiquillos insistían, y también Maruja, que dejó de ir a limpiar el balneario porque el olor a meados le producía náuseas. Un día en que Norma pasaba por allí, oyó a una anciana que aullaba, ¡esto es una cárcel, sáquenme de aquí! Y Norma pensó que podría hacer un buen reportaje, pero no tenía tiempo, en aquellos momentos estaba metida hasta el tuétano en la novela donde Joan, el padre de Natàlia, se enamora de Judit, y Patrícia del poeta Gonçal Rodés, y también tenía que terminar un libro sobre los catalanes en los campos nazis. No, Norma no podía ocuparse de la vieja que pedía socorro encerrada en un asilo convertido en prisión. Vete a saber, quería pensar, a lo mejor la vieja se ha vuelto loca, no es para tanto. No tenía tiempo, a pesar de que los niños le hablaban de los ataúdes que todas las semanas salían del balneario.

Los alaridos de la vieja se oían especialmente los días de lluvia. Los días de lluvia eran días de fin del mundo. Todos los caminos se cerraban como en un cerco, la niebla era baja y nadie osaba atravesarlos. Norma no salía de casa con los niños y esperaba que Ferran volviese de la reunión del partido. Ponía música de Mozart, la ponía muy alta para no oír los aullidos de la vieja, que seguramente había perdido el juicio, y también para no oír la lluvia, que parecía que iba a horadar el tejado. Así, todo el miedo del mundo se quedaba fuera. Y Norma podía soñar, soñaba que la besaban como Joan besaba a Judit. En un atardecer de viento y temporal, mientras las olas de la playa de Sitges se cubrían de espuma.

Norma, pues, quería escribir una novela de amor y de muerte, y le molestaban los gritos de la vieja chiflada, que le exigían un reportaje. Quería escribir sobre cosas importantes, y no sobre una vieja que aullaba de terror, encerrada en una casa rodeada de niebla y fango. Si iba al balneario, si oía a la vieja, lo tendría que denunciar a la Prensa. A cada paso se te ensucian de mierda los zapatos.

También le estorbaba Maruja, la vecina. Una mujer de treinta y cuatro años que parecía tener cincuenta. Su cara era morena y agrietada como un trozo de tierra seca. Había tenido cinco hijos. Con el quinto se volvió loca y la encerraron en el manicomio del Parque, donde las monjas le ataban las manos para que no se masturbase.

Norma iba del reportaje de los campos nazis a la novela y no quería salirse de ello. Por suerte tenía la música de Mozart. El tiempo del exterior cambiaba mucho. Algunas veces, el cielo era luminoso, pero otras presentaba un sucio color gris. El viento se levantaba muy a menudo y unas nubes negras se extendían más allá de las montañas de poniente. Entonces hacía bochorno y parecía que la piel se pegaba en todas partes. Norma pensaba en el tiempo y en la Woolf mientras escuchaba la *Júpiter*. Como si sólo cambiase el tiempo ante la obstinada fidelidad de los años. *The weather, perpetually changing*, dice la Woolf.

Pero entraba Maruja y uno de sus hijos, el mediano, con su cara de cirio, blanca y triste. La madre le

212

decía a Norma que el niño tenía la cara así de triste y
así de blanca porque acababa de pasar dos meses en el
hospital de San Rafael. Norma le preguntaba al chiqui-
llo si lo había pasado mal, y el niño contestaba con un
grito africano, con un ¡vayaaaaaa! y la madre, a los
niños de la sala les cuidaba una monja que sólo les dejaba mear a horas convenidas, por ejemplo a las siete
de la mañana, a las doce, a las tres, a las seis, y después
a las nueve de la noche, y, hala, nada de mear hasta el
día siguiente, pobre del que se le escapara la meada
fuera de las horas convenidas, porque llegaba la monja de mal humor y zurraba en el culo al que se había
meado. El chaval de la vecina seguía con la historia,
decía que vio con sus propios ojos cómo la monja pegaba a una niña de dos años que se lo había hecho encima, y la criatura estaba allí desde que tenía dos meses,
pobrecita, concluía el niño de la cara triste y blanca.
Y entonces, sin pausa, la madre proseguía el relato, los
médicos sí que eran buenos, pero la monja no era muy
así, o sea, que no era una monja sino una bruja, y que
ella vio con los ojos de su cara a una gitana que le
quería tirar de los pelos que tiene bajo la toca, porque
sabía que había pegado a la hija, a una niña acabada
de operar, y eso porque la niña se había pasado toda
la noche gritando que quería irse a casa. El niño de la
cara triste y blanca añadía, también sin pausa, que otra
monja les hacía aprender de memoria el catecismo y
que les decía a los niños de la sala, mirad, si no lo apren-
déis, diré al portero que no deje entrar a vuestras madres, pero el niño también decía que la monja no era
mala y que sólo lo decía en broma, aunque aquel día,
él y otro chaval que se habían hartado de estar tanto
tiempo en la cama, se levantaron y, cuando estaban
a punto de poner un pie fuera de la habitación, ¡zas!,
salió la monja, que les espiaba escondida detrás de la
puerta, y les castigó sin ir al cine el sábado por la tarde, al cine que había en el piso de abajo, y eso que
echaban una película de esas de risa y otra de vaqueros, que eran las que más les gustaban, pero, bueno,

señora Norma, yo ya estoy fuera, y allá han quedado un montón que se van a pudrir durante años, que no salen de la sala para nada, con la bruja que sólo les deja mear cuando a ella le parece, y los chiquillos que lloran sin parar, y tener que dormirse cada día a las siete de la tarde, qué aburrimiento... El niño callaba y fijaba los ojos en algún punto que Norma no lograba captar, quién sabe lo que podía pensar un niño que ha estado dos meses en el hospital y que ha vuelto con la cara blanca, mientras tanto Maruja no cesaba de charlar y Norma empezaba a ponerse nerviosa, tenía la novela de Judit y Joan Miralpeix entre manos, el tiempo pasaba y había que acabarla.

El cielo era más limpio, con algunos claros brillantes que parecían bordear las copas de los árboles. Por fin, la vecina se fue con su hijo de la cara de cirio, y Norma vio que los personajes de la novela daban vueltas, sólo ideas, sólo imágenes, bajo el cielo que se aclaraba y que hacía que el verde de las hojas fuese más preciso y más reluciente.

Ferran no iba a regresar hasta muy tarde, por la noche. Telefoneó a media tarde para decirle que había una discusión muy dura en el comité central, y que se quedaba allí con Jordi Soteres para redactar un escrito. Ferran estaba excitado, le dijo a Norma que habría discusiones decisivas, que, quién sabe, a lo mejor ahora estallaba la cosa entre las dos tendencias del partido. Norma pensó en las muchas veces que le había oído aquellas palabras, que ahora sí que se iban a decidir cosas importantes, que se iban a aclarar las posturas. Disponía de dos horas para ella sola. El pequeño dormía en su cuna y la mayor no volvería de la escuela hasta más tarde. Puso de nuevo la *Júpiter* para iniciar el capítulo en que Judit tocaba el piano y Joan Miralpeix se enamoraba de ella. Era el atardecer, esa hora en que el cielo se vuelve de color violeta. Oía cómo Maruja gritaba a sus hijos. Quería aprovechar las dos horas que le quedaban. Luego volvería Ferran y le contaría todo lo que había ocurrido.

Pero no le diría a Ferran todo lo que había pensado. Regresaría agotado de una larga reunión del partido, de interminables discusiones sin final. Volvería a casa para descansar. No, no le diría todo lo que había pensado aquella tarde, con música de Mozart.

«El fondo de música de Mozart, en este aburrido atardecer. Ha sido un día muy cargado, tengo jaqueca. Siento los ojos cansados. El cielo es de un color gris plomo, espeso, de lana basta. Después, se aclara, pero no del todo. Tiene un color de osamenta. El aire arrastra, de vez en cuando, un poco de polvillo del camino, motas de polvo que lamen las hojas de los pinos. Las hojas inmóviles de los bosques enjutos. Parecen de ceniza, de cementerio. Silencio. Sólo Mozart, música nostálgica de un pasado que añoro y que nunca he conocido. El tiempo se deshilacha. Intento pensar en algo coherente. ¿Cómo retener la fugacidad? ¿Tal vez es falta de grandeza, de abstracción? La vida furtiva, dijo el poeta que se suicidó. Lentas son las horas, inmóviles son las horas cuando no hay nada que decir. Estrechez a mi alrededor, necesito sublimarla: vulgaridad.

»¿Cómo expresar el instante que se va?

»Oigo a Maruja, que trabaja en la casa contigua. Los poetas-hombres se sentirían inspirados al oír a una mujer que trabaja. Yo no puedo. He limpiado demasiadas veces el wáter para ignorar lo que significa. La casa de Maruja está desvencijada, llena de grietas, pero blanqueada con cal. Rodeada de cubos en los que han plantado geranios de un mustio color rosa. Es una casa empapada de olores, pegajosa, con el suelo abrillantado y resbaladizo. Olor de lejía, de guisos picantes, de meadas de críos. Olor de sudor cuando la ropa se adhiere a la piel, sobre todo el hedor de los sobacos. Maruja riñe a los chiquillos aspirando las jotas. El sonido árabe me entra por el oído como una puerta que rechina. Como la tiza que chirría en la pizarra. Como la uña que raya la porcelana. Es un sonido que desazona, que agrieta la armonía de este atardecer con música de Mozart. Maruja no sabe quién es Mozart. Ayer tenía los ojos hundidos, como una tórtola enferma. Su piel, que casi siempre es terrosa, de color de aceituna, ayer era blanca como una hoja de papel. Había ido a buscar a su hijo mediano al hospital y volvió mareada, decía que la úlcera la desgarraba. "¡Estoy como si me lo quitaran tóo, toíto por abajo!" Y yo me moría de risa. Debe pensar que, al fin y al cabo, éste es su destino. Su madre ya se lo dice: "¡Más vale que el Señor se nos lleve a las dos prontito!", pero Maruja gritó que ella no se quería morir.

»¿Por qué viene la noche? Quisiera que el atardecer se detuviese. ¿Cómo retenerlo? Quisiera volver a sentir la dulce tibieza de tu cuerpo. La pesadez de todos los miembros relajados después de amarnos furiosamente. El cansancio que ambos compartíamos. Quisiera tocar tu pecho sudado, oír la respiración que jadea después de habernos amado. Sin que quedase el recuerdo de ningún frío caduco, como decía el poeta. ¡Qué lejos queda todo eso! Cuando llegas por la noche, sólo hablamos de lo que sucede fuera. Como si fuésemos dos vigías de la paz del mundo. Ya no hablamos de nosotros, y es que creíamos tener una juventud perdurable. ¿Cuándo pasó eso? Tal vez ni tú mismo lo sabes. ¿O es que llegó un día en que te diste cuenta que tu piel ya no era joven, sino como las hojas del otoño?

»¿Sabes?, las hojas de la higuera se han marchitado. Como llegas tan tarde, no te das cuenta que hay lilas por todas partes, y que los rosales han florecido por segunda y última vez, con unas flores blancas y pálidas. Las campanillas del emparrado caen y se marchitan en seguida. Pasan de un color de ratafía a un color de oro viejo. Se desparraman entre las piedras, entre las hojas secas de las enredaderas. ¿Cómo describir un color con un adjetivo concreto? Nunca un color es igual a otro.

»Ayer cogí una mariposa extraña. Tenía el cuerpo blando, las patas gruesas y de color de corcho, las alas parecían de tierra. Era una mariposa muy fea. La agarré con cuidado y la encerré en una cajita sin ningún agujero. Tardó poco en morir.

»Delante del balneario hay otro ataúd. Y, al niño de Maruja, la monja no le dejaba mear después de las nueve. ¿Qué más puedo explicarte? Ha anochecido. He regado los geranios, los claveles, los gladiolos, los rosales, el limonero, las flores de azahar, los lirios, el cerezo... No oigo ningún pájaro. Y la flauta de Mozart se ha callado. Cuando llegues no me despiertes, tengo mucho sueño.»

Pasaron tres años. Norma había terminado el libro sobre los catalanes en los campos nazis y la novela en que Joan Miralpeix, el padre de Natàlia, se enamora de Judit mientras ésta toca el piano (Norma la escribió mientras escuchaba la *Júpiter*). También se había separado de Ferran, después de dejar la húmeda casa de la hondonada. Ambos habían convenido, amablemente, en que ya no tenían nada que decirse. Y ahora regresaba a la casa de paredes mohosas para escribir la historia de Kati y de Judit. Ahora eran distintos los fantasmas que rodeaban a Norma. Las autoridades habían ordenado cerrar el balneario porque no reunía condiciones, pero la mayoría de las viejas había muerto allí. Maruja ya no trabajaba en la casa vecina: la cal estaba resquebrajada, y los geranios, mustios. Los charcos de fango llegaban hasta la pantorrilla. La humedad rezumaba por todas partes. Al marido de Maruja se le presentó un cáncer de estómago y él decidió que lo mejor sería ir a morir al pueblo de donde habían huido de hambre.

Norma pasó una temporada de cierta actividad política y pronunció muchas conferencias sobre feminismo. Se separó de Ferran porque era hombre de un solo hogar y una sola mujer, y se enamoró de Alfred, que estaba casado y vivía en otra ciudad, igual que Patrick. Y se enamoró de la misma manera que Kati, porque Alfred le había hablado de la infancia que, según él, era de color azul. Sí, pondría en la novela el párrafo en que Patrick cuenta cómo hacía cosquillas en el sexo de una niña que, luego, de mayor, llevaba batas de seda. A Norma le gustaban los hombres que tenían infancia.

Al enamorarse, perdió el apetito y el sueño. No se podía controlar. Mi cuerpo reacciona como un personaje de novela, pensaba. Al ver a Ferran, sentía ganas de llorar. Sobre todo al principio, cuando todavía no se habían dicho nada y él se ponía el sombrero de paja agujereado para hacerla reír. Regresaba tarde de la reunión del partido y la despertaba haciéndole caricias. En la cama era donde peor se sentía, el cuerpo se le iba por un lado y la mente por otro. Sabía que aquello significaba la auténtica traición y no entendía cómo los hombres podían hacerlo impunemente. No había dejado de querer a Ferran, pero deseaba a Alfred. Me volveré loca, se decía. Cerraba los ojos e intentaba recordar, minuto a minuto, los momentos que había pasado con Alfredo mientras Ferran, que lo ignoraba, hacía muecas como un payaso con el sombrero de paja medio deshecho.

Pensó que se le agudizaban los sentidos y creía que comprendía mejor el mundo. Eres boba, le decía Natàlia, tienes las mismas reacciones que cualquier persona enamorada, te ves más hermosa, más perfecta, crees que quieres a todo el mundo, que la gente te encuentra magnífica, y, después, cuando desaparecen los síntomas, caes en el otro extremo, y entonces te ves como un adefesio, te sientes odiaba por todo el mundo y hasta te encuentras fea... Natàlia es dura como una fruta seca, pensaba Norma. Ella quería vivir su pasión y no toleraba que nadie, y menos aún Natàlia, le pusiera límites. Volvían a su memoria los gestos de Alfred, sus rasgos infantiles, casi inocentes, su manera de andar, sus ojos hirientes, todo se repetía como en una película. Eran trozos dispersos y desunidos que ella misma ordenaba dentro de la mente, según su voluntad.

Al principio, le encantaba la situación clandestina. Se encontraban en lugares furtivos, se escondían de los demás. Todo era nuevo y diferente. La mujer de Alfred no existía, ni siquiera era una sombra. Aprendió a contemplar el cuerpo de un hombre y entendió la mirada masculina cuando acecha el cuerpo de una mujer. Se embelesaba cuando Alfred se ponía nervioso y se atolondraba al desatarse los zapatos. Pensaba, todo esto ha sido creado para mí, sólo para mí. Y creyó que Alfred también valoraba el amor como ella lo hacía, por encima de todo. Lo pensó mucho antes que se presentase el fantasma de la cobardía, antes que la sombra de la esposa fuese adquiriendo una forma consistente, sólida, antes que la frialdad de las habitaciones de los hoteles empezase a abatirla, a hacerla sentir como una peonza, como una estúpida peonza. Fue entonces cuando decidió que Kati se suicidara para castigarse, porque tenía miedo a seguir viviendo después de la muerte de Patrick. Pero ella no se iba a suicidar nunca, pensaba que el suicidio es la peor de las traiciones. Y comprendió a Judit, comprendió que se sintiera traicionada después del suicidio de Kati.

También comprendió la sensación nueva que experimentó Kati al conocer a Patrick, un hombre que tenía infancia y que tenía fe. Y que odiaba a los poderosos, como Alfred. Una vez se perdieron en el museo del Prado, y se iban reencontrando detrás de sus columnas para besarse. Como si quisieran fundirse el uno en el otro. Él se detuvo delante del cuadro en el que Saturno devora a sus hijos.

—Ésta es la imagen del poder —dijo Alfred—: es capaz de devorar a sus propios hijos con tal de conservarlo.

Con él amo al mundo, pensaba Norma. Sólo amando de esta manera puedo pensar en la Humanidad. Pero, al mismo tiempo, tenía terror a ser destruida. Y sentía la necesidad de explicárselo a Ferran, él lo entendería. Ferran es el amor que no destruye, se decía.

Y Norma no sabía si esta clase de amor, más reposado, más sereno, se acaba precisamente porque no hay destrucción. El feminismo no le había proporcionado los datos.

Su amor era tan grande que le parecía que tocaba la muerte con los dedos. La deseaba. Tal vez para nacer de nuevo. Como si regresase a los orígenes de sí misma, unos orígenes que desconocía. Se separaban, el beso cálido en los labios. Y tenía terror que sólo fuera un espejismo. Pero se reencontraban de nuevo, los dos cuerpos como antiguos conocidos, y Norma pensaba, eso es la belleza, sólo la belleza. Cuando Ferran lo supo y le dijo, me siento liberado, hace tiempo que quiero a otra mujer, Norma pensó que es tan difícil comenzar un nuevo amor como acabar con otro. ¿Por qué el amor es único?, ¿por qué tiene que sobrevivir enterrando a los demás? Advirtió que no estaba preparada para entenderlo. Había ido hasta el borde del abismo porque el abismo la atraía, pero no se atrevía a arrojarse a él. Alfred la dejaba, Ferran la había dejado y ya no se iban a reencontrar jamás. Envidiaba a Ferran, que era capaz de clasificar todos los afectos en cajones y no mezclarlos nunca. Que era capaz de volcarse en el trabajo intelectual y ordenar sus pasiones. Norma también habría querido separar todas las pasiones, pero éstas se mezclaban dentro de su cerebro y no había modo de convertirlas en un todo, sino que aparecían dispersas y confusas.

Un día estuvieron juntos hasta la noche. Cuando Norma aún temblaba y deseaba vivir con él las horas serenas que suceden a la pasión, Alfred le dijo, me tengo que ir, le prometí a mi mujer que cenaríamos juntos. Era la verbena del día de San Juan y Norma añoró las hogueras y los cohetes de Barcelona, que era una forma de añorar su mundo. Pensó, ¿es que esto no tiene más final que el de la destrucción? ¿Igual que el amor de Kati por Patrick? Si éste no hubiese muerto en el frente, ¿qué habría hecho Kati? Bebió más de la cuenta y salió sola por la ciudad extraña. Alfred estaba cerca, en un hogar, pero también estaba lejos, como las hogueras de la ciudad que Norma amaba.

Caminaba entre sombras, sentía un sabor agridulce al notarse extranjera de todo y, tambaleándose, pensó que era precisamente ahora cuando aprendía a sufrir. Sólo he escrito sociología barata, se decía. Natàlia tiene razón, hago literatura porque no sé vivir. No sabía lo que estaba haciendo en aquella ciudad, sin poder decidir, sólo esperando. ¿Esperando qué? ¿Volverse a encontrar? Sabía que Ferran estaba lejos, que hallaría en el cuerpo de otra mujer la ilusión perdida. Ambos mirarán las hogueras desde los terrados y hablarán de los cohetes que se adentran en la noche. O irán a una fiesta y encontrarán en ella a antiguos amigos comunes, amigos de Norma y de Ferran, y éstos aceptarán a la nueva mujer de Ferran como antes la aceptaron a ella... Había comenzado un camino frenético, sin límites, hasta el infinito, y no sabía quién la había impulsado ni cómo tenía que detenerse. Nunca le contaría esto a Natàlia, no lo iba a entender. Natàlia tenía la suerte de saber detenerse a tiempo, de no asomarse nunca al abismo, tenía el buen gusto de desaparecer sin arriesgarse.

Alfred siempre regresaba a su mujer, eso era un hecho. Después de destruirse mutuamente en la habitación gris y fría de un hotel, él se iba. Se iba, pero le decía que la amaría hasta la muerte. Palabras, palabras... Palabras que le gustaban, porque Ferran no las había dicho nunca. Volvía la idea de la muerte, del fin. Qué dulce acabamiento, desaparecer ahora en el vacío, en la nada. Habría querido hacerse muy pequeña, entrar en casa de Alfred y espiarle, ver cómo trataba a su mujer, sufrir cada vez que reían juntos o que la besaba... Una mujer que seguramente se agrandaba en los ojos de Alfred porque sabía esperar con paciencia. Y ella no tenía paciencia, quería vivir ahora mismo. Lo reclamaba como una adolescente. La esposa estaba dispuesta al sacrificio, incluso al de la ignorancia del engaño, a soportar cualquier cosa con tal que volviera a su lado todas las noches, abriese la puerta y le pregun-

tase, ¿qué has hecho hoy? Norma había elegido vivir
en la oscuridad, ¿de qué se quejaba? Pero, ¿lo había
elegido? Kati le dijo a Judit que ellas no habían elegido la guerra. Tampoco se elige el amor. Pero Natàlia
le decía que eso no era verdad, que si te enredas en los
sentimientos es porque los buscas.

Cuando regresaba a Barcelona ya no añoraba a su
ciudad: añoraba a Alfred. ¿Es que siempre hemos de
vivir con la nostalgia de lo que no tenemos?, se preguntaba, furiosa consigo misma. Después de haber acostado a los niños, escuchaba música. Pero el reencuen-
tro con sus escritos, con las cosas de casa, con su
mundo, no la calmaba. Esto es una locura pasada de
moda que ningún novelista moderno se atrevería a escribir, se decía. El enamoramiento no es político. Y tampoco es rentable. El enamoramiento no es una historia,
es una retahíla de emociones descontroladas. Una traición a todo, incluso al feminismo. Algo que no le interesa a nadie. Le pasa a mucha gente, decía Natàlia,
te crees protagonista de una relación que, hoy en día,
es habitual. Señora independiente que ama a señor casado. Y nada más. Pero Norma pensaba en los deportados de los campos nazis, en los que sobrevivieron gracias a que habían llevado consigo, como recuerdo, su
tiempo de amor.

—¿Cómo era un día en un campo de exterminio?
—preguntaba Alfred.

Y Norma se lo contaba.

«Pues llegaban a Mauthausen, por ejemplo, y les con-
ducían a las duchas para desnudarse. Se quedaban en
cueros, con un frío pelón. Venía el intérprete y les
decía:

»—¿Sabéis dónde habéis entrado? Esto es un campo de tercera categoría. ¿Sabéis lo que eso significa?
Quiero daros un consejo de amigo, porque he estado
en España y os tengo cierta simpatía. Si no queréis

morir de cualquier manera de aquí a tres meses, mirad hacia allá.

»Y los focos iluminaban las alambradas. Estaban llenas de cuerpos retorcidos, con las manos engarabitadas sobre los hilos eléctricos.

—»—Os lo digo de verdad —continuaba el intérprete—. Suicidaos, es lo mejor que podéis hacer. Si no, moriréis de otra manera, como los que están en el suelo.

»Y entonces se daban cuenta de que todo lo que había en el suelo, y que ellos creían humedad, no era humedad, sino sangre. Les llevaban a las duchas. Si se colocaban bien, debajo del surtidor, el agua a noventa grados les abrasaba y les hacía unas ampollas enormes, y si se apartaban, aquellos bandidos se encargaban de arrojarles agua helada con las mangueras. Después, les enviaban a los barracones. Por la noche, para hacer sus necesidades, tenían que pasar por encima de muchos cuerpos, de vientres, cabezas y narices, tenían que pisotear bocas. Dicen que siempre nevaba, los deportados sólo recuerdan a Austria con nieve. Y recuerdan el frío, tal vez porque no estaban acostumbrados... El trabajo comenzaba casi siempre entre grandes temporales de agua, atravesaban montañas de fango, de nieve sucia, sin cobijo, todos los días a la intemperie. Hacia la una, comían y bebían de pie, a toda prisa, mientras veían como el *Führerweiter* se tragaba un buen plato de patatas. En cuanto comían, otra vez al trabajo, aunque no habían pasado ni siquiera diez minutos. Por la tarde regresaban al campo, y entonces venía la formación.

»En la *Appelplatz* contaban los que habían muerto. Los que no podían resistirlo, caían allí y nadie los podía tocar. Todos los días llevaban a cabo tres interminables formaciones, controlados por los SS. Y no importaba el tiempo que hacía...»

Habían pedido unos cangrejos de río. Norma le preguntó:

—¿Quieres que te cuente cómo era un domingo en el campo?

—Sí... —Alfred se sirvió un vaso de vino blanco fresco.

—Pues verás... «Aquel domingo empezó como un día laborable. Limpiaron el barracón o hicieron lo que les pareció bien a los "señores" del campo. Después de comer, les dieron unas horas de descanso. La mayoría de los deportados se reunieron en la plaza. Se organizó un partido de fútbol entre rusos y yugoslavos. En una esquina, un boxeador español se preparaba para un combate contra un húngaro. El público se aglomeró a su alrededor, y los españoles animaron a su compañero. En la otra parte, un coro se dispuso a ensayar. Otros hacían cola delante del burdel. Los SS paseaban y les dejaban tranquilos. Y, en medio de todo eso, llegaban hasta ellos los alaridos de los que estaban encerrados en la cárcel...» ¿Sabías que había una cárcel dentro del campo?

—No...

—Los presos gritaban de frío y de miedo. Estaban a oscuras y no les daban nada de comer ni de beber. Al cabo de diez días, los que quedaban vivos se metían debajo de los muertos para calentarse.

Alfred apartó el plato de los cangrejos de río.

—Nosotros no sabemos lo que es el dolor —dijo.

—No, esa clase de dolor no sabemos lo que es —contestó Norma.

—Y todo eso, ¿lo han olvidado?

—No...

Alfred permaneció un rato sin decir nada. Después, como si lo estuviera pensando intensamente, dijo:

—Es imposible vivir sin olvidar.

Nunca fue a Mauthausen, ni a Ravensbrück, ni a Dachau, ni a Treblinka, ni... Y no quería ir. Eso era lo que pensaba Norma, tenía miedo a enfrentarse con la realidad. No sabía si escribir la novela de Kati y de Judit o seguir con los reportajes. Tenía miedo.

Escribir sobre el olvido. Sobre el olvido de todo

aquello que el cronista no ha vivido, que no ha presenciado, pero que ha sentido muy adentro. Hay que olvidar los campos nazis, hay que olvidar el amor.

«Olvidar el amor, olvidar los campos nazis que no he vivido, olvidarme de mí misma.»

Y querría escribir sobre el olvido, integrar al olvido en la vida cotidiana. Kati se suicidó porque no quería aprender a olvidar. Judit sobrevivió porque lo supo hacer. Era una cuestión de disciplina mental.

Gracias al olvido, la vida continúa, para bien y para mal. La angustia también reposa, tiene que reposar. Norma no quería vivir siempre en los límites. No quiero, no quiero, se repetía con la obstinación de una adolescente. Mauthausen, Ravensbrück, la guerra civil, los bombardeos, todo ese pasado que no había vivido pero que le habían hecho sentir como propio. No las ideas, sino las personas que conocía, convertidas en fantasmas que siempre tendría que acarrear consigo. El miedo de los años jóvenes, bajo el franquismo... Capacidad de olvido, todo un magisterio. Pero, ¿era justo olvidar?

Norma quería olvidar el episodio de Artur, cuando le dijo lo de las telarañas al salir de la cárcel. Olvidar las palizas y torturas de los compañeros, olvidar a los cinco fusilados de setiembre, dos meses antes de la muerte del general Franco. Olvidar a Germinal, el muchacho que quiso hacer de Flash Gordon.

Consideraba eso del olvido como un acto de voluntad. Al contrario que Natàlia, que pensaba en ello constantemente.

—Creo que, en el fondo, eres más sana que yo. O más superficial, no lo sé —le solía decir Natàlia.

Pero Norma sabía muy bien que las penas de los demás subsistían. Acaso las olvidaba, pero pervivían en una segunda capa, más lejana, más profunda. Norma tenía miedo que brotasen en el momento más inesperado. ¡Tantas historias que contar!

Hacía tres años que acabó la historia de los catalanes en los campos nazis, le habría gustado que fuese una etapa más de su vida como profesional, pero, ahora que se había enamorado de Alfred y que sólo quería vivir en los límites de la locura, volvían a su memoria candentes fragmentos de una tragedia que no había vivido. Como la historia del viejo deportado que se parecía a Louis de Funes. Tenía el mismo aire del actor francés, ese aspecto de huir de los malos espíritus, y unos ojos minúsculos y asustados que te horadaban como un berbiquí. Norma le escribió una carta correcta y distanciada: «Estimado señor: creo que la historia de la deportación de nuestros compatriotas tiene que ser contada, no la podemos desterrar de la memoria colectiva...» No tenía la menor idea de cómo sería la respuesta. Sabía muy poco de la deportación: películas francesas, de resistentes con gabardina estilo Jean Gabin, historias de judíos que avanzaban resignadamente hacia la cámara de gas, de criaturas con los ojos llenos de noche. De niños famélicos, escuálidos, con una tristeza inmadura. De esa clase de tristeza que se te pega al cuerpo como si fuese pringue.

Pero un día conoció a un escritor medio fracasado que había pasado cinco años de su vida en un campo de exterminio. Que de joven soñó, como ella, que algún día sería escritor. La guerra truncó su sueño y lo que vio en el mundo exterior fue tan terrible que ya no pudo volver atrás y recuperar los límites literarios entre la realidad y la imaginación. Apenas liberado, contó sus experiencias del campo nazi en una novela. La escribió en el exilio, lejos de su tierra. Intentó describir con palabras lo que significaba encontrarse perdido en un mundo de pesadilla. La novela apareció en castellano, porque el original catalán estuvo censurado durante mucho tiempo. Y cuando fue a presentar el libro en su ciudad, los falangistas le expulsaron a pedradas.

La lectura de la novela del ex deportado supuso para Norma la primera evidencia de la impenitente crueldad humana. Y, sobre todo, la de que el dolor es irreversible. Norma iba muchos días a ver al escritor. Hablaban durante largas horas. Y cuando anochecía, la oscuridad les engullía y se convertían en dos sombras dentro de una habitación llena de muebles de estilo funcional. Como si ambos, de un modo inconsciente, quisieran cobijarse en un gran útero. Oían el rumor de sus voces cada vez más lejano y menos verosímil.

—Pero, entonces, ¿no hay esperanza? —preguntaba Norma.

Se lo preguntaba al hombre que había decidido morirse por segunda vez. Tal vez había tomado tal decisión poco después de ser liberado del campo de exterminio. «¿No hay esperanza?», le repetía. Y él, vencido, no se atrevía a contestar. Quizá le hacía daño la inocencia de Norma, o ver que la muchacha desconocía el verdadero sufrimiento. Y Norma se sentía avergonzada de su juventud, de no haber atravesado todavía el umbral de lo que ya no tiene remedio. Era como si lo escupiese en la cara al viejo ex deportado.

—Eres demasiado joven, todavía —respondía el viejo.

(Ahora son las siete de la mañana. La isla, somnolienta, se despereza. El sol no ha salido todavía por la parte del faro. Una suave luz rosada cubre la montaña. Natàlia pierde el hilo de los recuerdos porque está siguiendo el vuelo solitario de una gaviota.)

Mientras trataba de escribir la novela sobre Judit y Kati, Norma pensaba en el viejo ex deportado, cuando éste la miraba y le decía, eres demasiado joven todavía.

En aquellas conversaciones, Norma comprendió que hay cosas peores que la deportación, que un campo de exterminio o que las cámaras de gas. Y una de esas cosas es la vida que tienen que llevar los ex deportados después que les liberan. Les miras a los ojos y te das cuenta que ya no hay nada que hacer. Nada contra las noches de insomnio, las alucinaciones, las escenas que se repiten todas las madrugadas, cuando los demás

227

no están, cuando el cuerpo y el alma de un ex deportado se concentran en un punto inesquivable e intransferible de la memoria. Les miras a los ojos y ves lo que significa haber emprendido un camino sin retorno. Cuando pensaba en su viejo amigo ex deportado, sobre todo ahora, al escribir la novela de Judit y Kati, Norma se negaba a hacer literatura. De aquel amigo que arrastraba consigo tanto cansancio de vivir, miope y con ojos de lechuza, Norma había aprendido unas cuantas expresiones caídas en desuso: «hambrear», «irse al pudridero»...

(Natàlia envidiaba a Norma porque podía escribir. Era como si ésta tuviera las llaves de algún cajón. Y ella se sentía aprisionada en la pequeña isla Aquella calma, Dios mío. El agua, que nunca parecía despertarse del todo, como sus habitantes, fatigados y medio dormidos, como la mujer del pescador, que ahora caminaba cargando todo el peso del cuerpo sobre unos muslos que quizá no acariciaba nadie.)

Su amigo el escritor explicó a Norma cómo era el campo. En la entrada, una gran fortaleza a medio hacer. El muro, construido hasta la mitad, y luego, la alambrada. «Fijaos bien —les decían—, sólo podréis salir de aquí de dos maneras: con el humo de la chimenea del crematorio o tiesos en la alambrada.» El ex deportado arrastra en su interior aquel mundo de espectros. Y ahora se lo transmitía: aquí tienes mi dolor, haz con él lo que quieras.
—Pero, ¿cómo lo soportabais?
—Soportar, soportar... No lo soportábamos. Lo primero que teníamos que hacer era olvidar el mundo de fuera, como si volviésemos a nacer al atravesar el portal. Tenías que convertirte en otro hombre. Acostumbrarte a la muerte, quererla, amarla.

Ella no era capaz de entenderlo, que personas como ella, que hablaban su misma lengua, con apellidos conocidos, personas como las que pasaban por la calle, que conversaban, y reían, y hacían todas esas cosas que solemos hacer todos los días de manera mecánica, hubiesen vivido en el umbral del infierno. El ex deportado, que tenía una sonrisa de cadáver, desgranaba sus recuerdos como si tuviese una enfermedad incurable.

—Allí morían tus amigos, tus conocidos, y tú te convertías en una piltrafa humana.

Y no sabían por qué les pasaba todo aquello. En la cantera, veían caer, día tras día, a sus compañeros, aplastados por una masa de rocas. Veían cómo la vida se escurría piernas abajo por la disentería, el hambre, el miedo, las torturas. Veían cómo algunos, a veces los más queridos, desaparecían dentro del camión fantasma, pintado de azul celeste. Veían cómo se quemaban los cadáveres, retorcidos por el calor, dentro del crematorio. Y no sabían por qué ellos eran los elegidos.

Norma bebía estas palabras como un cuervo.

—Hay que escribir todo eso, ¿me ayudarás?

Y los abatidos ojos del ex deportado le decían que sí. Pero, en realidad, el escritor, o el hombre que había soñado ser escritor, le mentía. Al regresar de la deportación, vio morir a la mujer que había amado. Pasó muchos años viviendo en solitario, hasta que un día decidió volver al gran vientre, al útero enorme y vacío que le iba a acoger definitivamente. Dejó el trabajo y se recluyó en su casa, lejos de todo el mundo. Buscaba un calor que Norma no le podía dar. Murió en verano —quizás había decidido que fuese así—, cuando los amigos estaban fuera, cuando la ciudad estaba desierta. Él mismo señaló su retorno al absoluto. Lejos de cualquier indicio o añagaza —un amigo, una conversación, una carta, una calle, una llamada de teléfono— que le hiciese desistir de la muerte. De cualquier hecho concreto que hubiera convertido su decisión en una trivialidad. Murió, pues, por segunda vez. De manera definitiva. Norma lo supo al regreso de unas vacaciones y entonces comprendió lo que significaba la impotencia.

A partir del ex deportado escritor, Norma comenzó a recorrer la espiral de la deportación. Conoció a deportados de toda clase: resentidos, confiados, recelosos, solitarios, afectuosos... A Villapalacios, por ejemplo, que entró en Mauthausen a los diecinueve años y salió de allí homosexual. Un hombre que se había rodeado de un clima refinado, que disfrutaba con la comida y que coleccionaba libros raros. Vivía en París, en una *chambre de bonne* muy atildada. Apenas entró, Norma olió el aroma de cera que desprendía el suelo. Villapalacios le enseñó a Norma con orgullo un auténtico Fortuny y los libros que coleccionaba: una *Divina Comedia* con grabados de Gustavo Doré, periódicos de la revolución de 1848, los viajes de Alí Bey, de comienzos del diecinueve... Mientras comían jamón de Parma y bebían vino de Chianti, Villapalacios le contó cómo le pervirtió el secretario de la oficina del campo, un SS drogado, salvaje y cruel, que más tarde sería ejecutado por los mismos alemanes. Villapalacios hizo que Norma oyese la historia de su deportación reproducida en magnetófono. Mientras escuchaba la voz, retórica y declamatoria, sobre un fondo musical, Villapalacios entornaba los ojos y movía la cabeza siguiendo el compás de sus propias palabras. Villapalacios no había querido volver nunca a Cataluña, «porque —decía—, todavía estoy enfadado». Un día le encontraron muerto en la *chambre de bonne*: tendido en la cama y envuelto en una bata de seda japonesa. Sobre la mesa, con candelabros y servilletas de hilo, se veían los restos de un banquete. Champaña francés, caviar gris y *pâté* de Normandía. Había dejado el magnetófono en marcha y murió escuchando su propio relato: «cuando entré en Mauthausen, comprendí el infierno de Dante...». Los dibujos de Gustavo Doré yacían a su lado.

Por mediación de Villapalacios conoció al ex deportado que se parecía a Louis de Funes. Primero contestó a la carta de Norma, poniendo detrás de su nombre un signo de admiración en lugar de dos puntos, a la alemana. Le decía en la carta que estaba dispuesto a ayudarla en todo, «aunque pronto se dará cuenta —le escribía tratándola de usted—, que los deportados estamos todos chiflados». Norma hizo un viaje a París para que le proporcionase datos. El amigo escritor le había dicho, puedes fiarte de él. Quedaron en la Porte de Saint Denis, a las nueve de la mañana de un domingo parisiense nublado y frío. Le esperó una hora, y cuando ya estaba a punto de marcharse, apareció un hombre de mejillas tirantes, ojos como espadines, nariz de judío y cabello blanco. Tenía aspecto de estar enfadado, era bajo de estatura y caminaba con pasos cortos y rápidos. Llevaba una gran cartera.

—Habíamos quedado en la otra Porte, en la Porte de Saint Martin —le dijo, muy indignado. Pero, de repente, se detuvo para reflexionar:

—¿O no? ¿Habíamos quedado en la Porte de Saint Denis? Quizá sí, ¿verdad?

Y cuando Norma fue a hablar, él dijo:

—Ya lo ve: casi no coordino.

Y comenzó a andar hacia delante como si fuese solo. A ella le costó trabajo seguirle. Por fin, entraron en un bar. El hombre le dijo al camarero: «*Je suis étranger et la mademoiselle aussi.*» Norma comprobaría después que decía lo mismo en todas partes. Se sentó y sacó de unas carpetas forradas de plástico un montón de listas escritas con letras de mosca. Letras y números minúsculos, alineados en un orden perfecto. Papeles pulcrísimos.

Norma observó al ex deportado. Era un hombre de carácter sanguíneo, nervioso, con la presión alta. De unos sesenta años, extremadamente educado y correctamente vestido. Tenía unos anchos hombros y su pinta era la del oficinista que ha trabajado toda su vida en la misma empresa. Hablaba un catalán esmerado, de antes de la guerra, como si lo hubiera conservado intacto dentro de una bola de cristal. Tenía una nariz de pájaro, con las ventanas abiertas y el cartílago un poco desviado. Después le contó a Norma que lo tenía inclinado porque un SS le había arrojado a la cara una máquina de escribir. También se le notaban unas pequeñas cicatrices en el labio superior. Al reírse se ponía colorado y alzaba los hombros como un niño que cuenta una fechoría. De repente se tapaba la boca y trataba de contar lo que él llamaba «una historia verde». Arrastraba por todas partes la enorme cartera y le gustaba demostrar que lo sabía todo. Era una mezcla de sentimental y desconfiado, y se enternecía con facilidad, sobre todo si se le trataba bien. Su cerebro estaba perfectamente ordenado, una máquina de informática.

El ex deportado, como un burócrata consciente de su tarea, colocó las listas de los muertos sobre la mesa de mármol. No faltaba nadie: el nombre, la fecha de entrada en el campo, la fecha de traslado al campo anexo, el número de matrícula, la fecha de la muerte. Nombre tras nombre, decenas, centenares, millares de nombres que habían nacido y vivido durante sus primeros años, hasta la juventud, en un montón de parajes de Cataluña y del resto de España. Y que habían ido a morir en un pueblecito de Austria, en uno de los lugares más hermosos del valle del Danubio. Nombres desconocidos que no existían para la Historia. Nadie les reclamaría. No tenían cuerpo, no tenían cadáver. No tendrían un nicho donde ser enterrados, ni una lápida individual. Ni flores. Nada. El silencio después de la muerte, que es el silencio total. Nombres que acaso quedaban en alguna presencia perdida, en alguien que les amó y que aún les recordaba. Luego, con la desaparición de esta presencia, el vacío.

El deportado que se parecía a Louis de Funes disfrutaba enseñándole las listas, encuadernadas con una cubierta de plástico. Sólo hablaba de listas, de archivadores, de expedientes, que conservaba desde hacía tiempo en la cartera. Y la cartera la guardaba en un armario cerrado con llave. Tenía la manía de la fidelidad histórica, decía, y lo demostraba corrigiendo cualquier dato mínimo de otro ex deportado. Incluso se vanagloriaba de escribir con absoluta fidelidad los nombres alemanes de la época de la deportación. Su casa estaba llena de libros y de papelotes, sobre todo de polemología, su obsesión.

Conservaba los papeles hasta que llegase alguien y se los pidiese. Miró a Norma:

—A usted se los dejo.

Norma sintió que las orejas le quemaban. ¿Ese alguien era ella, que había nacido un año después que los campos fuesen liberados, que no tenía ningún pariente que hubiera padecido la deportación y que sólo sabía que existían los campos de exterminio gracias a algún reportaje y a algunas películas, pocas, que llegaron a su país durante el franquismo?

—Verá usted, es que he pensado escribir un libro sobre todo eso.

Él la miró con aire de enfadado:

—La verdad, no la sabrá nunca.

—Puedo intentarlo.

Y el viejo deportado, receloso y con su habitual aspecto de enfurruñado, la ayudó como nadie. Le dejó todas las listas, los testimonios de un juicio celebrado recientemente en Colonia contra un SS. El SS fue indultado porque tenía una úlcera de estómago, a pesar de que el deportado que se parecía a Louis de Funes fue su principal acusador, pues le había visto cómo obligaba a judíos desnudos que se sentaran sobre una candente estufa de carbón.

Le dio cartas de otros deportados, le presentó todos los testigos que necesitaba, no le ocultó nada. Le contó todo lo que sabía. Pero no dejaba de repetirle:

—La verdad, no la sabrá nunca.

El día en que se vieron por primera vez, el antiguo deportado se puso a cantar sin venir a cuento. Le dijo que había sido «boy scout» y que le habían investido como guía. Recordaba innumerables canciones folklóricas y poesías pasadas de moda. Decía que se acordaba mucho del monasterio de Montserrat y le gustaba cantar el *Rosa d'abril*. Cuando entraba en un bar, siempre le decía al camarero: *je suis étranger et la mademoiselle aussi*. Era un marginado. No entendía la sociedad francesa, la repudiaba, pero se había nacionalizado francés. Estuvo recluido varias veces a causa de crisis mentales. Era un hombre extraño, agresivo por complejos e inseguridades remotas, y nunca se cansaba de hablar de su trabajo, ordenado y minucioso, en la oficina política del campo de Mauthausen. Sin embargo, un día, el viejo deportado fue más lejos. Le contó a Norma toda su historia, desde la infancia.

Era valenciano y había llegado a Cataluña cuando tenía tres años. Su padre, autoritario y patriarcal, era un fiscal de la Audiencia que se había casado con una terrateniente de Asturias muy rica. Dejó a su mujer y se fue a San Lorenzo del Escorial y, como hablaba griego, llegó a ser muy amigo de la reina María Cristina, que entonces no hablaba el castellano y, en cambio, conocía muy bien el griego. La reina le regaló muchos libros con su dedicatoria.

—Libros que luego he vendido —decía el deportado.

El fiscal fue a Valencia y allí conoció a una muchacha treinta y tres años más joven que él. Tenía diecinueve. Vivió con aquella muchacha y le hizo tres hijos. Era la madre del deportado. El fiscal era poeta y decía que «la poesía escrita puede desaparecer, pero mientras un hombre y una mujer se amen, siempre habrá poesía». Después se fueron a Barcelona, y el fiscal puso todo su interés en ocultar el hecho de que vivía con una mujer sin estar casado con ella. Un día, cuando el deportado tenía seis años, se perdió en la calle de la Bocaría y un ujier del Ayuntamiento, que sabía que era hijo del fiscal, le llevó a la Audiencia. Cuando el padre llegó, el ujier le dijo:

—Señor fiscal, aquí tiene a su hijo.

—¿Mi hijo? ¡No! Es el hijo del ama de llaves.

Y el viejo deportado le dijo a Norma que no se lo había perdonado nunca. Hacia 1928, asesinaron a una prostituta del barrio chino. La encontraron en un hoyo, en un oscuro callejón, y no se sabía si la habían echado allí después de narcotizarla. El fiscal ordenó que le hicieran la autopsia y que se abriera una investigación. Descubrió en seguida que el asesino era un teniente del Ejército, hijo de un capitán general. Intentaron tapar el asunto, pero el fiscal ordenó que le metieran en la cárcel. El general Primo de Rivera llamó al fiscal a Madrid y le pidió que dictase una orden para ponerle en libertad. El fiscal se negó y Primo de Rivera dijo que divulgaría por todas partes que vivía con una mujer que no era la propia y que había tenido con ella tres hijos naturales. De lo contrario, tenía que dejar de ser magistrado. Y el deportado le contó a Norma que vio que su padre lloraba, pero que no quiso poner en libertad al teniente culpable. Lo destituyeron y el otro fiscal dictó la orden de libertad.

Pero también recordaba el deportado que su padre había dictado sentencias de muerte contra los anarquistas. Y que, una vez, un anarquista murió reventado por una bomba que llevaba encima cuando iba en moto. El cuerpo quedó aplastado en la pared de un edificio oficial y los miembros deshechos lo salpicaron todo. El fiscal, que odiaba a los anarquistas, llevó a su hijo para que viera el cadáver incrustado en el muro.

—Mira, fíjate, fíjate cómo mueren —le dijo con la voz llena de rabia.

Y el deportado pensó que así morían los hombres de verdad.

—Mi padre siempre me decía que yo acabaría igual, que moriría en la cárcel —dijo—. Al fin y al cabo, no se equivocó mucho. En el campo, cuando los alemanes nos contaban, no decían «tantos hombres», sino «tantos trozos». Sólo heredé de mi padre la pasión por las mujeres... La prostitución, aunque hayan dicho que es una tara del capitalismo, es la única salida de afecto. La única vía de amor que se puede permitir un hombre como yo.

Hacía dieciséis años que su mujer no quería dormir

con él. Así que le encerraban de vez en cuando en un sanatorio mental.

—Porque también está el sexo. El hombre necesita el equilibrio del cuerpo y del cerebro. Apaciguar el cuerpo y mantener la conciencia tranquila.

Una de las veces que estuvo en una clínica psiquiátrica conoció a una mujer italiana muy guapa, de unos treinta años.

—Aquella mujer estaba mal de la cabeza y un día me decía que tenía un marido ruso y que ella era una espía soviética y al otro día me decía que estaba casada con un polaco y que ella era agente de la *intelligentzia*. Un día me dijo que quería hacer el amor conmigo. ¿Por qué?, pregunté yo. Pues porque te han operado de la próstata y no corro peligro de quedarme preñada. Otra vez, en una asamblea de enfermos, el médico nos preguntó si teníamos algo que decir. La italiana se levantó y, de un modo nada violento, dijo que hacía un año que estaba encerrada sin su marido. Y que, para sus equilibrio, necesitaba un hombre. Dijo, eso lo puedo conseguir con un enfermo y, si no lo considera recomendable, con usted mismo. El médico desapareció y, al cabo de unos cinco minutos, volvió con dos enfermeros que le pusieron a la italiana la camisa de fuerza.

El deportado añadía que le gustaría mucho que hubiese en Francia asistentas sexuales, como en Suecia.

—Y es que podemos hacer el amor con una puta de un modo elegante. Yo lo he hecho con una mujer que tiene un piso para ella sola y que lo hace con delicadeza. Es fina, muy fina.

—Debe de haberle pagado mucho —decía Norma.

—Como decía mi padre, también hay que pagar la presentación del plato.

El deportado miraba a Norma con su gesto de enfadado:

—Así que ahora quiere usted hacer un libro sobre nuestra deportación y nos va a idealizar. Dirá que éramos héroes. ¿Y si yo le dijera lo contrario? No me haría

236

caso. La historia de los vencidos sólo se puede contar de una manera. Además, los anarquistas y los comunistas, que no se pueden ver, se pondrían rabiosos. Pero el primero que me pegó una paliza en Mauthausen fue un compatriota mío. Era un muchachito de dieciséis años que quería obtener los favores del *kapo* del barracón. Pegándome a mí consiguió ser el amante del *kapo*. Y, después, el club de los cornudos... Seguro que nadie le ha hablado de eso...

—No —dijo Norma.

—Pues, una vez, un español recibió una carta de su mujer en la que ésta le decía: «Después de tres años de no saber nada de ti, he tenido que espabilarme para dar de comer a los tres hijos. Ahora hay una cuarta boca...» El hombre se quería suicidar y fueron nuestros compañeros los que hicieron circular la carta y fundaron el club de los cornudos. ¿Qué le parece?

La historia que contaba era la otra cara de la narración de su viejo amigo el escritor. Y Norma no tenía los suficientes datos para saber cuál era la cierta. Tal vez el escritor murió porque creía en la esperanza. ¿Y en qué creía el ex deportado que había guardado durante años las listas de los compañeros muertos, esperando que alguien se hiciera cargo de ellas? Norma se dio cuenta que estaba idealizando lo que no había vivido y también la vida de los republicanos vencidos por el franquismo. Pero necesitaba creer en esas cosas. Era demasiado duro tener que admitir que la realidad no era lisa y blanca del todo.

—La verdad, no la sabrá nunca —le repetía el viejo ex deportado.

Tampoco sabría nunca cómo acabaron Marie y su hombre, el valenciano Bartomeu Sendra. Dicen que Marie era una mujer alta y morena, inteligente y alegre. De origen vasco, llegó a Barcelona durante la guerra civil y trabajó en el Consulado soviético. Siempre rodeada de una hueste de chicas jóvenes, ejercía con ellas las dotes de una maternidad frustrada. Sacaba comida de donde podía y organizaba pequeñas fiestas en las que, según recuerdan las supervivientes, se reían mucho. En Francia se enroló en la resistencia y fue a parar a Ravensbrück. Los libros franceses apenas dedican cuatro o cinco líneas a las actividades de Marie en el campo. Las razones de ese silencio, pensaba Norma, seguramente estaban en la actuación de su marido. Sin embargo, las antiguas compañeras de Marie recordaron ante Norma su sonrisa dentro del *Block*, cómo protegía a las más débiles, cómo las instruía políticamente y cómo repartía longanizas y miel en barra a las enfermas. Pero aquí no interesa la actuación solidaria de Marie en el campo, sino lo que sucedió después. Y lo que sucedió después formaba parte de la verdad que Norma nunca iba a descubrir.

Marie volvió de Ravensbrück convertida en una heroína. Su marido no. Bartomeu Sendra fue torturado por la Gestapo y denunció a sus compañeros. En el campo de Dachau conoció lo que significa la soledad de los traidores. Por su culpa, algunos jefes de la resistencia desaparecieron en la deportación. Al regresar, todo el mundo le hizo el vacío.

Marie se puso a trabajar en París como planchadora. Mientras los vahos y la humedad del vapor enrojecían su piel, procuraba olvidar la imagen de Bartomeu, sentado en una silla, los hombros hundidos, con las manos sueltas entre las piernas. Día tras día le dejaba en esa postura y así le encontraba luego. No permitieron que Marie volviese a militar. La esposa de un traidor es la esposa de un traidor. Arrastraba las secas piernas por los interminables pasillos del Metro de París, sin saber para qué y contra quién resistía. Ni Norma ni la Historia iban a saber nunca lo que entonces pasaba por la mente de Marie. Trabajaba en el otro extremo de París y todos los días se encontraba con rostros que comenzaban a olvidar la guerra. Todo empezaba de nuevo. El sudor de la gente que se amontonaba en las bocas del Metro, aquel olor que atormentaba su nariz, era un signo del retorno a la normalidad. Quizás apretaba fuertemente los párpados para que le viniese a la memoria el verde suave que lamían las olas de las playas vascas. O quizá quería recordar cómo se reía en sus años jóvenes. O no recordaba nada. Tal vez el alfa y el omega de su vida se circunscribían en la figura lacia, derrumbada, yerma, que había dejado en la *chambre de bonne*. Los empujones la llevaban de un lado a otro y seguramente se abandonaba a ellos, como los guijarros que ruedan confiados en las márgenes de los ríos. Los días se amontonaban, cada uno igual a los demás, tan semejantes que Marie no debía de saber cuándo acababa y cuándo comenzaba la semana. El vapor de la plancha le quemaba las mejillas y le enturbiaba la vista, haciendo un círculo húmedo alrededor de sus ojos. Planchaba el almidonado con la mirada perdida, pero no era fatiga lo que sentía, sino más bien una mutilación interior que ella aceptaba sin proponérselo. Las cartas de las amigas de Ravensbrück le fueron devueltas, y quiso creer que el silencio de sus compañeras era debido a la diáspora y la dispersión, y no a su condición de mujer de un traidor. En el partido le dijeron, estudiaremos tu caso, pero, ya sabes, estas cosas van despacio, y no es que vayamos a tener en cuenta el comportamiento de tu marido... Pero Bartomeu era un expulsado, un expulsado total. Y en el Metro apretaba fuertemente los párpados para recordar los prados de la infancia y olvidar, si podía, la cara de odio de Mimí, antigua compañera y amiga, el día que volvió de Ravensbrück. El marido de Mimí había sido torturado en los calabozos de la Gestapo y su cuerpo desapareció en la fosa de los sin nombre. Y Mimí tuvo que decirle que había sido su marido, Bartomeu, quien denunció al compañero. Y Mimí tenía razón, pero también la tenía Marie al defender el miedo y la traición de Bartomeu.

Tal vez no tuvieron que decirse muchas palabras, el día en que Marie y Bartomeu lo decidieron. Todas las tardes, cuando Marie regresaba del trabajo, ponía un cazo de leche a calentar y se sentaba, a oscuras, al lado de Bartomeu. Todo debió de ser, pues, muy fácil. Dejar que la leche subiese poco a poco, reconocer el rumor hasta que se vertiese, esperar a que la leche apagase las llamas azuladas. Esperar, sin otra compañía que la de los latidos de sus corazones. Las horas debieron de transcurrir muy lentas. ¿O tal vez no? Tal vez todo fue más rápido. Sólo había que desconectar el tubo de goma y dejarlo suavemente sobre el suelo de madera. Cerrada la ventanita de la *chambre*, sólo las pisadas de los que se levantaban para ir al wáter del rellano. Tal vez se cogieron las manos. O las dejaron sueltas, pensando que la muerte uniría lo que la vida había separado.

Hubo tres versiones sobre su muerte. Los que tuvieron piedad, insinuaron que se trataba de un accidente. «Habían envejecido tan de prisa, Marie tenía mala cara, Bartomeu parecía tan desmejorado...» Los enemigos políticos hicieron correr la voz que había sido un asesinato. «Sabían demasiadas cosas, eran unos herejes, les ejecutaron...» Los antiguos compañeros dijeron que se habían suicidado. «Ya se sabe, ése es el final de los traidores, de los derrotistas, de los que no tienen moral...»

Norma le preguntó al ex deportado cuál era la verdad de lo sucedido, y él se encogió de hombros.

—Más vale no menearlo. Hay muchas cosas como ésa. La verdad, ya se lo he dicho, no la sabrá nunca.

De este modo convivía con las penas de los ex deportados. «No podemos ser cuervos con problemas de conciencia», pensaba Norma. Y envidiaba a otros colegas, a otros periodistas, que describían la realidad lo mismo que el médico forense manipula el cuerpo de un muerto. Desde fuera, sin comprometerse con el cadáver más allá de lo estrictamente necesario para la ciencia y, en este caso, para la Historia.

—Desde que me liberaron —contaba el ex deportado a Norma—, he visto en sueños cómo mis hijos sufrían en sí mismos todo lo que yo padecí en el campo.

Y Norma anotaba. O se cuidaba de que el magnetófono funcionase, de que la cinta estuviera virgen, o veía cómo oscilaba la pequeña aguja durante el recorrido verde. La Historia es una pesadilla, pensaba, y tengo que librarme de ella.

A la casa de la hondonada llegaban las cartas que Natàlia escribía en la isla. Apenas hablaba de los últimos días que pasaba con Jordi Soteres. Sólo insistía para que Norma acabase la historia de Judit y de Kati. «Tú me hiciste a mí (a medias, todo hay que decirlo) en tu segunda novela. ¿Por qué no amplías la historia? ¿Por qué no intentas tocar los puntos que se te escaparon?», le decía en una carta. Y Norma se daba cuenta que no podía escribir la historia con inocencia, desde fuera. Se mezclaban en ella algunos aspectos de su propia vida que no podía rehuir. Si acaso, se la podía inventar. Inventar de nuevo totalmente el personaje-Kati y el personaje-Judit. Pero no podía manipular las notas de Judit y las cartas de Kati. Le parecía una profanación. Sin embargo, Natàlia acusaba a Norma de ser falsamente escrupulosa, de buscar la invención de personajes porque le daban miedo los de la vida real. «No sabes ver la complejidad de la gente que te rodea», le decía en otra carta. Quizá Natàlia no se daba cuenta, pensaba Norma, que muchas de las cosas que escribía no significaban otra cosa que su obsesión por hacerse entender, con el fin de que se comprendiera lo que les sucedía a las dos, a Natàlia y a Norma. Norma veía las partes oscuras de Natàlia, su deseo de posesión, sus celos, a pesar de no haber pasado por el matrimonio, a pesar de que despreciaba a las mujeres que tenían hijos. Natàlia no quería relacionarse con otras mujeres, quién sabe si por temor a descubrir todo lo que ella tenía de convencional. Norma le pedía datos sobre la relación entre Judit y Kati. ¿Era amor? ¿Era amistad? ¿Era la síntesis de ambas cosas?

—Es asunto tuyo —respondía Natàlia.

—Pero, ¿cómo puedo inventarme una relación así si nunca he vivido nada parecido?

—¿Es que tienes que haber vivido todo lo que escribes? —decía Natàlia—. ¿Quieres ser todos los personajes a la vez?

—Lo que te pasa, Natàlia, es que no has hecho nunca de mujer de alguien, y no puedes entender a las que todavía lo son.

—Yo no *hago de* mujer. Yo lo soy.

—Lo has sido de Jordi Soteres, durante cuatro años has vivido su vida...

—No es verdad, mientes —se indignaba Natàlia—. He vivido a su lado, pero he seguido siendo yo misma.

—Todos cambiamos cuando vivimos al lado de otra persona, cuando amamos. Los hombres también.

—Yo no, yo no...

—A veces pareces un entomólogo de ti misma —le reprochaba Norma—, te observas como si fueras un insecto con el fin de controlarte y de no descubrir tus partes vulnerables.

—¿Qué sabes tú? No eres Dios, Norma.

Natàlia tenía razón. Ella no era Dios. No podía decidir el final de nadie, la historia de nadie. Ella no era los demás. Pero podía escribir, y llevar consigo a Alfred y a Ferran. Y al viejo deportado. A todos los personajes.

Le quedaban pocas páginas para acabar el manuscrito de Judit y Kati cuando, una noche, Alfred la llamó por teléfono:

—¡Por fin te encuentro! ¿Qué haces ahí?

—Me he encerrado para escribir.

—Necesito verte, Norma.

—¿Es que te han dado un día de permiso? —la ironía le hacía daño.

—Sabes muy bien lo que pasa...

—Sé muy bien lo que pasa. Y no tengo ganas de verte.

—Norma...

—No quiero verte más, ¿me entiendes?

—Yo te quiero, Norma. Pero no puedo dejar a mi mujer. Me necesita.

Norma colgó y se quedó un largo rato mirando el teléfono como si quisiera traspasarlo. Que llame, por Dios, que llame. Acababa de colgar el aparato y ya se arrepentía. ¿Es que tenía que arrepentirse en seguida de cualquier cosa que hiciera? El teléfono continuaba mudo. Ahora llamará y le diré que le amo, que le quiero ver. De pronto, el teléfono sonó y Norma se precipitó a descolgarlo. No, se dijo, que no note que le esperaba. Dejó pasar cuatro, cinco, seis llamadas y, finalmente, lo cogió. Era el ex deportado que se parecía a Louis de Funes:

—¿Norma? ¿Es usted, Norma? —se oía una voz apagada.

—Sí...

—Le llamo desde París. No me abandone, se lo ruego.

—¿Qué le ocurre?

—Creo que voy a morir de cáncer. Mi mujer no quiere saber nada de mí, me ha echado de casa. Mis hijos están en el extranjero. Me gustaría verla. ¿Vendrá a la inauguración del cementerio de los republicanos que murieron en el exilio?

Norma apenas escuchaba al hombre que le dio todo lo que guardaba en el armario, el tesoro de datos y de cifras para que alguien pudiera escribir el libro sobre la deportación. Se irritaba, porque el tiempo pasaba y quizás Alfred trataba de telefonearla desde una cabina, esperaba la llamada y perdía la paciencia. Quería olvidar el sufrimiento del mundo, sólo ansiaba la llamada de Alfred, decirle que quería verle. Quería olvidar a todos los ex deportados, los campos de exterminio, las chimeneas del crematorio, las cámaras de gas. Borrar las imágenes espectrales, los montones y montones de cadáveres alineados como monigotes de goma. Borrarlo todo, y oír únicamente la voz de Alfred. Borrar la soledad del ex deportado.

—Lo que más me gusta de ti —le dijo una vez Alfred después de hacer el amor— es tu pasión por la vida. La amas de un modo casi hedonista, con procacidad. Sabes transmitir ese amor a los que te rodean, enriqueces a los demás con tu pasión.

Norma miró los ojos de Alfred, aquellos ojos que herían, como los de Patrick, y, haciéndose la entendida, contestó:

—Es cuestión de aprendizaje.

Mentía, sabía que mentía. ¿Pasión por la vida? ¿Por los demás? Era cierto que no soportaba el sufrimiento de la gente. Pero también era verdad que se libraba de él en cuanto podía. Y ahora tenía mucho miedo a pensar que, si aquel amor se destruía, volvería a escribir sobre la Historia, sobre el pasado. ¿Era un refugio, o acaso expiaba algún pecado? Dios santo, pensaba, ¿por qué no son compatibles el amor a las personas y el amor a la Humanidad? ¿Tendría que hablar del sufrimiento de los demás cuando el olvido hubiese vencido a su pasión? Los escritores somos como cuervos, pensaba, y a falta de tema... No, no estaba preparada para asumir ambos amores.

—Le ayudaré, no se preocupe —le dijo sin convicción al antiguo deportado—. Ya verá como no es nada, seguro que no está tan enfermo como usted cree.

Lo quería creer. Intentó convencer, sin éxito, al viejo solitario que, desde el principio, le había dicho:

—La verdad, no la sabrá nunca.

Pero quería colgar. ¿Y si Alfred trata de llamarme y ve que comunico? Pero el anciano no dejaba de hablar, como si ella le ayudase a vivir sólo con estar al otro lado del hilo telefónico.

—¿Vendrá, entonces, al cementerio?

—No lo sé... Tengo mucho trabajo. Ya le llamaré.

El viejo notó su frialdad y no tardó mucho en colgar. ¿Por qué soy así?, se preguntaba. Yo, que no entendía a Ferran, que le reprochaba que dejase morir solo a Germinal... También lo hago yo, se decía. Pero Ferran, por lo menos, sabía dar la medida justa a cada amor. Ella no, ella mezclaba todas las pasiones en una sola. Y creía que había fracasado en todas. Envidiaba a las lesbianas. Recordó cuando fue a una cena que se daba en honor de una escritora francesa. Discutieron mucho sobre el amor entre mujeres. Norma y Natàlia se oponían a la idea. Era una discusión inflamada, hablaban llenas de excitación. La francesa dijo:

—Nosotras tenemos muchas ventajas sobre las mujeres heterosexuales. No tenemos que establecer ninguna clase de alianza con el enemigo, que es el hombre. Nuestro mundo es exclusivamente un mundo de mujeres y nos sentimos muy a gusto en él.

Pero Norma no podía ponerse al margen del mundo del ex deportado sin sentirse culpable. Como no se había querido poner al margen del mundo de Ferran. Ni del de Germinal. De todos los hombres que habían perdido a lo largo de la Historia. Sin embargo, le era más fácil amar a los hombres en abstracto que a los hombres en concreto. Así que amaba a uno, como a Alfred ahora, se iniciaba una lucha extraña, los contrarios se enfrentaban, el deseo de libertad y el deseo de ser poseída.

—Ahora eres mía, eres mía —decía Alfred cuando llegaban al momento culminante del amor.

—Yo no soy de nadie, de nadie, ¿entiendes?

Lo anhelaba y se rebelaba por ello. Alfred la miraba desconcertado:

—Yo también quiero ser tuyo...

—Nunca seré objeto de ningún hombre...

Pero habría vuelto a hacerlo, una y otra vez. Hasta ser arrasada. Hasta desaparecer.

«Nunca seré objeto de ningún hombre», lo había sido una vez y ya era suficiente. Nueve meses en el papel de mujer de preso, nueve meses al otro lado de las rejas sin decir nada, nueve meses en los que vivió recluida, acorralada, manteniéndose fiel. Un tiempo sin movimiento, sólo la acción para hacer ver que era una compañera que no se dejaba abatir, siempre a punto, éste era el papel que la resistencia antifranquista exigía a las mujeres de los presos. Esperando el momento de ofrecerse al hombre que estaba al otro lado de las rejas. Para él, sólo para él, acumuló durante nueve me-

245

ses toda la tensión de su cuerpo, las noches densas y vacías, las madrugadas en las que había que inventar, de nuevo, la esperanza. Como una condenada se había pasado nueve meses en capilla, pensando que el indulto llegaría en el momento en que se le pudiera ofrecer.

Y no sólo le ofreció su cuerpo, sino el miedo, el asedio en que había vivido. Pero Artur se desnudó a toda prisa y se coló en la cama. Ven, le dijo a Norma. A ella le habría gustado hacerlo con calma, poco a poco, como en un ritual. Se sumergió entre las sábanas esperando el beso.

Si et quedava enyor, besa de nou
que la vida és comptada... (1).

Artur no decía nada, manejaba su cuerpo como si fuese una máquina, sin haber aceptado el ofrecimiento. Ignoraba el deseo de Norma, que no era solamente físico, sino también moral. Artur la penetró en seguida y, al ver que le costaba entrar la primera vez, exclamó riéndose:

—¡Tienes telarañas!

Después se lo contaría a sus amigos. ¿Sabéis? ¡Norma tenía telarañas de tanto esperarme! Y pensaba en ello ahora, precisamente ahora, no en aquel momento. ¿Por qué tardan tanto tiempo en venir las cosas que hacen daño?, se preguntaba. Tal vez, de un modo inconsciente, se lo hizo pagar a los otros hombres que la amaron. No recordaba dónde había leído que todos tenemos dos memorias: la pequeña memoria, que sirve para recordar lo que es pequeño, y la memoria grande, que sirve para olvidar lo que es grande. Y ahora quería destruir un amor, que todavía era presente, y real, por culpa del pasado. No había sido capaz de soportar la circunstancia cuando el amor llegaba de verdad. ¿Por qué llegaba siempre a destiempo? Eso fue lo que le

(1) Si te queda añoranza, besa de nuevo / que la vida es corta...

246

pasó a Kati. Su amor por Patrick le había llegado demasiado tarde. Y, cuando el amor llega fuera de tiempo, sólo la muerte lo puede solucionar.

Los sufrimientos del pasado no desaparecen nunca, pensaba, a veces parecen vigías que se duermen, pero siempre se despiertan cuando menos lo esperas. Y te vuelves irracional, agresiva. No puedes evitarlo.

—No soy de nadie, de nadie, ¿entiendes?

Los ojos de Alfred se perdían como antes se habían perdido los de Ferran. Había sido cruel con Alfred al decirle que no le quería ver, pero, cuanto más cruel era, más sufría. No podía contenerse. Norma se dejaba arrastrar por los negros caballos del resentimiento que, en su frenético galope, le relinchaban:

—¡Tienes telarañas!

El preso le había hecho sentir, como un clavo remachado una y otra vez, la inutilidad de su ofrenda. Y las nuevas palabras de amor llegaban deformadas por su resentimiento. Nunca pasamos la factura en el momento preciso ni a la persona justa, se decía. Todo es un error en las cuentas. El teléfono no sonaba. En el silencio de la casa, sólo oía las últimas palabras de Alfred:

—Yo te quiero, Norma. Pero tampoco puedo dejar a mi mujer, me necesita.

Todo amor es compromiso, le habían enseñado la religión y la política. ¿Compromiso con quién? ¿Con el pasado? Alfred estaba casado, pero la amaba, de eso estaba segura. ¿Qué más quería? ¿No había dicho en más de una charla sobre feminismo que los hombres abandonan a sus mujeres en cuanto encuentran otra que las sustituya? ¿Cuando ya no necesitan a la esposa? Había encontrado un hombre responsable. Un hombre que no soportaba el dolor de la esposa, que se había propuesto ayudarla, no abandonarla, que se había propuesto no salvarse solo. Y ella competía con este dolor. ¿Competía para qué? ¿Para volver a comenzar a su lado una relación que acabaría muriéndose lentamente, con la agonía de la convivencia? Sabía que no podría soportar la vida doméstica con él, lo de pagar el recibo del gas, de preocuparse que la nevera estuviese llena. Lo de sacar la basura todas las noches. No, eso lo hizo con Ferran y, cuando el amor se agotó, sólo quedó el recuerdo de la basura y de los recibos que tuvieron que compartir. Con Ferran fueron demasiado lejos: la vida exterior, el pretendido amor a la Humanidad, les distanció hasta convertirse en dos soledades paralelas.

Ferran... Ahora que ya no estaba a su lado, Norma pensaba en él como en un hombre que vivía perplejo ante el mundo de los sentimientos. Norma se había sumergido en ese mundo y Ferran no podía seguirla. Ferran no sabía expresar con palabras lo que sentía, Alfred lo hacía y entonces ella se distanciaba de él y temía las palabras. No quería vivir con Ferran, no quería volver con Alfred, pero tenía terror a vivir sola. No conseguía entenderse. ¿Estaría en los límites de la locura?

—¡Tienes telarañas!

Ella no era de nadie. Así lo entendió Ferran. Eres libre... ¿Libre? (Pero cuando Ferran dejaba pasar los días sin decirle nada, sin preguntarle a dónde iba, Norma se sentía decepcionada. Ferran no le miró nunca el Diario personal y, si es que lo hacía, no lo comentaba. No le leyó nunca las cartas de los demás ni quiso ver un escrito sin terminar. Esperaba pacientemente a que Norma se lo enseñara. Ferran era la tolerancia y el respeto. Nunca le preguntaba a dónde iba por la noche ni con quién salía. ¿Fue ésa la razón de que comenzase a dejar sobre la mesa, como por descuido, las cartas de Alfred? ¿O de que no disimulase cuando éste telefoneaba? ¿No se había entregado, acaso, a Alfred porque buscaba inútilmente un diálogo con Ferran?) Desde fuera, todos miraban a Ferran y a Norma como a una pareja modelo. Representaban un pacto que despertaba admiración: la perfecta armonía entre dos libertades. Ningún hombre, se decía, había tratado nunca de este modo a una mujer. Las amigas la envidiaban. Pero ahora, cuando Ferran ya no estaba, Norma se preguntaba si aquello era respeto o era indiferencia. ¿La curiosidad no significa, algunas veces, una especie de amor? Tal vez habían sido dos necesidades que coincidieron durante el tiempo en que estuvieron juntos. Tal vez Norma no se había ganado la libertad, como solía creer, sino que se la habían dado por comodidad.

Una noche en que Ferran no estaba, Norma hizo el amor con un hombre y una mujer. Había pasado muchas noches sola en la casa de la hondonada porque Ferran tuvo que hacer un largo viaje con el fin de recoger fondos para el partido. Encontró en la carretera a una pareja de *hippies* y pensó, conoceré gente nueva, me servirá de experiencia. Les convidó a cenar y la pareja apenas hablaba. Contestaban con monosílabos a las preguntas de Norma. Después de la cena, el muchacho sacó tabaco rubio y un poco de «chocolate». Lió un *porro*. En silencio. Se lo pasaron sin preguntarle si quería. Fumaron hasta la madrugada. Antes, Norma trató de buscar un disco adecuado. La mayor parte eran de música clásica y canciones de protesta. Esperaba alguna mirada irónica por parte de la pareja, pero ésta ya estaba en el limbo. Al menos, lo parecía. Norma fumó con ellos después de haber bebido alcohol. Es una nueva experiencia, se repetía. Pero no se atrevía a confesarse que no sentía nada, a no ser un cierto anonadamiento de los sentidos. Debe de ser mi vertiente puritana, se dijo. Y acabó revolcándose con dos cuerpos, sin aliento, con mucha fatiga. Acarició los pechos de la mujer con curiosidad, para sentir lo que sentían los hombres. Pero el deseo acabó estallando cuando la mujer le besó el sexo. Un deseo muy fuerte, punzante. Y tuvo miedo. Intentó reconstruir en la mente el rostro sereno de Ferran. Pero éste se le escapaba, roto en mil pedazos. El hombre le besaba la muñeca y la mujer le apretaba los labios del pubis. Pensó que ella no era ella, sino un cuerpo hecho de paja y de alambre que se dejaba llevar. Como un juguete. Estaban sobre la alfombra del comedor, delante de una estufa de butano, y los cuerpos adquirían unas formas rojizas, artificiales. Es otro mundo, se decía, tengo que probarlo. Soy un juguete, lo he querido yo. Y el rostro de Ferran se hacía muy pequeño dentro de su cerebro, procurando desaparecer de allí.

Al día siguiente, la pareja había desaparecido y tuvo que llamar a Maruja para que la ayudase a vestir a los niños. Cuando éstos se fueron, vomitó un largo rato, como si expulsase serrín. Se tendió en la cama, con el cuerpo aterido. Recordaba todo lo que había pasado aquella noche igual que en una película. Le dolía mucho la cabeza y se sentía abatida. Maldecía su debilidad, que le quitaba un día de trabajo, y se preguntaba, ¿soy una mujer viciosa? Qué tontería, decía después, ¿de qué tengo que arrepentirme? ¿Ante qué moral ñe de dar cuentas? ¿Sólo fue curiosidad lo que me hizo invitar a la pareja de *hippies*? Habría querido tener a Ferran junto a ella, porque la entendería con su silencio... Pero, ¿su silencio era comprensión? Se sentía mareada. Si tuviese a Ferran... Y se preguntaba por qué, justamente en aquel momento, deseaba la protección de un hombre. Vengo de una tradición puritana y no soy capaz de asumirlo, se repetía. Se afanaba por la paz doméstica y, al mismo tiempo, buscaba la locura. No me entiendo, se decía, anhelo desbordarme y anhelo vivir una vida tranquila. El hogar y la aventura. La domesticidad conservadora y la desazón por todo lo que es inútil, innecesario. Estoy entre los esquemas lógicos y razonables y la constante pérdida de tiempo. No veía nada claro.

Si Ferran no hubiese tenido tanto trabajo a lo largo de su convivencia, si hubiese comprendido que sus escapadas eran un deseo de hacerse oír, de explicarse.

Regresó al sueño de la infancia. Las monjas la hacían arrastrarse desnuda por todas las clases. En el patio, cuando apenas quedaba un claro de luz, se reunían los gigantes: la superiora, hombres sin rostro que representaban a la autoridad. Botas, cinturones de cuero repujado... Sólo le dejaban ver la parte baja de los gigantes y, de vez en cuando, tenía que lamerles la suela de los zapatos. Ninguno tenía nariz, ni orejas, ni boca,

250

eran caras planas. Se reunían alrededor de una mesa en forma de U, ante los restos de un banquete. Ella sólo veía el hábito negro de la superiora, las botas y los encajes de los manteles. Bajo una lluvia de latigazos, tenía que arrastrarse por delante de las botas, dar vueltas sin parar. Y, a un grito de la superiora, tenía que enseñar el sexo, con el agujero bien abierto. Las carcajadas le perforaban los tímpanos. En el agujero cabía todo, era un pozo sin fondo, la cloaca del divino marqués, la palangana de Aristóteles. Los hombres sin cara y la superiora se morían de risa y la señalaban con el dedo, perra, perra, chillaban. Y ella tenía que arrastrarse, porque, en el sueño, nadie la compadecía. Les tenía que enseñar su porquería, su suciedad.

—Tienes telarañas —había dicho el ex recluso, el hombre a quien Norma amó con una entrega absoluta, a quien se había ofrecido después de haber cerrado su sexo en la espera, de haberlo cercado hasta que él saliera de la cárcel. Durante mucho tiempo no enseñó su sexo a nadie. Hasta que llegó Ferran. Se entregó de nuevo y el sueño de la infancia se fue convirtiendo en un claroscuro cada vez más difuminado. La primera vez que Ferran le besó el sexo, Norma creyó que su espera había sido recompensada.

Norma deseaba que Ferran entrase en ella del todo, como una criatura que quisiera recuperar el vientre de su madre. Y el agujero se transformaba en una cueva húmeda, abierta para cobijarle, o en un remolino que le envolvía para protegerle de todos los peligros del exterior. Norma le cubría con las piernas, sólo su cabeza emergía. Y habría querido astillarse, desaparecer, ser destruida. Toda ella se llenaba de sensaciones contrarias, recomenzar y morir. Herirse, desgarrarse. Veía los ojos de Ferran, brillantes de deseo, y ella le apretaba fuertemente la cabeza. Como Circe, habría querido hechizarle y llevárselo muy adentro.

Recordó una de las veces en que fueron más felices. Estaban de vacaciones, tenían una semana para estar juntos. No había prisa ni clandestinidad. Las horas no existían. Estaban en la piscina y Norma se sumergía en el agua como si la absorbiesen sus propios torbellinos. Alfred la miraba, sentado en la escalerilla. Norma lanzaba hacia arriba las piernas y Alfred le decía, pareces Esther Williams. Le gustaba que él la contemplase, todos los movimientos de su cuerpo se los dedicaba a Alfred. Norma pensó que, en aquel amor, había muchas escenas de agua, en la bañera, bajo la ducha, bajo la lluvia... Al salir, Norma sintió frío y él le dejó su camisa de cuadros. Alfred se puso la camiseta de color lila de Norma. Le quedaba estrecha y él comentó parezco un gigoló. Se sentaron en el césped, se oía muy cerca el bullicio de las familias. Se dijeron que se querían un montón de veces. De pronto, Alfred dijo:

—Toda esa gente parece feliz...

—Están de vacaciones —contestó Norma—. Ya verás cuando vuelvan a la vida cotidiana...

—Tal vez son felices porque lo aceptan.

—Si saben que lo aceptan, ya no lo son. Hoy, la familia ya no tiene sentido... Además, la mujer es la que más pierde. ¿Qué dice tu mujer de todo eso?

—Mi mujer dice que no entiende el feminismo de algunas militantes.

Sintió un aire gélido. Pensó que se enfrentaba con el más turbio de los sentimiento: ¿cómo podía compaginar la pasión amorosa con la solidaridad entre mujeres? ¿Tenía que renunciar a un amor que había nacido sin buscarlo, como brota el agua en la montaña? Pensó en las confidencias que le había hecho Agnès en los primeros tiempos de su separación de Jordi Soteres, en los largos discursos que ella le había endilgado. Tienes que ser tú misma, le decía, podemos vivir perfectamente sin los hombres. No les necesitamos para nada. Nos manipulan, nos quieren colonizar... Y Norma no quería renunciar a Alfred, mientras que su mujer odiaba a las militantes feministas porque intuía que una

252

de ellas le había quitado el marido. La esposa tejía pacientemente su fracaso en la soledad de todas las Penélopes. Y ella, ¿no tenía paciencia? Natàlia le decía, no comprendo por qué no le dejas, ¿no ves que lo quiere todo, la casa, la familia y la amante fuera del hogar? ¿Y tú eres la que tanto habla de la autonomía de la mujer?, le reprochaba. Pero Norma pensaba que dejarle era un fracaso todavía mayor. No obstante, otras veces pensaba que el fracaso era fruto de su imaginación. Que lo buscaba como tema literario. No sabía, tampoco, aceptar el conflicto, vivir con él. Natàlia sí que sabía hacerlo. Natàlia se apartaba de la locura y comprendía el conflicto. Entonces, preguntaba a su amiga, ¿aceptar el conflicto no significa claudicación? Siempre serás una adolescente, afirmaba Natàlia.

Norma pensó que quería tanto a Alfred precisamente que era capaz de hablar con ternura de su propia esposa. Era como si ella también se reconociese en la otra. ¿No había defendido, en las conferencias sobre feminismo, a esas mujeres que se sienten absorbidas desde que nacen? ¿No había escrito que el hombre sólo desea la autonomía de su esposa cuando se quiere librar de ella? Pues bien, ahora tenía ante ella un hombre que se sentía solidario. Y ella, ciega, se negaba a ello. No había nada que hacer. Si se volvían a ver, pasarían momentos de gran intensidad, pero Alfred volvería con su mujer, era la debilidad de ésta la que vencía. Pero, ¿quién, sino los hombres, había creado la supuesta debilidad de las mujeres? Y Norma amaba a uno de estos artífices.

Sin embargo, tenía mucho miedo a ser idealizada. Aquel amor era demasiado furtivo, sólo se veían las partes blancas, no compartían nada material. No había realidad en él. Un sueño. Por otra parte, Norma se preguntaba si Alfred no amaba en ella a la mujer libre que apenas existía. Si acaso, en las palabras. Se cuidaba mucho de esconder las zonas de mujer víctima que él habría rechazado. Las partes de Penélope que había guardado en la casa de la hondonada, que sólo le había enseñado a Ferran. Norma solía verse como el fantasma de muchas mujeres, semejante a ellas, y no sabía si aquello era una de las raíces de la locura. Tampoco quería alejarse de ellas, sentirse diferente, como hacía Natàlia. Amaba a las mujeres, pero su amor surgía de la complicidad, porque compartía con ellas el dolor. ¿Era eso amor? Hay tantas definiciones como clases de amor, le dijo un día Natàlia, no sé por qué te empeñas en mezclarlas todas. Seguramente tenía razón.

Alfred no telefoneaba. Resentida por su silencio, decidió ir a la inauguración del cementerio de los refugiados españoles en el mediodía de Francia. Allí se encontró con el ex deportado que se parecía a Louis de Funes. Caminaba apartado de los otros, encorvado y consumido por la enfermedad. No hablaba con nadie y sus ojos de enfadado se habían hecho pequeños, hundidos, brillantes, como si quisieran retener vorazmente la vida. Norma andaba entre los viejos republicanos, en medio de una procesión de muertos. Pensaba en Alfred.

Al regresar, abandonó por unos días la novela de Kati y de Judit. Pasó una semana con sus hijos, el menor quería que le contase la historia de los salmones, esos peces que van a morir al mismo lugar en que nacieron. Y, mientras le leía la historia, sacada de un libro lleno de grabados que le había regalado Ferran, Norma pensó en los viejos republicanos, que se habían estrellado contra la Historia. Por la noche, escribió un cuento:

«—Hijo, dicen que cada primavera los salmones salen del mar, donde han vivido durante el invierno, remontan los ríos, chocan contra la rocalla, algunos se estrellan, otros se salvan y van a morir en donde han nacido.

»—¿Por qué, madre? ¿Es que no les gusta el mar?

»—Sí... Pero a lo mejor lo encuentran demasiado grande.

254

»—A mí me gusta el mar.

»—A mí también.

»—A lo mejor les parece que hace demasiado frío.

»—A lo mejor, sí.

»—¿Por qué van a morir en donde han nacido? ¿Cómo lo recuerdan?

»—Es que tienen mucha memoria. Se van al mar porque es ancho y profundo. Pero, con el tiempo, el lecho del río les llama.

»—No entiendo a los salmones.»

«Norma sintió el frío que le cortaba la piel. Había llegado hacía poco del Sur, donde el otoño todavía calentaba. Subió el camino que conducía al cementerio al lado del viejo republicano, que le enseñaba las fotos de su caballo como quien muestra las fotos de su nieto. Sólo me entiendo con los caballos, le había dicho. El cementerio se agazapaba en medio de un plácido paisaje, recortado por crestas de líneas suaves, entre prados y viñas. Un entorno casi clásico.

»A cada margen del cementerio, alguien había plantado ochenta y un pinos recién nacidos. Un pino por cada tumba. Todavía hay quien recuerda un día de febrero, cuando llegó un grupo de republicanos sucios y andrajosos.

»No es difícil de recordar: fue un invierno gélido, los ríos se cubrieron de hielo, se perdieron las viñas, los caminos se anegaron. Llovió sin parar y el barro cubrió las trincheras donde se resguardaban aquellos hombres que venían del Sur.

»El republicano no cesaba de hablar, mi vida es una novela. ¿Sabes, Norma? En los campos nazis nos hacían cargar, en cajas de madera, la mierda de los deportados que trabajábamos en la cantera. Bajábamos los escalones con las cajas a cuestas. Resbalábamos en el hielo y en la porquería. Y vuelta a empezar. Los escalones y la pendiente. Para arriba, sin parar. Y pobre de ti, si te detenías. Norma sentía mucho frío, como si alguien le hurgase con un alfiler en cada poro de su cuerpo.

»Los cuerpos que estaban en las tumbas desaparecieron durante muchos años. Las zarzas y los matorrales los cubrieron. Los nombres se borraron, enterrados por la nieve. El catastro francés puso un número en cada montículo. Cada número, un *rouge espagnol*. También desaparecieron los barracones del campo, se convirtieron en chozas donde un campesino dejaba sus herramientas. Metieron los muertos en aquel rincón porque eran *rouges* y los *rouges* no podían ir al cementerio católico.»

«—Y muchos salmones mueren antes de llegar al sitio. Embisten contra las cascadas, procuran saltarlas, pero a veces vuelven a caer y la corriente los arrastra hacia el mar. Pero vuelven otra vez, porque son muy tozudos. Tienen tanta fuerza que, para atravesar las cascadas, llegan a dar saltos de cinco metros. Nadan contra corriente.

»—¿Qué quiere decir "nadar contra corriente"?»

«Alguien segó las malas hierbas. Los montículos, poco a poco, fueron apareciendo de nuevo. E hicieron, en cada montañita, una tumba. Una tumba con una lápida y una rosa. En cada lápida, un nombre. Y el caballo, le cuenta el deportado, relincha en cuanto me oye. Me recorre la espalda y la cara con el morro, me lo restriega por las manos. Se pone contento. Su relincho inunda el valle y lanza sus crines al aire mientras se encabrita.

»Norma miró el cielo, que se extendía más allá de la cordillera como si lamiera sus cimas. Los verdes de mil matices se confundían con las viñas. El republicano continuaba, y los SS hacían en el suelo un agujero de unos siete metros de profundidad para ahogar en él a los judíos. Pero a mí sólo me preocupaba la caja de mierda que tenía que llevar a cuestas. No puedes imaginarte cómo pesaba, cuando tenía que subir los malditos escalones. Ya no me acordaba de nada, ni de la guerra, ni de por qué estaba allí.

»Norma sentía cada vez más frío. Pensó en cuánto lo amaba. Y en el deseo ardiente de las últimas noches de amor. No había forma de encontrar la calma, repetían una y otra vez y nunca se saciaban. Norma quería huir, el airecillo venía más helado. Las nubes formaban manchas en el horizonte, anunciaban tormenta. El republicano calló, las palabras ya no servían y entonces el silencio lo envolvió todo. Sólo el rumor del viento más allá de las viñas, un suave murmullo que bajaba de las montañas. Tal vez era el murmullo de los muertos, que regresaban para sentirse acompañados.

»Alguien, cerca de Norma, dijo: ves, ésta es nuestra bandera. Por la bandera republicana murió mucha gente. Pero, ¿quién se acuerda ahora? ¿Quién la recuerda, Norma? Norma cerró los ojos con fuerza. Del color rosado al negro de la noche. Quería volver a sentir el roce de su piel, el primer contacto después de una larga separación. Norma pensó: cuando llegue al hotel, le llamaré. Le diré que tenemos que hacer las paces, que no le puedo olvidar, que no siento piedad de la mujer que también le ama. Que por qué le tengo que olvidar.

»Los fantasmas acompañaban el rumor de los muertos que no tenían nombre. Los fantasmas avanzaban y retrocedían a su alrededor, en corro. Sin decir nada, sólo unos ojos desorbitados que no podían cerrarse. Nosotros no olvidamos, decían los ojos, repetía el rumor. Un viejo con muletas se acercó a una de las tumbas, algo de polvo cubrió la rosa de la lápida. Una mujer, con la cara empolvada, le dijo al oído: hemos cruzado el Tet, el río que se llevó tantas criaturas, viejos, mujeres, enfermos, todos fueron a parar a la mar. Ocho días después, todavía volvían cadáveres a la playa de Argelès. Yacían en silencio, pero los muertos no callan nunca, Norma, no callan nunca.

»En el hotel, pensaba Norma, le telefonearé. Quiero oír su voz, saber que está, que existe. Los viejos caminaban por entre las lápidas como si bailasen. Los pinos se mecían empujados por una danza lenta y callada. Alguien habló en nombre de todos, ¿tal vez un muerto que regresaba? Hemos venido aquí con la misma bandera con que cruzamos la frontera en 1939 y no creo que nadie nos lo pueda rebatir, rebatir, rebatir...

»Norma perdió las últimas palabras. El viento parecía tragársela. Y el frío le horadaba el cuerpo, como si se le astillara. Te llamaré, desde tan lejos, nada más que para decirte que te quiero. Rebatir, rebatir, te quiero, te quiero, te quiero. Deseo tu piel joven hasta morirme. Y el beso tibio, ángel mío. Y los fantasmas caminaban sin fuerzas a su alrededor, pieles tostadas, secas, renegridas, profundos surcos en las mejillas. Bailaban la danza de la muerte. Querría perder la memoria y desaparecer en tus aguas. Y acogerte como si yo fuese la húmeda tierra de tu orilla. O tenderme sobre tu cuerpo para que tú seas la raíz y yo el árbol que se remonta hacia el cielo.

»Luego, muy pronto, las zarzas volvieron a convertir la tierra en salvaje. Las malas hierbas se tragaron los números. El viento sopló su muerte. Los barracones del campo de refugiados se derruyeron porque llegaron temporales y malos vientos. Y las lluvias. Los polvorientos rostros de los fantasmas daban vueltas alrededor de Norma. Quería huir. Que no quedase de todo aquello ni la memoria. Borrar... ¿quizá las palabras? Norma pensaba en su ángel, más tangible, más real dentro del sueño, deseaba besarlo y ser besada hasta la agonía. Norma quería olvidar.»

«—Y las hembras de los salmones nunca se equivocan, ni de sitio, ni de río.

»—¿No se equivocan nunca, madre?

»—Nunca.

»—¿Y los salmones que se quedan en el camino, los que se estrellan contra las rocas?

»—La corriente arrastra sus cadáveres y los arroja de nuevo al mar.

»—Qué pena me dan esos salmones.»

La realidad fue muy distinta y quizá Natàlia se lo echaría en cara. Los hombres que fueron al cementerio para rendir homenaje a los exiliados que no pudieron volver a casa, no eran fantasmas. Pero Norma les vio así. ¿Fue el silencio de Alfred lo que les convirtió en fantasmas ante Norma? ¿Le estorbaban?

—No eres un personaje de novela, guapa —diría Natàlia—, eres una persona real. ¿Por qué te empeñas en convertirlo todo en literatura?

Porque Norma quería que el sueño fuese real. Y también el olvido del pasado, de la Historia. El feminismo no había previsto la pasión amorosa, intensa, total, entre un hombre y una mujer. ¿O también ésta era irreal?

El deportado que se parecía a Louis de Funes apenas le dijo nada a Norma mientras estuvieron en el cementerio. Al salir, le apretó fuertemente un brazo.

—¿Sabe? Tengo el presentimiento de que ésta es la última vez que nos vemos. Si usted no viene a París, aunque sólo sea un fin de semana...

—Vamos, vamos, exagera usted...

—Pero, ¿vendrá? —los ojos del deportado brillaban por la fiebre.

—No lo sé... Ahora tengo mucho trabajo.

Norma trató de no fijarse en las chupadas mejillas del viejo. Ni en los huesos que se marcaban bajo la piel. Trató de no ver la palidez de la muerte. Se deshizo de él con suavidad. Le dejó atrás, Norma se mezcló con todos los que salían del cementerio. El viejo acarreaba la enorme cartera donde había guardado para ella las listas de los muertos. Caminaba poco a poco por entre las viñas, distanciado de los otros, pronto se convirtió en un punto negro, casi inidentificable, como si se quisiera perder entre las lápidas que tenían una rosa y un nombre, como si quisiera convertirse en uno de los pinos recién nacidos.

Regresó a la casa de la hondonada. Ya casi tenía terminado el manuscrito sobre Judit y Kati. Hacía días que no sabía nada de Alfred y, por la noche, se cobijaba entre las sábanas y soñaba que le tenía a su lado. ¿A quién? ¿A Ferran? ¿A Alfred? A los dos. Algunas veces adquiría una forma concreta, y otras sólo era una voz que le hablaba al oído. Ferran no volvería nunca, Alfred estaba lejos. Y todas las mañanas tenía que hacer un esfuerzo para imaginarse los amores entre Kati y Patrick. ¿Cómo fueron realmente? Kati, una mujer con experiencia, enamorada por primera vez después de haber disfrutado del sexo a discreción, sin elegir demasiado. Una mujer que quiso arriesgarse, llevar la vida de los hombres, tratarles en la cama como ellos suelen hacer con las mujeres, hasta que la guerra y la muerte le trastornaron la mente y aprendió a querer.

Norma se iba a la cama y se frotaba los pies. Los tenía helados, no acababa de entrar en calor. ¿Por qué las mujeres suelen tener los pies fríos?, se preguntaba. ¿Cómo era, de verdad, Kati? ¿Y Judit? ¿O las he inventado yo? No, las Mundetas no eran una invención. Encuentras una en cada esquina. Tampoco lo es tía Patrícia. Son los fantasmas que no pudieron hablar cuando estaban vivos y que ahora vienen a contármelo todo. ¿Por qué escribo siempre sobre sentimientos que acaban mal? La vida tampoco es así... ¿O sí lo es? ¿Quién podría responder a esto? Quizá Natàlia, que razona siempre, le diría:

—Es que los sentimientos se echan a perder siempre. Si no los destruimos nosotros, es la muerte la que acaba con ellos.

No, ella no lo aceptaba. Ella, ahora, quería ser feliz. ¿Por qué escribía, entonces? Repetimos las mismas palabras, lo volvemos a decir todo, y siempre creemos que lo acabamos de descubrir. Nos creemos niños que acaban de inventar el mundo, se decía. Y, aun así, Norma quería escribirlo. Describir los colores, los matices que se nos escapan dentro del presente real, la luz que nos deja perplejos. Las sensaciones que tenemos después de haber amado, la mezcla de placer y dolor, el punto concentrado en algún lugar del cuerpo..., el agudo sentimiento de gozo y melancolía, explicar la oscura emoción, compenetración viva, insensata, pueril, felizmente inocente que nos envuelva bajo el misterio de la inconsciencia... Le gustaría saber escribir lo que ha visto, lo que ha oído, lo que ha pensado, todo ello junto, donde la razón y la sinrazón formasen una obra armónica... Pero se sentía como un niño a quien le han regalado las herramientas para construir un artefacto maravilloso y que, embobado, se ve incapaz de manejarlas. Le atraen de tal modo las herramientas que se detiene fascinado, sin poder hacer otra cosa que mirar, quedarse como hechizado ante los trebejos. La criatura no ignora que podría construir con ellos un mundo maravilloso, diferente de todo lo que ha visto hasta entonces, pero el misterio le angustia. Tiene miedo a crear. Y Norma pensaba que crear significa comprometerse con la obra de tal modo que ya nunca se puede renunciar a ella. Porque sabía que, en definitiva, la vida se acerca mucho más al arte que el arte a la vida, como ya ha sido dicho tantas veces.

Quería escribir sobre la relación de Kati y Patrick, pero le faltaban datos, y no le servía de nada su relación con Ferran para entenderlo. Ni tampoco su pasión por Alfred. Cada vez que amas, crees que todo irá mejor. ¿Por qué tenemos tan poca experiencia ante el amor?, se preguntaba. ¿Por qué no nos han hablado de él en la escuela del mismo modo que nos hacían aprender de memoria el abecedario? Shakespeare ya lo dijo todo, en materia de amor. ¿Para qué quería ella escribir la historia de Kati y Patrick? ¿Para huir de su desconcierto?

Mientras Natàlia veía una vela que, como un párpado blanco, temblaba en el horizonte, Norma escribía sobre el amor de Patrick y de Kati, e intentaba retener, al mismo tiempo, la piel de los dos hombres que más había amado. Os lo hacen momentáneo como un sonido, como una sombra fugaz, corto como un sueño, devorado por el hambre de las tinieblas, dice Shakespeare del amor. Eso es: fugaz y corto como un sueño.

Se refugiaba entre las sábanas intentando recordar lo que sentía cuando tocaba su piel. La de Alfred, la de Ferran... Puedes recordar la belleza de un cuerpo a través de las imágenes que has conservado en tu interior. Pero, ¿cómo recordar el contacto de una piel? La vista no es el tacto, se decía. La vista puede ser compartida, y también comprendida. El acto pertenece más a la intimidad. Comienzas a amar de verdad cuando tocas. «Tocas el cielo cuando pones el dedo sobre un cuerpo humano», había transcrito Norma en una de sus novelas después de haber leído al poeta Aleixandre.

Se esforzaba en recuperar aquella sensación. Lamer la piel matutina, apenas besada. ¿Una superficie cálida? (una vez, un gran escritor casi octogenario del país de Norma, le dijo: «Describir no es fácil, señorita, todo el mundo cree que lo puede hacer. A ver, ¿sabría usted explicarme de qué color es esta botella?» Y Norma miró la botella durante un rato y no supo explicar de qué color era. Intuía, solamente, que no bastaba con decir que era verde, porque no lo era, exactamente. «¿Lo ve? —dijo el escritor—, si no me sabe describir este color, ¿cómo se arreglará para describir los sentimientos?»). Lo intentaría: era una piel desnuda en el sentido total de la palabra, despojada de todo, entregada al aire que pasaba sobre ella. Lisa, una piel que parecía haberla esperado con la paciencia de los siglos. Cuando se reunieron por primera vez, pareció que ambas pieles, voces de los cuerpos, se saludaban como dos seres conocidos. La de él era una piel única, que estaba perdida hasta entonces y que se ayuntaba de un modo perfecto con la de ella. Pero, ¿de qué piel hablaba? ¿De la de Ferran? ¿De la de Alfred? Se frotó los pies, la gelidez no se iba. Se zambulló, echa un ovillo, entre las sábanas, pero la cama no era un cobijo, sino un espacio sideral. ¿Se inventaba, acaso, la piel amada, ahora que estaba sola? No, no hace falta inventar, sólo imaginar. Patrick y Kati tampoco eran una invención. Ni Judit. Habían existido en algún lugar, en algún momento, estaba segura. Como las voces que la rondaban y que alguna vez le habían dicho, te quiero. Había que imaginar, la imaginación es una buena aliada del recuerdo. Sonrió, ¿acabaría como Judit? ¿Su vida, en lo sucesivo, sólo sería recuerdo?

Por eso habría querido injertarse en las dos pieles, ahora que comenzaba a saber que el deseo era sustituido por el recuerdo. No volvería a ver nunca a Ferran, Alfred no llamaría y, si lo hacía, a la larga acabaría volviendo siempre con su mujer. Bajo las sábanas, oía cómo la carcoma de la viga continuaba su tarea. La casa de la hondonada se resquebrajaba poco a poco. Por la mañana, trató de limpiar el jardín de espinos y de zarzas. Como el cementerio francés, pensó. Con Ferran, trató de distinguir el canto de las aves. El ruiseñor anunciaba la primavera, la alondra, la madrugada. Los pajarillos venían a cualquier hora. La hiedra caía, totalmente descolgada, marchita. Norma la recorrió con el dedo. El melocotonero se había muerto y el viento esparcía las campanillas del emparrado. Aquí fui feliz, se dijo. Y tal vez ahora comienzo a vivir como una jubilada, agregó. Ferran le diría que tenía que frenar las efusiones sentimentales, que rayaban con la cursilería. A lo mejor tenía razón...

Había vuelto a la vieja casa de la hondonada para escribir la historia de Kati, de Patrick y de Judit, pero el recuerdo de las dos pieles que más había amado, que todavía amaba la perseguía. Desde la cama oía el canto diáfano, transparente, de la alondra. Soy demasiado urbana para identificarme con ella, pensó. Pero con Ferran había aprendido a reconocer los cambios de estación, a valorar los tímidos brotes de las flores. El jardín derramaba lilas, flores fugaces como un pensamiento. El amor colectivo la mantuvo durante todo el tiempo que vivió con Ferran, pero ahora que no podía estar con Alfred, huía del viejo deportado. Su cara chupada y sus ojos hundidos, que anunciaban la muerte, venían y se iban de la habitación mientras ella intentaba calentarse los pies.

Se levantó y se puso en seguida los calcetines. Por la ventana se deslizaba la luz de la mañana, una luz desvaída, color de leche. Entró en el baño para lavarse la cara y despertarse del todo. Trató de mirarse al espejo y sus ojos no sostuvieron la propia mirada. No podía mirarse de hito en hito, con los ojos de la imagen dentro de sus ojos. La visión se le hacía insoportable. En aquella mirada no había fingimiento. No era la mirada de piedad dirigida al viejo deportado, ni los ojos teatrales de mujer experimentada dedicados a Alfred, ni volvía la mirada retozona que adoptaba ante Ferran. Era ella misma que pretendía entenderse, comprender cómo era sin la mirada de los demás. Por eso había dejado de hacer entrevistas, porque un día se dio cuenta de que presentaba la vida ajena para huir. Tenía miedo a entrar dentro de sí misma, terror a encontrarse vacía.

El silencio de la casa de la hondonada la acechaba. La carcoma había apagado su crujido y apenas se oía el susurro del viento que lamía el tejado. ¿He sido capaz de amar alguna vez?, se preguntaba. Y los ojos del espejo la taladraban. No eran inquisitivos, ni querían investigar más allá de la propia mirada. En cierta ocasión, Natàlia le preguntó:

—¿Has probado a mirarte a los ojos delante del espejo?

—Eso sólo lo hacen los locos a los que no les importa traspasar todos los límites, los locos que han perdido el miedo al ridículo —le contestó.

—Pues creo que hay que hacerlo, que tenemos que saber mirar hacia dentro. Detenernos.

—Me da miedo.

—Todos tenemos un loco dentro. Lo com...
final de la vida de mi padre. Le encontré de
cuando estaba en el manicomio, no antes.

—A mí me gusta descubrir lo que hay fuera de

—Pero llegará un día en que el mundo exterior
obligará a enfrentarte con tus propios ojos. Y entonces no podrás huir.

—Ya te digo que me da miedo.

—Creo que debemos saber todo lo bueno y lo malo
que hay dentro de nosotros, saber que tampoco somos
tan generosos, que quizá somos capaces de abandonar
a su suerte a los que amamos. Y que eso también lo
hacemos las mujeres.

—No, eso no es verdad —Norma se indignaba con
Natàlia—. Las mujeres somos mejores que los hombres.

—Venga, no me hagas reír. Si nosotros no somos
crueles, o injustas, es porque no nos han dado la opor-
tunidad de serlo.

—Y... cuando has aprendido a mirarte y te ves de
una manera que no te gusta nada, ¿cómo te libras de
ello?

—Aceptándolo, ¿no?

—¿Y no crees que eso es una claudicación? ¿Una
renuncia?

—No. Sólo cuando te hayas sabido mirar a ti misma
aprenderás a mirar lo que te rodea. Tal vez entonces
sabrás amar a la Humanidad y a las personas al mismo tiempo.

Le gustaba vivir la pasión hasta el límite, la pasión
por su país, por la gente, por el pasado. Por eso era
entrevistadora. Por eso, también, quiso probar toda
clase de amor. La pasión y la serenidad, el amor furtivo y el matrimonio, Ferran y Alfred. Y también el amor
colectivo. Sin escoger, sin seleccionar. Y tal vez no
supo querer a nadie. Lo había perdido todo. Quiso ser
Penélope y Circe, Calipso y Atenea. Precisamente eso es
lo que le escribió Natàlia desde la isla en donde pasaba

as últimas vacaciones con Jordi Soteres. No se libraba de ello, acaso escondía la loca que llevaba dentro bajo una capa de frivolidad, no quería conocer los límites, no, como lo hacía Natàlia.

—Pero todos matamos al loco que tenemos dentro, ¿no? —insistía—. Le hacemos callar, le torturamos o bien le ignoramos. Tenemos miedo de nuestro loco. Y nos surge como un animal acorralado cuando menos lo esperamos.

Por eso, hasta entonces, Norma no había podido soportar la desnudez de sus propios ojos. Hasta que no fue a la casa de la hondonada y, sin reclamarlo, fue surgiendo su separación de Ferran, la muerte de Germinal, el suicidio de Kati, la muerte en vida de Judit, su desinterés por el ex deportado. Y el miedo de perder a Alfred. Una Norma pequeña y frágil, incapaz de unificar los contrarios, había surgido para desbancar a la Norma de las conferencias feministas, de las charlas sobre la autonomía de la mujer. Había que enfrentarse con ello.

Era como si se estuviese desgarrando, como si los pedazos de sí misma se sostuvieran precariamente, pegados con goma, recompuestos torpemente. Igual que el arqueólogo, que no sabe si podrá reconstruir la pieza devolviéndole su forma primitiva. Y, también, como si el paso del tiempo hubiese forjado una figura cada vez más débil que la experiencia no era capaz de robustecer. Aún rehuía la propia mirada, despojada de todo. Como si llevase la muerte en los ojos, o la verdad que no se había atrevido a dejar salir en sus entrevistas. Norma se había deshecho, en cada uno de sus entrevistados, en cada uno de los testimonios sobre los campos nazis. Se repetía, se dispersaba en ellos. Vivía cada conversación como si fuese la única, la más importante. Como si cada palabra, cada frase, tuviera relieve por sí sola, de un modo que ni el mismo entrevistado podía captar. Cada personaje tenía valor por sí mismo, era el único. Cada entrevista había sido un acto de amor, corto pero intenso. Y, de esa manera, huía. No debía mirar sus propios ojos.

Puso el punto final al manuscrito sobre Judit y Kati en el momento en que Judit decide no seguir escribiendo el dietario, cuando decide continuar sólo en el recuerdo. Llamaré a Alfred, pensó, tengo que verle, quiero decirle que le amo. El teléfono sonó, era el ex deportado.

—¿Vendrá a verme? Me encuentro muy mal...

—No sé si podré. Tengo mucho trabajo.

Era mentira, tenía unos cuantos días libres. Los niños estaban de vacaciones con sus abuelos, nada la retenía. ¿Nada? Alfred, el urgente deseo de volverle a ver. El hombre insistía, la enfermedad avanza, las curas son muy dolorosas, algunas veces pierdo el conocimiento... Norma colgó sin prometer nada. Prefirió pensar que eran las exageraciones propias de un hombre que había sufrido la deportación, un hombre incapaz de adaptarse a la realidad de los demás, de los llamados normales. De un hombre que imaginaba enfermedades para llamar la atención. De todos modos, quería estar tranquila y telefoneó a un pariente del viejo. El hombre le confirmó su teoría:

—Ya sabe —le dijo a Norma—, es un hombre extraño, se siente abandonado por todo el mundo. Coge la gripe y en seguida cree que es un cáncer. A nosotros también nos trae locos. No se preocupe.

Norma se tranquilizó. Pronto olvidaría la historia de los deportados, de los fantasmas que exigían, desde el pasado, sobrevivir en su memoria. La historia había quedado archivada en su libro, éste era su homenaje, ¿qué más querían? Y se entregó a la espera de Alfred. Ahora, quería ser feliz, se repetía.

LA HORA ABIERTA

Natàlia lee La Odisea *en una isla del Mediterráneo*

Miro el mar como si, de entre la espuma, fuese a
salir una nave blanca que viniera a buscarme. O un ji-
nete sobre un caballo blanco. Un caballero alado, con
el cabello rubio, liso, como un Parsifal de grabado mo-
dernista. Un joven con unos ojos de un azul intenso,
cándidos, hirientes, y con el cuerpo de un ciervo joven
cuando trepa. Maduro y adolescente. En mi sueño se
mezclan alas de paloma, capas al viento, cabellos albo-
rotados, hilos de oro, y el caballo continúa su galope.
Viene del mar, y el caballo se confunde a veces con las
alas desplegadas de una nave. Por encima de todo, el
color blanco. Y el caballo no deja de galopar, suaves
olas acarician sus patas. Parece, al mismo tiempo, que
el caballo tiene alas. Roza, raudo, las olas del mar que,
desde la roca, parecen lanzar destellos. Las escenas de
tantas películas vistas vuelven ahora concretadas en
un final de la Metro Goldwyn Mayer: sí, vendrá un
barco de velas temblorosas, una nave que romperá las

ondas y, en ella, estará él. ¿O ella? ¿Quién, Dios mío? Me vienen a la memoria los versos del poeta:

Viuré, si em vaga encar de viure,
supervivent d'un cant remot... (1)

Superviviente de un remoto canto, Jordi. ¿Y qué música le pondré? Tal vez Mahler. Pero el Mahler vibrante, casi wagneriano. El Mahler que no quiere ser derrotado por judío o poco patriota. Él, ¿o ella?, vendrá en este barco y me recogerá. Y nos iremos juntos/juntas hasta la muerte. Y no habrá facturas que pagar, ni meadas de niños que limpiar. Ni platos que lavar. Ni volveremos a sentir el olor a coliflor de los patios interiores de la ciudad, ni de pescado frito con harina, ni de aceite aprovechado. Ni volveremos a tener la menstruación, ni se nos caerán los pechos, ni nos veremos con el vientre fláccido, lleno de grietas. Habremos regresado a la infancia.

Y el sueño se hará real.

Natàlia estaba sentada sobre una roca, lejos de la casa. Miraba el mar, mar de amanecer. El Sol todavía no calentaba, pero lo prometía. Sus rayos formaban una estela en la superficie del mar, en dirección a la Mola. Oía a las olas que, casi en silencio, besaban la arena. Natàlia estaba sentada a la orilla de un caminito de tierra. Hacía, con un palo, el mismo dibujo de todos los días. Siempre esperaba encontrarlo allí, pero cada día había sido borrado por las pisadas. El dibujo era un círculo con una cruz y se había convertido en su amigo. El único amigo en la isla. Cuando le entraba la pena,

(1) Viviré, si hay tiempo aún de vivir, / superviviente de un remoto canto...

pensaba en hundirse en el mar. Comenzaría a andar mirando hacia el sol, poco a poco. ¿Cuánta gente ha muerto así, penetrando lentamente en el mar, con los bolsillos llenos de piedras? A principios de siglo, más de un poeta catalán, hoy ignorado por los libros de texto, murió de ese modo. Quizá no entendían su siglo, vete a saber.

(Ahora, Natàlia oye el motor intermitente de una barca que llega a la cala. El ruido del motor le trae muchos recuerdos: una de las veces que se amaron fue en una casa medio abandonada, a la orilla del mar. Y en el momento en que Jordi la penetraba, pasó una barca y les iluminó con su reflejo. El ruido se fue extinguiendo mar adentro y ellos se prometieron no olvidarlo nunca.)

Dejó a Jordi Soteres con la mirada perdida. Se acercó al faro. Era ya al anochecer, el Sol se ocultaba por poniente y hacía que los cuerpos desnudos pareciesen piezas de cobre. El agua ondulaba, somnoliente. Se oía, a lo lejos, el son de una guitarra. El agua verdeaba y las rocas tenían manchas doradas. Un cuerpo desnudo se alzó sobre una roca. Guitarra y risas. Más allá, una pareja comía lapas. Una boya roja, como un coágulo de sangre, indecente, flotaba y se mecía como si estuviese en una cuna.

Se acababan los días de la isla. Habían pasado lentamente, pero se acababan. Ella y Jordi Soteres habían sido dos fantasmas. Todavía recuerda la última conversación:

—El amor romántico nos ha hecho mucho daño —dijo Jordi—. Nos ha cultivado los sentimientos, nos ha hecho creer que es posible.

—Pero esa clase de amor se ha injertado en nosotros de tal modo que ya no sabemos qué es lo natural y qué es lo cultural —contestó Natàlia—. ¿Por qué unos sentimientos tan profundos tienen que ser tan efímeros?

—Quizá para sobrevivir.

Natàlia se tragó las lágrimas, quería que Jordi la recordase con el rostro sereno. Natàlia tenía cuarenta y un años, Jordi acababa de cumplir los treinta. Alguien, no recordaba quién, le había dicho que aquel amor era ilógico. ¿Ilógico para quién? ¿Tal vez para Norma, que después se sumió en su pasión por Alfred, aún menos razonable? El amor no llega nunca a tiempo: o demasiado tarde o demasiado pronto.

Natàlia cerró *La Odisea*. La había leído de un tirón. Subrayó los versos que decía Calipso:

¡Sois implacables, dioses, y más aún celosos!
Porque no perdonáis a las diosas que duermen sin re-
con el héroe elegido y a quien aman...   [cato

Y ahora volvería a casa de tía Patrícia. Se despidieron y acordaron no verse más. O al menos, durante una larga temporada, hasta que su relación se hubiera transformado de tal modo que ya pudieran verse como amigos. Ahora tendría que esperar, y no sabía qué. Esperar, destino pasivo de las mujeres (de nada le servían, habría querido decirle a Norma todos los libros y los mítines sobre feminismo. Ahora, la única diferencia es que lo sabía, que sabía que no le servían de nada.) Tendría que esperar, esperar ante el teléfono, mirando de hito en hito al aparato, como si éste tuviera vida propia. El teléfono tomaría forma humana, o casi, y la miraría impasible. Oiría el silencio mientras el teléfono callaba. Se diría, como otras veces: «iré poco a poco hasta la otra punta del pasillo y, si no oigo el timbre, es que Dios no existe». Y comprobaría que Dios no existe porque el teléfono permanecería mudo. O bien haría un crucigrama y se diría: «si los acierto todos, él llamará», pero el timbre no sonaría. O tal vez esperaría la imposible llamada de la puerta, mientras oía cómo mayaba la gata, o las quejas de tía Patrícia, que refunfuñaría desde la cama —porque habría vuelto a tener cagalera, no deja de beber—. Oiría en la escalera unos pasos que no se detendrían. Ruidos que se van hacia arriba. Nadie llamará. Tendrá que repetirlo hasta estar convencida, nadie llamará, nadie llamará. Y se dirá: «Eres una tonta, una estúpida, una estúpida. Tiene razón Norma.» Y al fin se persuadirá, gracias a la vieja y querida razón, de que todo se ha acabado. Acabado. Y, ¿quién sabe?, a lo mejor, a la larga, no le importará nada, todos creen que es fuerte —eso es lo que dice Sílvia— y que mira de frente a la Historia, a su tiempo, a la hora colectiva...

Norma estaba en la estación, cargada con su maleta y la máquina de escribir. Había terminado la historia de Judit y de Kati, pero todavía no se lo había dicho a Natàlia. No sabía si lo había conseguido. Se sentó en un banco, el tren no tardaría mucho en llegar. Oyó que alguien la llamaba por detrás. Era un ingeniero a quien conoció en una cena de intelectuales convocada por el partido comunista. El ingeniero era un hombre de unos cincuenta años, tenía una buena figura, se notaba que hacía deporte.

—¿Dónde vas tan cargada?
—Espero el tren...
—¿Quieres que te lleve?

Al cabo de un instante, Norma se encontró sentada en un coche ultramoderno, de suspensión muy suave, muy veloz. En el asiento delantero estaba la mujer del ingeniero, tendría unos cuarenta y cinco años y llevaba un vestido camisero de moda italiana. El ingeniero comenzó a hablar por los codos. Le dijo a Norma que ella era una de las personas que más admiraba en este puñetero país, tan lleno de mediocridades que lo disimulaban. Quizás en otro tiempo Norma se habría sentido halagada, pero ahora notaba que era el éxito, o el prestigio, lo que hacía que el ingeniero la viese como una persona diferente. El ingeniero presentó a su esposa diciendo, «mi mujer», y Norma se quedó sin saber su nombre. Mientras regresaban a Barcelona, el ingeniero le dirigió a Norma un largo discurso sosteniendo que el hombre moderno todavía era un *Pitecantropus erectus* (comentaba un hecho que acababa de suceder en una colonia de los Estados Unidos en Guyana: ochocientos fanáticos americanos, seguidores de una extraña secta religiosa, se habían suicidado por obedecer a su líder).

—¿Así que la polémica está todavía entre la razón y la barbarie? —preguntó Norma, aunque no tenía muchas ganas de hablar.

—Tal vez sí —contestó el ingeniero—. El hombre moderno todavía no ha asumido la nueva biología. Por eso hay aún comportamientos semejantes al del hombre de las cavernas. Pero el cerebro humano ya no es el mismo.

—Si el cerebro humano es diferente, ¿por qué el hombre se empeña en hacer de cazador? ¿Por qué no renuncia a ello?

—¡Ah, el hombre! ¿Por qué dices el hombre? Y la mujer también...

A Norma le divirtió ver cómo el ingeniero pasaba del discurso teórico a las cuestiones concretas. Contestó como si la hubieran pinchado con un alfiler...

—Sí, pero la mujer no ha sido cazadora. Las guerras, las destrucciones, las grandes crueldades, no han sido, en un principio, idea suya. Salvo excepciones.

—Yo creo que, tanto el hombre como la mujer, quieren la guerra y la destrucción. Por cuestiones biológicas. Mira —el ingeniero trataba de hablar a Norma con paciencia—, mientras el hombre tenía que ir a la selva a cazar, la mujer se quedaba en casa para cuidar a sus hijos. Aceptaba el sistema porque había que sobrevivir.

—De acuerdo, pongamos que en aquel momento tuviesen que ser así las cosas. Pero, ¿por qué creó el hombre la ley, el mito, la religión? ¿Por qué inventó un sistema en el que la mujer lo tenía que pasar tan mal?

—Ese sistema fue inventado tanto por la mujer como por el hombre. Era obra de la Biología.

—Muy bien —Norma se encendía—, entonces, ¿la cultura y la organización social no cuentan? ¿Quién ha creado las leyes, de quién son las armas?

—Lo que quiero decir —el ingeniero tenía cada vez más paciencia— es que esa situación fue creada tanto por parte de la mujer como por parte del hombre. Y ahora tenemos que salir de ella todos juntos.

—Entonces, según tú, tanto el hombre como la mujer son malos por naturaleza... La Biología les empuja a la muerte y a la destrucción... ¿Qué papel tiene la cultura en todo eso?

—La cultura es una forma de contener a la Biología.

—Bien, ¿y crees que las mujeres también necesitan la cultura para contener a la Biología?

—¡Naturalmente!

—Pero yo sé muy poco de las mujeres. No sé si ellas estarían de acuerdo... Plinio, Homero, Ovidio eran hombres...

—¿Te has dado cuenta de que Mozart era un hombre? ¿Por qué los genios son hombres y no mujeres...? Algo tiene que haber, ¿no? —eso lo dijo la mujer del ingeniero, que hasta entonces no había abierto la boca. Norma vio que hablaba mirando a su marido, esperaba algo de él.

—No sé por qué nos tenéis que ver a los hombres como enemigos. Yo, por ejemplo, os acepto, os considero como iguales —el ingeniero hablaba con cierto tono de irritación, aunque matizada.

—Pero, ¿para qué nos aceptas? ¿Para que entremos en dónde?

—Pues para que entréis en el mundo de la caza. En los Estados Unidos hay muchas mujeres que son empresarios y demuestran tanta agresividad como un varón.

—Yo no quiero ser varón. Creo que el mundo de la caza tendría que ser transformado para que dejase de ser el mundo de la caza. Y lo quiero hacer como mujer. Quiero conservar mis atributos, o lo que sea, de mujer.

—Eso es cierto —afirmó, pensativa, la mujer del ingeniero—. Cuando estudiaba Químicas en la Universidad, dejé la carrera a la mitad, todas las mujeres que estudiaban allí, y que eran muy inteligentes, tenían bigote. ¡Ahora comprendo por qué tenía yo tanto éxito!

—Lo que os pasa, a algunas, es que queréis formar dos bandos. Los hombres en un lado y las mujeres en otro. Y así no conseguiréis nada —afirmó el ingeniero.

—De todos modos, ¿no crees que ese primer paso quizá sea necesario? ¿No crees que se precisa la ruptura para que podamos reconciliarnos después?

—No lo entiendo —el ingeniero había abandonado su brillante discurso—. No entiendo lo que las mujeres queréis... —De pronto, el ingeniero parecía muy enfadado, como si recordase—. ¡Caray, no entiendo por qué no queréis la penetración si, al fin y al cabo, es lo mismo que un beso! Se trata del contacto mucoso de dos pieles.

—¿Y no será que muchas mujeres no quieren la penetración por lo que ésta simboliza, y no por lo que es en sí misma?

—¡Yo acepto que mi mujer esté encima de mí del mismo modo que si estuviera debajo!

—¿Por qué te sientes aludido? Yo no hablaba de cómo *tú* haces el amor.

—Mira, en casa siempre he respetado a mi mujer. No soy machista.

—Ya que te empeñas en hablar de ti, me gustaría saber por qué dejó la carrera a la mitad.

—Porque ella quiso, ¿verdad? —el ingeniero pedía con los ojos la ayuda de su mujer.

—Sí, sí, claro que sí... Lo decidí yo.

—Pero una mujer no podía ser una buena química y una buena esposa... ¿o no? No es que tú seas el opresor, sino que te has obligado a hacer de opresor. Y si no cuestionas el papel que te han obligado a representar, si no te das cuenta de que a ti también te han convertido en un desgraciado...

—¡Eh! —el ingeniero, molesto, cortó a Norma—: ¡Que yo no soy un desgraciado!

Norma se calló. Quizá porque vio que la mujer se sentía incómoda, lo notaba en su nuca, cada vez más encogida. O quizá porque sentía una profunda pereza para continuar. Era una conversación que se sabía de memoria y que era inútil plantear en términos abstractos. Todo el mundo se sentía aludido. Palabras, palabras que se repetían circularmente, que se repetían y que no ayudaban a vivir. Miró la nuca de la mujer, cada vez más encogida. ¿Tendría razón Natàlia cuando decía que muchas mujeres eran esclavas porque querían? No, reflexionó, el deseo de libertad no se puede imponer, es intransferible... Kati y Judit lo intentaron y la Historia no les dejó. De haber sobrevivido, tal vez ahora dirían lo mismo que la mujer del ingeniero. Tal vez. ¿Y Agnès? ¿Qué haría en aquellos momentos?

Cuando llegaron al portal de su casa, el ingeniero le llevó la maleta y la dejó caer con mucha fuerza. Le decía con los ojos, ¿no ves cómo me necesitas? Se despidió de Norma con cierta irritación. Una irritación elegante y controlada. Norma subió las escaleras jadeando, con la maleta en una mano, y la máquina de escribir en la otra. Se sintió un poco culpable. ¿He sido muy fanática?, se preguntó. Nunca estaba segura de ello. Entró en su casa y recorrió todas las habitaciones. Se sentó un rato ante el escritorio. Desde que Ferran se fue, el despacho era la habitación que más quería. Los *pósters*, los libros, las plantas, cada detalle era suyo y no lo compartía con nadie. El silencio de la casa la acogía y la acompañaba. Le gustaban esos momentos, cuando regresaba a las cosas. Se dijo, me voy a tomar un somnífero y un vaso de vino, y mañana, ya veremos. Fue dejando los objetos por el pasillo, nadie le reprocharía el desorden, mañana cada pieza continuaría en su sitio. *El necessaire*, la ropa sucia, las medias, los zapatos... Piezas de sí misma. Miró un rato las plantas, que aún seguían vivas. Puso un disco, la *Norma* de Bellini, escuchó bajo la ducha la *Casta diva* cantada por Montserrat Caballé. ¿Cuánto tiempo hacía que no lloraba bajo la ducha? Mañana, los niños volverían de sus vacaciones.

Sobre la mesa, con las hojas colocadas simétricamente, sin que sobresaliese ninguna, dejó el manuscrito de Judit y de Kati. Se daba cuenta que sólo era un esbozo de novela, que no había ido hasta el fondo. Le dolía el presente, la perseguía, la distanciaba del proyecto-Judit y el proyecto-Kati. Eran pasado y nada más. Y literatura. Pero la mujer del ingeniero existía. Y Agnès. Y Natàlia. Y también ella. Natàlia le diría que no había sido capaz de inventar. Ya no le quedaba aliento. Sólo pensaba en Alfred. Mañana me va a llamar, se dijo.

Pero al día siguiente, sólo le llamaron desde París. Era un amigo del ex deportado que se parecía a Louis de Funes, le telefoneaba para decirle que el viejo había muerto en el Hospital de la Ville. Tenía un encargo para ella, continuaba el amigo, el deportado le había dejado unas fotografías por si quería hacer un reportaje sobre el cementerio de los refugiados. Insistió mucho en ello, decía el hombre, dijo que usted era amiga suya y que había algunas cosas que usted no iba a olvidar.

Ahora que estaba muerto, tendría que hablar de él... Pero le había dejado morir solo. Como a Germinal, el muchacho que quería hacer de Flash Gordon... Le había dejado morir solo, y escribir sobre él y sobre el cementerio de los refugiados no le devolvería la vida... ¿Por eso reprochaba a Ferran su incapacidad para amar a las personas concretas? El deportado había existido y ya no estaba. No, no expiaría aquella culpa ni con todos los libros del mundo. Y no le había ido a ver por miedo de perder a Alfred, porque esperaba su llamada... ¿Tenía que morirse el viejo deportado para que ella se diese cuenta de que ningún amor es exclusivo? ¿Que cada amor requiere un tiempo y un espacio? No sólo le daba pena el deportado, sino también su amigo el viejo escritor, y Villapalacios, y Marie, la mujer que asumió por amor la traición de su marido. Y Patrícia... Eran cosa suya. Y Judit, y Kati. También ella estaba allí, dentro de la Historia. Y nunca podría apartarse. Aunque la Historia fuese una pesadilla, aunque estuviese llena de fantasmas...

Sólo cuando hayas aprendido a mirarte a ti misma sabrás mirar lo que te rodea, le había dicho Natàlia. Tal vez ahora comenzase a hacerlo, ya no huiría en los demás, ni en los dos hombres que más había amado. Tal vez ahora sería feliz, porque no ocultaría su culpabilidad juzgando a los que eran como ella. No sería la felicidad suave y placentera del río que se desliza montaña abajo. Su felicidad vendría después de haber conocido el sufrimiento. Su miedo, su mezquindad, su afán de posesión... La felicidad, por tanto, es grande y pequeña a la vez. Quién sabe si a lo largo de la vida aprendería a compartirla. Pero sería durante unos instantes. Momentos fugaces. Los querría así: que pudiesen ser reducidos a la nada. Al recuerdo y a la experiencia, un poso hecho de pequeñas verdades —donde, ¿quién sabe?, también habría engaño—, un poso hecho de mezquindades y grandezas, y también de su rabia cuando no entiende nada y quiere entender. Ya no buscará como un cuervo el sufrimiento humano para describirlo y huir de él a toda prisa.

Las piezas se habían dispersado, era cierto, pero con la palabra las volvería a unir. La separación de

Ferran, el amor inútil y atormentado por Alfred, la muerte del viejo deportado que le había dado su tesoro... Todo se iba a recomponer. Pero no de un modo pacífico, sino a través de la lucha. La lucha por convertir en uno solo el amor colectivo y el amor individual. Y quizás ahora podría escribir hasta el fondo la historia de Judit y Kati. Quizá.

Jordi no le dijo nada del vestido rosa, no lo miró de cerca para comprobar que de lejos parecían rosas silvestres y de cerca eran hormigas. Sólo le dijo, dentro del coche, con los faros apagados, lo he pensado bien, Agnès, y creo que podríamos rehacerlo todo otra vez. Y Agnès tardó en contestar. Al cabo de un rato, sólo dijo, no. ¿No qué?, preguntó Jordi. Pero ella sólo decía, no, no. Decía no y el corazón le dolía. Y no sabía si era mala. Y no lo decía no por los gemidos de su madre que le recomendaban paciencia, ni por los discursos de Norma, ni tampoco por lo que le dijo el capitán Haddock, lo de que no nos resignamos a perder lo que amamos, o tal vez decía que no por todo en conjunto. Y Jordi le dijo, dame alguna razón, ya sé que no me he portado bien contigo, pero tenemos tantas cosas en común, todos los años de lucha, las dificultades unen, ya sabes. Pero ella sólo decía, no. Y no sabía decirle por qué. No era porque la engañó, ni porque dejó la carrera por él, ni porque la llamaba pequeña. Y no le decía que no por estas cosas porque eran detalles del pasado que Agnès ya no recordaba. Ni tampoco recordaba el polvo gris que se le incrustaba en las ventanas de la nariz, ni la serpiente que acudía cada madrugada puntualmente, ni la vergüenza de guardarle tanto rencor a Natàlia. No era por estas cosas. Jordi estaba triste y quiso acariciarla, y ella dejó que lo hiciera. Piensa en los niños, Agnès, haz un esfuerzo por ellos... Pero Agnès sólo decía, no. Y no era por el *necessaire* que todas las mañanas de domingo dejaba sobre el estante del baño, como sobre un altar. Era como si al fin cruzase la puerta del recibidor a la que su madre se aferraba lanzando aquel llanto largo y discontinuo. Había atravesado la puerta y decía que no. Y Jordi intentó abrazarla muy fuerte, como antes, y le preguntó, ¿es que hay otro hombre en tu vida? ¿Es que le amas, es que quieres vivir con él? Y Agnès sólo se sonrió.

Formentera, Caldes de Malavella,
Arsèguel y Canet de Mar, 1978-1980.